SOCIÉTÉ

DES

BIBLIOPHILES NORMANDS

—

M. ÉMILE LESENS

DOCUMENTS

RELATIFS À LA

QUERELLE DU CID

PUBLIÉS

AVEC UNE ÉTUDE HISTORIQUE ET LITTÉRAIRE
PAR
ARMAND GASTÉ

ROUEN

DE L'IMPRIMERIE CAGNIARD

—

M D CCC XCIV

LA QUERELLE DU « CID »

Nous n'avons pas l'intention de refaire en entier l'histoire de la « Querelle du *Cid* ». On connaît suffisamment les grandes lignes, les péripéties principales et le dénouement de cette « guerre de plume », où, de la part surtout des ennemis de Corneille, le grotesque le disputa trop souvent à l'odieux.

Nous voulons seulement, à l'occasion de la réimpression aussi fidèle que possible des pamphlets parus pour et contre le *Cid* en 1637 (1), raconter certains épisodes de cette lutte mémorable, mal connus encore ou trop ignorés, et appeler l'attention des lettrés sur quelques écrivains du temps, qu'on croyait s'être tenus à l'écart du champ de bataille, et qui, plus ou moins habilement

---

(1) Un seul, *l'Innocence et le vrai amour de Chymène*, porte la date de 1638. — Les *Sentiments de l'Académie*, etc., portent également la date de 1638 ; mais le privilège est du 26 novembre 1637.

masqués, ont joué dans cette « querelle » un rôle assez équivoque, rôle sur lequel nous essayons, après d'autres critiques, notamment après M. Henri Chardon, l'habile chercheur, le savant historien de Scarron et de Rotrou, de projeter un peu plus de lumière.

Caen, le 31 mai 1894.

Armand GASTÉ.

I

LES PREMIÈRES ORIGINES DE LA « QUERELLE DU *Cid* ».
L'Excuse à Ariste; le *Vray Cid espagnol;* le *Rondeau.*

Un ami de Corneille, que le poète appelle Ariste, lui avait demandé, quelque temps, semble-t-il, avant le succès du *Cid,* une chanson à mettre en musique, ou plutôt, si je ne me trompe, à adapter sur un air de musique connu. « *Son feu* (le feu de ma Muse), nous dira le poète,

> ..... ne peut agir quand il faut qu'il s'applique
> Sur les fantasques airs d'un resveur de musique. »

Quel était cet Ariste qui importunait ainsi Corneille? Un des pamphlets, publiés en pleine « querelle du *Cid* » la « *Lettre de ,*, sous le nom d'Ariste* » nous aidera à connaître le personnage : « Ce n'est donc pas assez, Ariste, que votre humeur remuante aye jadis troublé le repos de votre solitude et le silence de votre maison, en s'attaquant aux œuvres et à l'éloquence de M. de Balzac... Il faut encore qu'après dix ans de silence, au mépris de votre habit et au scandale de votre profession, vous importuniez votre ami de vous donner des chansons... »

Il est évident, comme l'a déjà fait remarquer M. Marty-Laveaux (1), que l'auteur du pamphlet « *Lettre à ,*,

---

(1) *Corneille,* éd. des Gr. écr. fr., III, 29.

sous le nom d'Ariste », fait allusion aux attaques contre Balzac qui avaient paru en 1627, juste dix ans auparavant. Balzac, en effet, avait été accusé de nombreux plagiats, dans un ouvrage intitulé : « *La conformité de l'éloquence de M. de Balzac avec celle des plus grands personnages du temps passé et du présent* ». L'auteur de cet opuscule était un jeune moine, originaire du Maine, du couvent des Feuillants de Saint-Mesmin, près d'Orléans, et nommé le P. André de Saint-Denis (1). Le P. André ne pardonnait pas, sans doute, à Balzac, d'avoir écrit dans une de ses lettres : « Que si quelques petits moines qui sont dans les maisons religieuses comme les rats et autres animaux imparfaits estoient dans l'Arche, veulent déchirer ma réputation... » François Ogier, dit le prieur Ogier, déjà connu par ses attaques contre le Père Garasse, répondit vertement au P. André dans une *Apologie de Balzac*, dont un exemplaire fut envoyé au P. Goulu, supérieur des Feuillants. Celui-ci, furieux de voir tourner en ridicule son novice, répliqua dans un long factum, en deux volumes, contre Balzac, factum intituté « *Lettres de Phyllarque* (2) *à Ariste.* »

(1) Voir E. de Certain, *Bibl. de l'École des Chartes*, XXIII, p. 373 et suiv. — Le P. André devait se réconcilier plus tard et très sincèrement avec Balzac.

(2) *Phyllarque*, c'est-à-dire *le prince des feuilles*, ce nom est assez transparent, le P. Goulu étant le supérieur des *Feuillants*.

M. Marty-Laveaux a d'autant plus raison de croire que l'Ariste qui avait inutilement demandé à Corneille une chanson, et qui, en revanche, avait réclamé et obtenu du poète des *Excuses* en vers, est bien l'Ariste de Phyllarque-Goulu, c'est-à-dire le P. André de Saint-Denis, que, dans un exemplaire rarissime de l'*Excuse à Ariste* de la bibliothèque Sainte-Geneviève (1), on peut lire encore, d'une écriture du temps, dans les marges, bien que fortement atteintes par le couteau du relieur :

Corneille, dans son épitaphe latine du P. Goulu (1629), fait assez maladroitement, il faut bien le dire, allusion aux *lettres de Phyllarque à Ariste* : « Mirum quantum..... adulteratam eloquentiæ puritatem revocaverit, conservaverit, illustraverit. » On se demande comment Corneille, qui était l'ami de Balzac, a osé rappeler, dans cette épitaphe, ces *lettres* qui durent être fort désagréables au « prince de l'éloquence française. » Balzac, qui ne connaissait pas l'auteur de l'épitaphe du P. Goulu, riposta par des vers qui durent blesser Corneille. Celui-ci eut quelques velléités de répondre; mais Chapelain, nous dit l'abbé Goujet (*Bibl. fr.*, XVII, 163), lui conseilla « de ne pas se plaindre des vers de Balzac et de rompre avec lui une amitié dont l'un et l'autre se faisaient honneur. » (Voir Marty-Laveaux, *Corneille*, X, 393, 396).

(1) Y, 458, 4 Rés.) — C'est cet exemplaire qui a figuré, sous le n° 104, parmi les objets exposés à la Bibliothèque Nationale, dans la salle du Parnasse français, à l'occasion du deuxième centenaire de la mort de P. Corneille (oct. 1884). Voir la *Notice* de M. Léop. Delisle, Paris, Chamerot 1884.

> *Ariste est l*[e père]
> *André feuil*[lant]
> *qui a le pre*[mier]
> *escrit contre B*[alzac] (1).

Mais revenons à Corneille et à son *Excuse à Ariste,*
cause occasionnelle, mais cause première de la querelle
du *Cid.*

Le poète commence par dire à son jeune ami, Ariste,
qu'il n'a aucune aptitude pour la chanson.

> «... Ceste prison (dit-il), desplaist à son génie (au génie de ma
> Il ne se leurre point d'animer de beaux chants,   [Muse),]
> Et veut pour se produire avoir la clef des champs » (2).

« C'est lors, ajoute-t-il, en termes, assez fiers, qui
devaient déplaire à ses rivaux et les irriter contre lui,

(1) Je dois cette communication à l'obligeance de M. Eug. Chatel,
archiviste honoraire du Calvados.

(2) Il est à remarquer qu'en 1633, Corneille écrivant en dis-
tiques latins à l'archevêque de Rouen, François de Harlay, qui
lui avait demandé des vers en l'honneur de Louis XIII et de
Richelieu, lesquels étaient venus, à la fin du mois de juin, aux eaux
de Forges, il est à remarquer, dis-je, que Corneille donna à l'archevêque de Rouen, les mêmes *excuses* qu'à Ariste : « Arrachée à son
grand théâtre, c'est à peine si ma Muse parvient à se faire entendre ;
elle bégaye et ne se risque point à parler par sa propre bouche. Là
sont mes limites, ne me cherchez pas en dehors : le théâtre fermé,
il ne faut plus attendre de vers de moi, et je n'oserais, Louis, ni

« C'est lors qu'il court d'haleine, et qu'en plaine carrière
Quittant souvent la terre, en quittant la barrière,
Puis d'un vol eslevé se cachant dans les cieux
Il rit du desespoir de tous ses envieux. »

Corneille, ici, s'aperçoit qu'il a été trop loin peut-
être :

« Ce trait est un peu vain, Ariste, je l'avoue, »

mais qui donc s'étonnera de voir un poète se décerner
des louanges? Les poètes se sont loués de tous temps, èt
aujourd'hui plus que jamais, car

« La fausse humilité ne met plus en crédit. »

Donc, Corneille, faisant comme tout le monde, puisque
« la mode en est, » et que « la cour l'authorise, » ne se
gêne pas pour dire de lui-même tout le bien qu'il pense :

profaner tes triomphes, ni déshonorer Richelieu en le célébrant sur
mon humble lyre.

« Vix sonat a magno divulsa camœna theatro,
Blæsaque nil proprio sustinet ore loqui.
Hi mihi sunt fines, nec me quæsiveris extra ;
Carminibus ponent clausa theatra modum ;
Nec, Lodoïce, tuos ausim temerare triumphos,
Richeliumve humili dedecorare lyra. »

(*Corneille*, Ed. Marty-Laveaux, X, 68, 69).

« Je sçay ce que je vaux, et croy ce qu'on m'en dit :
Pour me faire admirer je ne fais point de ligue,
J'ay peu de voix pour moy, mais je les ay sans brigue,
Et mon ambition pour faire plus de bruit
Ne les va point quester de reduit en reduit,
Mon travail (1) sans appuy monte sur le theatre (2).
Chascun en liberté l'y blasme ou l'idolatre,
Là sans que mes amis preschent leurs sentiments
J'arrache quelquefois trop d'applaudissements,
Là content du succès que le mérite donne
Par d'illustres advis je n'éblouis personne :
Je satisfais ensemble et peuple et courtisans
Et mes vers en tous lieux sont mes seuls partisans :
Par leur seule beauté ma plume est estimée,
Je ne dois qu'à moy seul toute ma renommée,
Et pense toute fois n'avoir point de rival
A qui je fasse tort en le traitant d'égal. »

(1) En marge de l'exemplaire de la Bibl. Sainte-Geneviève on peut lire encore :

> [.....] de Mondory
> [.....] troupe.

L'annotateur semble penser exactement comme Mairet dans son *Epître familière* : « Il fallait mettre aussi dans votre édition du *Cid*, tout au moins en taille douce, les gestes, le son de voix, la bonne mine et les beaux habits de ceux et celles qui ont si bien représenté votre pièce (p. 16). — Voir aussi Scudéry : *Lettre à l'illustre Académie*, p. 5.

(2) Corneille se montrait plus modeste dans son *Excusatio* à l'archevêque de Rouen, et ne craignait pas d'avouer qu'il devait une

Corneille ne fait ici que répéter, ou traduire, ce qu'il avait déjà dit à Fr. de Harlay, archevêque de Rouen, en 1633 : (1)

« Là (au théâtre) triomphe, sans craindre la défaite, le laurier qui ceint mon front; là peu d'hommes m'ont atteint, nul ne m'a dépassé, et me suivre de près n'a point semblé une gloire à mépriser. »

> « .... Hic nescia vinci
> Nostra coronato vertice laurus ovat :
> *Me pauci hic fecere parem, nullusque secundum,*
> NEC SPERNENDA FUIT GLORIA PONE SEQUI. » (2)

Corneille n'avait pas tort, sans doute, de penser tant de bien de lui; mais devait-il s'exprimer avec une telle....

bonne part de ses succès de théâtre au jeu brillant de Mondory :
« Mais du moins la scène est là : le geste, la diction nous viennent en aide, et Roscius (Mondory) peut compléter l'œuvre imparfaite. Il relève au besoin ce qui languit; toute sa personne contribue au succès, et de là peut-être le feu de mes vers, de là leur grâce. »

> « Sed tamen hic scena est, et gestu et voce juvamur,
> Forsitan et mancum Roscius implet opus.
> Tollit si qua jacent, et toto corpore prodest,
> Forsan et inde ignis versibus, inde lepos. »

(*Corneille*, éd. Marty-Laveaux, X, 68).

(1) *Corneille*, (éd. Marty-Laveaux, X, p. 64 et suiv.).
(2) *Ibid.* (X., 71).

franchise ? (1) Ne devait-il pas laisser ce soin à quelque
ami qui lui eût décerné les mêmes louanges dans une pièce
liminaire, du genre de celles dont les Scudéry, les Mairet,
les Rotrou, les Du Ryer, les Boisrobert, les Claveret et
d'autres poètes, plus ou moins illustres, avaient fait pré-
céder sa comédie de *la Veuve?* Corneille, tout le premier,
s'aperçut, mais un peu tard pour reculer, qu'il s'était
loué avec trop de complaisance :

«..... Mon esprit s'égare en sa propre louange, » dit-il
au P. André; je vous devais des excuses, et voilà que je
me « vante moy mesme. » « Revenons aux chansons que
l'amitié demande. »

Et c'est alors que Corneille nous fait ses confidences et
nous dit que c'est l'amour qui l'a rendu poète :

> « J'adoray donc Philis et la secrète estime
> Que ce divin esprit faisoit de nostre rime
> Me fit devenir poete aussi tost qu'amoureux ;
> Elle eut mes premiers vers, elle eut mes derniers feux ;
> Et, bien que maintenant cette belle inhumaine
> Traite mon souvenir avec un peu de haine,
> Je me trouve toujours en estat de l'aimer,

(1) L'auteur du *Discours à Cliton* disait assez finement, pour
excuser Corneille (p. 4) : « Je ne puis croire que ce qu'il a dict à son
aduantage soit à bon escient. La chaleur poétique et la commodité
de la rime sont les causes prochaines de cet amour propre qui nous
surprend quelquefois en escrivant et nous jette hors des bornes de
la modestie. »

Je me sens tout émeu quand je l'entends nommer,
Et par le doux effet d'une prompte tendresse
Mon cœur sans mon adveu recognoist sa maistresse ;
Après beaucoup de vœux et de submissions,
Un malheur rompt le cours de nos affections ;
Mais toute mon amour en elle est consommée,
Je ne voy rien d'aimable après l'avoir aimée ;
Aussi n'aymay-je plus, et nul objet vainqueur
N'a possédé depuis, ma veine ny mon cœur. »

Ces vers sont charmants ; mais on peut se demander à quel propos Corneille fait ces confidences amoureuses au jeune feuillant, le P. André de Saint-Denis ? Corneille, hâtons-nous de le dire, ne s'éloigne pas, autant qu'on pourrait le croire, de son sujet. « Vous m'avez réclamé, dit-il au P. André, quelques couplets de chanson. C'est chose impossible. Philis, que j'ai adorée, avait une « voix ravissante. » S'il est une personne au monde pour qui j'aurais dû composer des chansons, c'est elle. Eh bien ! mon amour, « le père de mes vers, n'a jamais pu tirer, en sa faveur, deux rimes » (de chanson).

« Tant mon esprit alors contre moy revolté
En haine des chansons sembloit m'avoir quitté,
Tant ma veine se trouve aux airs mal assortie,
Tant avec la musique elle a d'antipathie » (1).

(1) Corneille se calomnie ; n'a-t-il pas composé la *Mascarade des Enfants gâtés ;* les chansons : *Toi qui près d'un beau visage ; Si je*

La conclusion, bien naturelle, de l'*Excuse à Ariste*
est celle-ci : « L'Amitié, ne pouvant exiger plus que
l'Amour, vous devez, mon cher Ariste, laisser ma muse,
toujours libre, agir suivant son choix,

« Céder à son caprice et s'en faire des lois. »

En somme, l'*Excuse à Ariste* est une pièce plus
badine que sérieuse. Le tort de Corneille, si tort il y a,
fut de la publier immédiatement après le succès éclatant
du *Cid*.

Corneille et ses amis ont prétendu que l'*Excuse à
Ariste* était composée depuis trois ans au moins (1) :
« On m'a dit que pour la (l'*Excuse à Ariste*) bien
deffendre, il assure qu'elle estoit faite il y a desjà plus de
trois ans » — C'est possible, c'est même très probable;
mais il est certain que l'*Excuse à Ariste* ne fut publiée
qu'après le *Cid*. On lit, en effet, dans l'*Epistre familière
du sieur Mayret* (2) : « Cette scandaleuse lettre..... doit
estre appelée vostre pierre d'achopement, puisque sans

---

perds bien des maîtresses; les stances : *J'ai vu la peste en raccourci;
Marquise, si mon visage*, etc., etc. (Voir *Corneille*, éd. Marty-
Laveaux, t. X).

(1) *Response à l'amy du Cid* (dans l'*Epistre familière du sieur
Mayret*, p. 33).

(2) P. 20.

elle ny la *Satyre de l'Espagnol* (1), ny la *Censure de l'Observateur* (2) n'eussent jamais esté conçeües. » On lit également, dans le *Jugement du Cid composé par un bourgeois de Paris*, etc. (3) : Il faut aussi que nous nous confessions que cet Autheur qui ne s'attendoit pas à un si grand applaudissement, n'a peu supporter cette haute fortune; et se sentant eslevé de terre (4), et emporté sans aisles par ce vent populaire, n'a plus sceu ce qu'il devenoit, et est tombé lourdement quand il s'est voulu fier sur ses forces, en se louant luy mesme par une misérable *Lettre à Ariste*, où il s'est estendu en des vanitez insupportables. »

Si les rivaux de Corneille, ses amis d'autrefois (5), devenus ses ennemis après le succès du *Cid*, n'avaient pas été aveuglés par une haine féroce, et surtout par la plus basse jalousie, ils auraient laissé passer, sans en prendre autrement souci, cette pièce qui, je le répète, était plus badine que sérieuse; mais sûrs de plaire à

(1) De Mairet.

(2) De Scudéry.

(3) P. 22.

(4) Allusion aux mots de l'*Excuse à Ariste* :

    « Quittant souvent la terre ».....
    « Puis d'un vol eslevé se cachant dans les cieux. »

(5) Voir les compliments qu'ils lui adressaient après le succès de *La Veuve*.

Richelieu, qui n'avait pu pardonner à son ancien colla-
borateur, Corneille, de manquer d'*esprit de suite*, traduisez de *souplesse*, et contents de saisir l'occasion qui
s'offrait à eux d'attaquer le triomphateur du *Cid*, ils ne
prirent, dans l'*Excuse à Ariste*, que les vers où moitié
sérieusement, moitié en se jouant, Corneille parle un peu
trop avantageusement de lui-même.

Mairet, l'heureux auteur de *Sophonisbe*, Mairet qui,
lors du succès de *La Veuve*, avait ainsi acclamé son ami
Corneille :

> Rare écrivain de notre France,
> Qui le premier des beaux esprits
> As fait revivre en tes écrits
> L'esprit de Plaute et de Térence,

Mairet, à la date où parut à Paris l'*Excuse à Ariste*,
était au Mans, chez son protecteur, le comte de Belin. Ne
voulant, avec une mauvaise foi insigne, voir dans cette
épître en vers que « cent traits de vanité » terminés par
celui-ci, qu'il ne pouvait digérer :

> « Je ne doy qu'à moy seul toute ma renommée, »

il fit imprimer au Mans, ou à la Flèche (1), et envoya à

(1) Voir notre *Introduction* en tête de la reproduction du *Vrai
Cid espagnol*, d'après l'exemplaire rarissime, unique peut-être, de
la Bibliothèque de Caen. « Cette belle poësie que vous nous aviez
envoyée du Mans » dira Corneille, ou un de ses amis, dans l'*Advertissement au besançonnois Mairet* (p. 3).

Paris, pour la faire distribuer par les soins de son ami
Claveret (1), les six stances que l'auteur espagnol du *Cid*,
Guilhen de Castro (2) est censé adresser à son *traducteur*,
ou plutôt à son *plagiaire*, Corneille.

La guerre était déclarée, et elle allait se continuer sans
trève, sans pitié. Les injures abondaient dès le premier
pamphlet. *Vanteur, insolent, froid esprit qui se paist
de fumée, impudent, orgueilleux, imposteur, ignorant,
corneille déplumée,* telles étaient les aménités que
l'auteur de *Sophonisbe* lançait, comme des pavés, à la
tête de l'auteur du *Cid*.

Ce factum misérable, dont voici le titre exact :
« *L'autheur du vray Cid espagnol, à son traducteur
françois, sur une Lettre en vers qu'il a faict imprimer,*
(Excuse à Ariste), *ou après cens traits de vanité, il dit
en parlant de soy-mesme :* « Je ne doy qu'à moy seul
toute ma Renommée, » ce factum était signé : DON

(1) Claveret, lui aussi, avait adressé à Corneille un madrigal
louangeur, imprimé en tête de *La Veuve.* (Corneille, éd. Marty-
Laveaux, I, 385).

(2) Chose curieuse, c'est Corneille lui-même qui apprit à ses
ennemis le nom de l'auteur espagnol à qui il avait emprunté le sujet
de sa pièce. « Vous avez déclamé contre moy, pour avoir teu le nom
de l'autheur espagnol, bien que vous ne l'ayez appris que de moy,
et que vous sçachiez fort bien que je ne l'ay celé à personne, et que
mesme j'en ay porté l'original en sa langue à Monsieur le Cardinal,
vostre maistre et le mien. » (*Lettre apol.,* p. 8).

Baltazar de la Verdad. Corneille ne s'y trompa pas (1) :
il reconnut la plume de Mairet ; aussi, inspiré par la
colère (il eût mieux fait, sans doute, de mépriser ces
plates injures), répondit-il à Mairet par un rondeau où
l'on regrette, dit un critique (2), qui emboîte le pas au
pudibond (?) Voltaire, de trouver « un terme digne de
Villon ou de Régnier, dont la Muse impudique ne savait
pas rougir. » M. Lormier, dans son *Introduction de la
Défense du Cid* (3), a si bièn plaidé pour Corneille les
circonstances atténuantes, que je ne saurais mieux faire
que de le citer ici : « On a toujours cru que Corneille,
en écrivant le mot que nous laissons inachevé (bo...),
mais que les premières lettres et la rime indiquent assez,
avait seulement obéi à un élan de colère irréfléchi ; bien
au contraire, ce mot, moins malsonnant en son temps
qu'au nôtre, et que Boileau employait encore dans la première édition de son *Art poétique* (4), avait été exprès
choisi, placé avec intention. On peut s'étonner que ses
commentateurs, au lieu de le lui reprocher, ne l'aient pas
excusé, expliqué, en faisant comprendre l'allusion cer-

(1) « Vous aviez beau vous cacher sous ce méchant masque (le
masque de l'auteur espagnol), on ne laissoit pas de vous cognoistre. »
(Advertissement au besançonnois Mairet, p. 3).

(2) G. Bizos : *Thèse* sur Mairet, p. 31).

(3) Ed. des *Bibl. Normands,* p. 10.

(4) En 1674.

taine qu'il contenait. En 1626, Mairet, empruntant à la littérature espagnole un de ses sujets, les moins propres à la dignité de la scène française, avait écrit une comédie : *Les Galanteries du duc d'Ossone,* d'une licence inaccoutumée ; tous les personnages montraient une immoralité révoltante, les hommes faisaient assaut de libertinage et les femmes de la plus rare effronterie. Si cette pièce avait été quelquefois jouée, au moins elle était restée inédite jusqu'en 1636. Or, Mairet venait, imprudemment, d'en renouveler le souvenir, on pourrait dire le scandale, en la faisant imprimer et mettre en vente chez le libraire Pierre Rocolet. A Corneille qu'une ligue jalouse semblait vouloir accabler sous les injustes reproches de plagiat, d'immoralité, l'occasion ne se présentait-elle pas favorable pour rappeler au public ce que valaient quelquefois ses accusateurs, en nommant, si honteux fût-il, l'endroit où tel de ces poètes paraissait avoir copié ses types et trouvé son inspiration ? »

On ne saurait mieux dire ; et si l'on admet la juste indignation de Corneille, on ne doit pas lui imputer à crime le « gros mot » qui est, ce nous semble, la raison d'être du *Rondeau* à Mairet.

Corneille, son rondeau une fois écrit, éprouva-t-il quelque hésitation à le faire imprimer et circuler dans Paris ? Si l'on en croit Claveret (1), Corneille demanda

(1) *Lettre du s^r Claveret au s^r Corneille, soy-disant autheur du* « Cid », p. 6.

son avis à ce médiocre avocat d'Orléans, devenu à Paris mauvais poète dramatique. C'est possible. Corneille pouvait ignorer encore que c'était Claveret qui s'était chargé de distribuer à profusion le pamphlet envoyé du Mans par Mairet (*le vrai Cid espagnol*) ; il pouvait croire que Claveret était toujours son ami. Claveret ne lui avait-il pas envoyé une épigramme aimable et un madrigal louangeur (1), pour mettre en tête de sa comédie de la *La Veuve* ? Admettons donc que Corneille consulta Claveret sur la question de savoir s'il devait faire imprimer ou nom son *Rondeau*. « Ne l'imprimez pas, aurait répondu Claveret : « les honnestes femmes ne sçauroient le lire sans honte. » Mais si Corneille éprouva un instant d'hésitation, il dut bien vite prendre son parti, quand il apprit, de façon certaine, que Claveret était l'àme damnée de Mairet, et qu'il s'était fait un malin plaisir de colporter à Paris, de maison en maison (2), le *Vray Cid espagnol*.

(1) « La Renommée est si ravie
Des mignardises de tes vers, etc. »
« Ta Veuve..... par sa douceur extrême
Sait si bien l'art de charmer, etc. »

(Voir *Corneille*, éd. M.-L., tome I, p. 385).

(2) On peut lire sur l'exemplaire de la Bibliothèque de Caen, plié en forme de lettre, cette adresse, qui est probablement de la main de

Le rondeau parut donc, où Corneille, après avoir traité Mairet, âgé d'un an de plus que lui (1), de « jeune jouvencel, » après l'avoir accusé « d'entasser injure sur injure » ; — de « rimer avec rage une lourde imposture » ; — « de se cacher ainsi qu'un criminel » ajoutait : « Chacun connaît son jaloux naturel ; on le montre comme un fou solennel » ; et Paris entier l'envoie au diable et sa Muse..... où l'on sait. »

En vrais combattants d'Homère, l'auteur de *Sophonisbe* et l'auteur du *Cid* s'étaient, tout d'abord, mutuellement lancé à la tête des bordées d'injures. La lutte allait continuer, impitoyable.

Claveret lui-même : « Mr de la Guenstiere (ou *Quenstiere*), au *Dauphin, place Dauphine.* »

Claveret, dans sa *Lettre au s^r Corneille soy disant autheur du Cid*, finit par avouer qu'il a colporté le pamphlet de Mairet : « J'ay descouvert, dit-il (p. 5), qu'on vous avoit fait croire que j'avois contribué quelque chose à la distribution des premiers vers qui vous furent adressez sous le nom du *Vray Cid espagnol*, et qu'y voyant vostre vaine gloire si judicieusement combattuē, vous n'auriez pu vous empescher de pester contre moy, parce que vous ne sçaviez à qui vous en prendre. Je ne crois pas estre criminel de leze amitié, pour en avoir reccu quelques copies, comme les autres, et leur avoir donné la louange qu'ils méritent... »

(1) Mairet est né à Besançon en 1604.

II

Les *Observations sur le Cid* (par Scudéry), et la *Deffense du Cid*. — Quel est l'auteur de la *Deffense du Cid*? N'est-ce pas Faret, l'auteur de l'*Honnête homme?*

Richelieu aurait pu, aurait dû s'interposer entre les deux lutteurs, et leur dire : « Allez chacun de votre côté ; vous êtes quittes. » Mais il faut croire que cette bataille l'amusait, lui qui faisait jouer, par ses laquais et ses marmitons, une parodie du *Cid*, où l'on entendait, entre autres fines plaisanteries, celle-ci, qui sera répétée tant qu'il y aura des farceurs d'estaminet : « *Rodrigue as-tu du cœur? — Je n'ai que du carreau.* (1) »

Donc, loin de vouloir faire cesser cette « guerre de plume », Richelieu dut être heureux, quand il vit Scudéry, Scudéry le capitaine Fracasse, Scudery le Matamore (3), descendre dans l'arène, non pas certes pour

(1) Tallemant, *Hist.*, II, 395.
(2) Expression de Scudéry (*Obs.*, p. 95).
(3) Chose curieuse, Scudéry, dans ses *Observations*, donne ces épithètes aux héros de Corneille. — Il avait pourtant dit, au début de son pamphlet : « Connois toy toy-mesme » (p. 4).

apporter l'olivier de paix, mais pour irriter davantage les deux adversaires.

Scudéry, en effet, avec son outrecuidance accoutumée, allait, en donnant à l'un, pour l'exciter, l'appui de sa lourde et pédantesque érudition, insulter et énerver l'autre par ses critiques aussi stupides que malveillantes.

Scudéry, — de même que Mairet, — avait beau se masquer et publier son pamphlet anonyme; il était trop facile à reconnaître. Il n'y avait pas, en effet, à cette date, deux auteurs en France pour écrire une phrase comme celle-ci : « J'attaque le *Cid* et non pas son autheur; j'en veux à son ouvrage, et non point à sa personne; et comme les combats et la civilité ne sont pas incompatibles, je veux baiser le fleuret dont je prétends lui porter une botte franche, etc (1) ». Non, il n'y avait qu'un seul homme pour rappeler ainsi à ses lecteurs qu'il était en même temps « poète et guerrier, » (2) c'était Scudéry : « *Incessu patuit Deus.* »

Nous ne ferons pas à Scudéry l'honneur d'analyser, ni surtout de discuter ses *Observations sur le Cid* (3).

(1) *Observations*, p. 5.

(2) Scudéry, en tête de son *Trompeur puni*, s'est fait « pourtraire » avec cette devise :

Et poète et guerrier il aura du laurier.

(3) Nous ne les avons pas publiées, parce qu'on les rencontre très fréquemment dans les anciennes éditions de Corneille.

Disons seulement que l'auteur de l'*Amant libéral* fait à
Corneille les reproches suivants : « Je prétends, dit-il, (1)
prouver contre cette pièce du *Cid :*

« Que le sujet n'en vaut rien du tout,

« Qu'il choque les principales règles du poème dramatique,

« Qu'il manque de jugement en sa conduite,

« Qu'il a beaucoup de meschans vers,

« Que presque tout ce qu'il a de beautez sont derrobées. »

Et la conclusion, bien digne des prémisses, est celle-
ci : « L'estime qu'on en a fait est injuste. »

Il se trouva bien vite un ami de Corneille pour
répondre au pamphlet de Scudéry, par une *Deffense du
Cid,* que ni M. Taschereau ni M. Marty-Laveaux (2)
n'ont connue, bien qu'elle eût été signalée par les frères
Parfaict (3) et par Niceron (4), et qui, après avoir été
retrouvée par M. Emile Picot à la Bibliothèque Sainte-
Geneviève, a été réimprimée pour la *Société des Bibliophiles Normands* en 1879, par les soins de M. Lormier.

Quel est l'auteur de cette *Deffense du Cid ?...* M. E.

(1) P. 6.

(2) *Corneille,* t. III, p. 25.

(3) *Hist. du Th. fr.,* t. V, p. 256.

(4) *Mém. pour servir à l'Hist. des Hommes ill.,* XX, p. 88 et
suiv.

Picot (1) nous dira : « Le titre porte un fleuron qui nous paraît être celui de L. Maurry, de Rouen. Ce détail a son importance, parce qu'il prouverait que la *Deffense du Cid* aurait été écrite, sinon par Corneille lui-même, du moins sous son inspiration, par un de ses compatriotes. »

A cela, M. Lormier, qui connaît mieux que personne les anciennes impressions rouennaises, répond : (2) « Elle (l'impression de la *Deffense*) ne paraît pas être de cette dernière ville (Rouen); ni chez Laurens Maurry, ni chez aucun autre libraire ou éditeur rouennais, je n'ai trouvé réunis ces ornements typographiques (fleuron du titre, tête de page, lettres majuscules), alors d'un emploi assez banal. On les voit, au contraire, souvent ensemble dans les volumes in-4°, publiés à Paris chez Toussaint Quinet ; en particulier ils se rencontrent tous dans son édition des *Œuvres du sieur de Saint-Amand*, donnée en 1642-1643. »

Dans sa *Vie de Rotrou mieux connue*, M. Henri Chardon, qui a fait de si heureuses trouvailles (dont nous parlerons plus tard), sur Corneille, regrette qu'on ne sache pas « qui vise le *Jugement du Cid composé par un Bourgeois de Paris, marguillier de sa paroisse*, lorsqu'il parle du « pédant qui a pris la cause de Corneille,

(1) *Bibliogr. Corn.*, n° 1354.
(2) *La Deffense du Cid*, p. 17 (réimp. de 1879).

et semble avoir eu plus de soin de défendre son affiche de
la morale de la Cour et de paroistre grand logicien, que
de rien faire à l'avantage de l'auteur du *Cid*. (1) »

Encore une fois, quel est l'auteur de la *Deffense du Cid ;*
quel est le pédant(?) qui a pris la cause de l'auteur du *Cid*
et qui semble « avoir eu plus de soin de défendre son
affiche de la *Morale de la Cour* (2), et de parestre grand
logicien que de rien faire à l'advantage de Corneille ? » —
En cherchant bien, il me semble qu'on peut arriver, sans
trop de peine, à découvrir l'auteur de la *Deffense du
Cid*. En effet, à la page 15 de ce pamphlet (3), nous
lisons ceci, en réponse aux reproches de Scudéry, qui
avait blâmé Corneille d'avoir voulu « adapter », comme
disent nos voisins d'Outre-Manche, à la scène française,
une pièce espagnole des plus médiocres (selon lui) :
«..... Nostre traducteur (Corneille) en a usé de la sorte
pour s'accomoder au temps, et pour faire des ouvrages à
la mode où l'on produit ce qui plaist, et non pas ce qui
est le mieux. Nos tailleurs et nos cordonniers habillent
et chaussent d'une façon et répugnante à la raison, et
incommode mesme au corps ; mais ils ont leur excuse

(1) *La vie de Rotrou mieux connue*, p. 246 (Paris, Picard, 1884,
in-8o).
(2) C'est moi qui souligne ce sous titre.
(3) Voir la réimpression de la *Société des Bibliophiles Normands*
(C. Lormier).

prompte, que c'est le courant de la mode qui les oblige à cette forme : nous voyons mesme, par les places publiques, deux affiches qui publient l'*Honneste Homme ou la Morale de la Cour;* celuy qui donne le tiltre à sa science de la Morale de la Cour sçait bien que les vertus de la morale ne changent pas de nature en la personne des courtisans, ouy bien de la matière externe où elles sont appliquées, mais il cognoist la vanité commune qui pousse chacun à vouloir estre courtisan, il les attire par l'amorce de ce titre à venir prendre ses instructions qui seront les mesmes qu'il donneroit, sil eut mis en teste de son affiche : l'*Homme de Bien ou la Morale des Hommes vertueux.* »

Il est très admissible que l'auteur de la *Deffense du Cid*, et l'auteur de l'*Honneste homme,* ouvrage dont on a expliqué le véritable sens avec tant de complaisance, ne font qu'un. Or, ne doit-on pas attribuer à Faret la *Deffense du Cid,* puisque Faret est l'auteur bien connu de l'*Honneste homme ou l'art de plaire à la Cour?* — Qu'on fasse attention aux dates. La *Deffense du Cid* est de 1637; or, l'*Honneste homme, etc.,* est de 1633. Pellisson, dans sa *Relation contenant l'Histoire de l'Académie françoise,* nous dira, en parlant de Faret (1) : « Son principal ouvrage est l'*Honneste homme,* qu'il fit

(1) Ed. de 1672, p. 273.

environ l'an 1633. » — N'oublions pas que Faret était l'intime ami de Saint-Amand, et puisque M. Lormier nous dit que le fleuron, la tête de page et les lettres majuscules de la *Deffense du Cid* sont identiques aux fleurons, têtes de pages et lettres majuscules des *Œuvres de Saint-Amant*, publiées chez Toussaint Quinet (1), il me semble qu'on peut, avec assez de vraisemblance, pour ne pas dire de certitude, regarder Faret, l'ami de Saint-Amant, comme l'auteur de la *Deffense du Cid*.

Cette *Deffense*, hâtons-nous de le dire, n'ajoutera rien à la « gloire » de Faret. L'auteur de ce factum (quel qu'il soit), remarque avec justesse que celui qui a écrit les *Observations sur le Cid* est mû par l'envie « qui est la plus basse des passions de l'âme »; ses réponses aux critiques de Scudéry sont sensées; mais, en somme, on peut dire que l'auteur du *Cid* pouvait être plus habilement défendu.

Faret, — si c'est lui l'auteur de la *Deffense du Cid* (et pourquoi non ?) n'est pas très fort sur l'histoire littéraire de l'Espagne. D'après lui, Guilhen de Castro pourrit dans son tombeau depuis « six siècles » (2); mais comme il se rattrape, lorsqu'il parle des beautés du *Cid*, et surtout lorsqu'il défend le rôle de l'Infante, si violemment

(1) D'ailleurs Corneille (*Lettre apologitique*, p. 3), nous dit qu'il a reçu cette pièce « *de Paris.* »
(2) P. 6.

attaqué par Scudéry : « Le Censeur reprend mal à propos Corneille d'avoir inséré en sa pièce quelque scène, où il fait paroistre une Infante qui est touchée de mesme passion que Chimène, puisqu'elle n'entre pas dans la conclusion de la tragi-comédie, et n'est pas une des parties qui fassent corps. Je responds qu'il se mesprend, et qu'il n'est pas nécessaire que tout ce qui embellit et donne ornement, fasse partie de la chose belle : les mouches et les assassins sur le visage d'une femme n'en font pas ny les traits ny les parties; mais on ne laisse pas de les y trouver bien assises, puisqu'elles servent à relever la blancheur par leur opposition, et l'Infante introduite ne peut point estre inutile au dessein du *Cid*, bien qu'elle ne soit pas du corps de son dessein, puisqu'elle sert à relever les mérites de Rodrigue dont elle avait esté esprise, toute Infante qu'elle estoit, et par là mesme à excuser Chimène de s'estre affermie à une passion où elle avoit véu une Reine assujétie. (1) »

A ce « beau » langage, qui ne reconnaîtrait celui dont Pellisson a dit (2) : « On voit par la lecture de ses écrits qu'il avoit l'esprit bien fait, beaucoup de pureté et de netteté dans le stile, beaucoup de génie pour la langue et pour l'éloquence. »

(1) *La Deffense du Cid*, p. 9 (réimpression).
(2) *Op. cit.*, p. 273.

Pour conclure, je dirai : Celui qui a écrit ces lignes agréables sur « les mouches et les assassins », n'est-il pas le même que l'auteur des paragraphes : « Combien les femmes sont nécessaires dans les Cours, et des soins qu'il faut rendre aux femmes », du dernier chapitre de l'*Honneste homme ?* (1) « Sans elles les plus belles Cours du monde demeureroient tristes et languissantes, sans ornement, sans splendeur, sans joye et sans aucune sorte de galanterie. Et faut advoüer que c'est leur seule présence qui resveille les esprits, et picque la générosité de tous ceux qui en ont quelques sentimens. Cela estant véritable, comme certainement il est, quels hommes pourroient refuser des respects et des honneurs à celles qui leur donnent de la gloire, ou du moins qui leur inspirent le désir d'en acquérir ? Or, ces respects consistent en une certaine expression d'humilité et de révérence par gestes, ou par paroles, qui témoignent une extraordinaire estime que nous faisons des personnes envers qui nous en usons. Ils expriment encore par les actions, et il y a mille petits soins et mille petits services à rendre aux femmes, qui estans rendus à temps et souvent réitérez, font à la fin sur leurs esprits de plus fortes impressions que les plus importans mesmes, dont les occasions ne s'offrent que rarement... »

(1) Ed. de 1681, p. 174.

Jusqu'à preuve du contraire, nous attribuerons donc au très estimable (1) auteur de l'*Honneste homme,* à Faret, le pamphlet, en faveur de Corneille, intitulé la *Deffense du Cid.*

(1) Je dis « très estimable » bien que son ami Saint-Amand ait compromis sa réputation d' « honnête homme » en le faisant trop richement rimer à « *cabaret* ».

III

Le rôle du comte de Belin, dans la *Querelle du Cid*.

Nous lisons dans la *Relation contenant l'histoire de
l'Académie françoise* (1), par Pellisson : « Monsieur
Corneille..... a toujours crû que le Cardinal et une autre
personne de grande qualité avoient suscité cette persécution contre le *Cid*, témoin ces paroles qu'il écrivit à un
de ses amis et des miens, lorsqu'ayant publié l'*Horace*,
il courut un bruit qu'on feroit encore des Observations
et un nouveau Jugement sur cette pièce : « *Horace*, dit-il,
fut condamné par les Duumvirs, mais il fut absous par
le peuple. » Corneille n'était pas le seul à croire qu'outre
Richelieu, dont la mauvaise volonté à l'égard de Corneille était évidente (2), une autre personne de grande
qualité voyait avec plaisir les rivaux de Corneille attaquer
l'heureux auteur du *Cid*. Scudéry, furieux de voir qu'on
eût osé répondre à ses *Observations* qui lui semblaient
irréfutables, non seulement clabaudait partout que la

(1) Ed. de 1672, p. 138.
(2) Pellisson, *op. cit.*, p. 118 et 119.

Deffense du Cid était l'œuvre de Corneille lui-même, mais encore il harcelait le poète de ses lettres impertinentes : « Voz lettres me viennent quereller jusques dans mon cabinet » (1). Corneille n'a pas conservé les lettres de Scudéry, mais nous en devinons le contenu par quelques lignes de la *Lettre apologitique* que l'auteur du *Cid* crut devoir écrire en réponse à Scudéry. D'abord Scudéry reprochait à Corneille (quelle audace !) d'avoir osé réfuter ses *Observations*, et Corneille répondait : « Je n'ay point fait la pièce qui vous pique (2) ; je l'ay receüe de Paris avec une lettre qui m'a appris le nom de son autheur. Il l'adresse à un de nos amis qui vous en pourra donner plus de lumière » (3) — En outre, Scudéry menaçait Corneille des ressentiments « d'une personne de haute condition » (4). A cela Corneille ripostait : « Bien que je n'aye guere de jugement, si l'on s'en rapporte à vous, je n'en ay pas si peu que d'offencer une personne de si haute condition, dont je n'ai pas l'honneur d'estre cogneu, et de craindre moins ses ressentiments que les vostres. »

Quelle est cette personne de haute condition dont Cor-

---

(1) Corneille, *Lettre apol.*, p. 3.
(2) *La Deffense du Cid.*
(3) *Lettre apol.*, p. 3.
(4) *Lettre apol.*, pp. 3 et 4.

neille pouvait et devait craindre les ressentiments ? « Cette
personne est inconnue », dit M. Marty-Laveaux (1). Je
croirais volontiers, avec M. Henri Chardon (2), qu'il
s'agit ici du comte de Belin. Le comte de Belin, en effet,
était une sorte de « Mécène manceau », qui fut le protecteur de Scarron, de Rotrou, et particulièrement de Mairet. Mairet passa six années de sa vie auprès du comte de
Belin ; c'est chez lui, soit au Mans, soit au château
d'Averton, que Mairet, qui « était à son commandement »·(3), composa les *Galanteries du duc d'Ossonne*,
la *Virginie*, la *Sophonisbe*, la *Cléopâtre ou Marc-
Antoine*, le *Soliman*, l'*Illustre Corsaire*, le *Rolland
furieux*, et enfin l'*Athénaïs* et la *Sidonie*. Dans la dédicace des *Galanteries du duc d'Ossonne*, datée du 4 janvier 1636, voici ce qu'il dit de son protecteur : « Dieu m'a
fait la grâce de trouver un amy particulier tel que je pou-
vais le souhaiter, en la personne du comte de Belin... qui,
tout grand seigneur qu'il est, et d'une condition à me
pouvoir commander en maître, adjoute néanmoins aux
biens qu'il me fait, celuy de la liberté qu'il m'a laissée.
C'est dans sa maison qu'on prendroit pour la véritable
académie des beaux esprits, n'estoit que l'on y fait trop

(1) *Corneille*, t. III, p. 24, t. X, p. 399.
(2) *La vie de Rotrou mieux connue*, p. 109.
(3) *Tallemant du Réaux*, VII, 172.

bonne chère, que je mène une vie dont le repos n'est troublé que par le souvenir d'une maîtresse. Depuis *Silvanire* que je composai sous les ombrages de Chantilly, je dois le reste de mes derniers ouvrages au soin qu'il a pris de me solliciter de les faire » (1).

Comme le fait justement remarquer M. H. Chardon (2) « Mairet, hôte et protégé de M. de Belin, ayant figuré au premier rang des adversaires de Corneille dans la « Querelle du *Cid* », et ayant écrit dans le Maine plusieurs de ses factums contre le jeune (3) rival qui venait d'éclipser sa vieille renommée, il est difficile d'admettre que le nom du comte de Belin ne se trouve pas dans la célèbre polémique. » Et M. H. Chardon, qui l'a noté le premier, ajoute : « On rencontre en effet le nom de cet illustre personnage dans les écrits des deux adversaires. » Dans son *Apologie* (4), Mairet (ou celui qui parle pour lui) rappelle les bienfaits dont l'a comblé Son Éminence (Richelieu) et la protection présente d'un généreux amy, que tout le monde connaît assez. » De son

(1) Voir H. Chardon, *op. cit.*, p. 96.

(2) *Op. cit.*, p. 107 et 108.

(3) Mairet n'avait guère qu'un an de plus que Corneille ; mais il avait débuté très jeune au théâtre, et Corneille pouvait le considérer comme un « ancien », bien que dans son fameux *Rondeau* il l'ait appelé « jeune jouvencel ».

(4) *Apol. pour M. Mairet.*

côté, Corneille (ou du moins l'ami qui a écrit pour lui la *Lettre du des-intéressé au sieur Mairet*), ne se gênera pas pour reprocher à son adversaire les bienfaits dont l'a comblé et la protection constante dont l'a honoré le comte de Belin : « S'il est du Parnasse comme du Paradis, où l'on ne peut avoir d'entrée avec des biens mal acquis, tombez d'accord avec tout le monde que vous en estes exclus, si vous ne restituez pas la plus grande partie de vostre réputation à un maistre qui par excez de bonté ne s'est pas contenté de vous recevoir chez luy généreusement au fort de vos misères, mais qui par son approbation et par l'honneur qu'il vous a fait en vous regardant d'assez bon œil, a obligé tous ses amis à dire du bien de vos ouvrages. C'est de luy seul que vous tenez le peu d'estime que vous possédez, non du mérite de vos œuvres, etc. » (1).

Il ne serait donc nullement surprenant que Mairet, l'insulteur de Corneille, insulté à son tour par l'auteur du *Cid* ou par ses amis, n'eût intéressé à sa cause, si mauvaise fût-elle, le grand seigneur dont il était le commensal et le protégé ; et que le comte de Belin, dans un

(1) *Lettre du dés-intéressé*, p. 6. — Il est à noter qu'à la fin de la « Querelle du *Cid* » le nom du comte de Belin figure encore dans la lettre que Boisrobert, par ordre de Richelieu, envoya à Mairet (5 octobre 1637): « ... Conservez-moi quelque place dans le souvenir de M. de Belin, etc... »

6

moment de mauvaise humeur contre le détracteur de son poëte (1), n'ait menacé Corneille de ses « ressentiments ». — Aussi nous conclurons, en admettant que Corneille, qui connaissait toute l'estime, toute l'amitié que le comte de Belin professait pour Mairet, et dont celui-ci se vantait assez publiquement (2), a pu, non sans apparence de raison, supposer qu'outre le Cardinal de Richelieu « une autre personne de grande qualité avait suscité la persécution contre le *Cid*. »

Reste à savoir si l'on peut attribuer au comte de Belin, comme essaie de le faire M. H. Chardon — assez timidement du reste, — le *Discours à Cliton sur les Observations du Cid, avec un traicté de la Disposition du Poëme dramatique, et de la prétenduë Règle des vingt-quatre heures* (3).

M. Chardon commence par dire (4) : « Je ne pense

(1) Le comte de Belin était également le protecteur de Scudéry, qui, au plus fort de la « Querelle du *Cid* », dédia au « Mécène manceau » sa tragédie de *Didon* (Voir H. Chardon, *op. cit.*, p. 117).

(2) « Il prit plaisir à carresser les Muses *en ma personne*, et les charmes que je découvris en la sienne, me lièrent si fortement à lui par les seuls liens de l'estime et de l'amitié, que le seul tombeau s'est trouvé capable de m'en séparer ». (MAIRET, dédicace du *Roland furieux*.)

(3) A Paris, imprimé aux despens de l'autheur. In-12, de 103 pages.

(4) *Op. cit.*, p. 116.

pas, pour ma part, que M. de Belin soit l'auteur de cette pièce... » Toutefois, il ajoute : « Mais ce n'est qu'après une sérieuse enquête qu'on sera en droit de l'attribuer à d'autres qu'à lui. » — Je regrette d'être, sur ce point, en complet désaccord avec le savant auteur de la *Troupe du Roman comique dévoilée*, de la *Vie de Rotrou mieux connue* et de tant d'autres publications si intéressantes pour notre histoire littéraire. Il me semble absolument impossible d'attribuer au comte de Belin le *Discours à Cliton*. Par exemple, l'auteur nous dira « qu'il fait quelquefois des vers et qu'il favorise ceux qui s'en meslent » (1). Le comte de Belin favorisait les poètes, cela n'est pas douteux ; mais a-t-il fait lui-même des vers ? « Il prit plaisir, dit Mairet, à caresser les Muses en ma personne ; » Tallemant, lui aussi, nous dira que le comte de Belin faisait faire des vers à ses poètes, et surtout à son poète attitré, Mairet ; mais il ne nous dit pas que le noble seigneur en fît lui-même. « Le comte de Belin, qui avait Mairet à son commandement, faisait faire des pièces à la condition que l'actrice, la Lenoir, eût le principal personnage, car il en était amoureux, et la troupe s'en trouvait bien » (2). Scarron, qui dans son *Roman comique*

(1) *Discours à Cliton*, p. 10.
(2) Tallemant, VII, 172. — Il s'agit ici de la troupe de Mondory. Il est à remarquer que la Lenoir et son mari avaient quitté la troupe de Mondory en 1634 (H. Chardon, *op. cit.*, p. 103).

peint le comte de Belin sous les traits du marquis d'Orsé,
dira bien qu'il attirait dans son château « quelques beaux
esprits de Paris, entre lesquels il se trouvoit des poètes du
premier ordre ; » il parlera de son « amour passionné
pour la comédie et pour tous ceux (et celles surtout) qui
s'en mêloient » (1) ; mais il ne fera pas la moindre allusion à ses talents poétiques (2). De même la Pinelière,
dans son *Parnasse ou le critique des Poètes* : « Le
comte de Belin attire chez lui les plus beaux esprits, et se
fait une petite cour de poètes. » — Mécène des poètes,
soit, mais poète, non pas. Du reste, M. Chardon lui-
même, dans les deux substantiels chapitres (3) qu'il a
consacrés à M. de Belin, ne dit rien qui puisse faire supposer qu'il « fit quelquefois des vers », comme l'affirmera
de lui-même l'auteur du *Discours à Cliton.*

D'ailleurs, est-ce bien le comte de Belin qui serait allé
une fois au parterre voir jouer le *Cid ?* (4) Le comte de
Belin au parterre, au milieu des clercs payant leur place
quinze sous !... — Est-ce le comte de Belin — lequel ne
connaît pas Corneille, et n'est pas connu de lui (5) —
qui craindra de « se mettre mal avec l'un ou l'autre de

(1) *Rom. comique*, deuxième partie, ch. XVII.
(2) H. Chardon, *op. cit.*, p. 90.
(3) Ch. IV et V.
(4) *Discours à Cliton*, p. 10.
(5) *Lettre apol.*, p. 3 et 4.

nos Autheurs qui sont en querelle, et peut-estre avec tous les deux ensemble ? (1) — Est-ce le noble comte de Belin qui, dans une comparaison, parlera « d'un vin bourru que nous irions boire à l'enseigne de la Renommée, ou de quelque autre breuvage épais qu'on débite en plaine ruë avec la lie ? » (2) — Enfin, est-ce le comte de Belin qui aurait attendu la « Querelle du *Cid* » pour faire imprimer un *Traité de la Disposition du poème dramatique*, composé depuis cinq ou six ans, et qui, ne trouvant pas d'acheteurs, aurait, pour mieux amorcer le public, changé le titre de son factum en cet autre : « *Examen de ce qui s'est fait pour et contre le Cid avec un Traité, etc., etc.* ?

Que le comte de Belin se soit déclaré assez ouvertement contre Corneille, dans la « Querelle du *Cid* », rien n'est plus vraisemblable, car « il se trouvait, par ses accointances avec Scudéry et Mairet, présent à ses côtés, dans un milieu anti-Cornélien » (3) ; mais qu'il ait com-

(1) *Disc. à Cliton*, p. 4.

(2) *Disc.*, p. 7 et 8. Voir encore p. 96 : il est question du vin qu'on boit au cabaret des Trois-Maillets.

(3) H. Chardon, *op. cit.*, p. 118. M. de Belin faisait venir chez lui la troupe de Mondory, et M. Chardon remarque, avec beaucoup de justesse, que Mondory et sa troupe (protégés par le comte de Belin) pouvaient avoir à se plaindre de Corneille, qui, par avarice, avait fait imprimer le *Cid* contre la foi promise aux comé-

posé le *Discours à Cliton sur les Observations du Cid*
(ou l'*Examen de ce qui s'est fait pour et contre le Cid*),
voilà ce que nous ne saurions admettre un seul instant.
— Mais de qui est ce factum ? *That is the question.* « Dans
le doute, abstiens-toi », dit la sagesse des nations (1).

diens. « Il n'est pas douteux, dit M. Chardon, que M. de Belin n'ait
regretté la manière d'agir de Corneille à l'égard de la troupe qu'il
honorait de sa protection. » *(op. cit.,* p. 116).

(1) Voir Eug. Rigal : *Thèse sur Alexandre Hardy*, pp. xx et xxi.
Le *Discours à Cliton* a été attribué sans aucune raison à Claveret
par les frères Parfaict, par Sainte-Beuve, etc. Niceron l'attribue à
Mairet. C'est inadmissible. Enfin, M. Lisle [*Essai sur les théories
dramatiques de Corneille*... (p. 89)] le donne à Durval, l'auteur de
la tragédie de *Panthée*. Ce qui est certain, c'est que l'auteur du
Discours à Cliton affirme quelque part qu'il a composé des pièces
de théâtre : « Je veux, dit-il (p. 28), rendre raison de ce que j'ay
faict au théâtre... » et, p. 81 : « Il me suffit que les pièces que j'ai
faictes, quoy qu'en petit nombre, parviennent ès mains de ceux que
j'honore et que je chéris..... » M. Arnaud (*Théories dramatiques
au XVIIe siècle*, p. 159) est du même avis que M. Lisle. M. Eugène
Rigal « a peine à comprendre pourquoi Durval aurait gardé l'anonyme en publiant ce réquisitoire contre les règles ; ne les avait-il pas
attaquées sous son nom, dans la préface d'*Agarite* (1636) ? N'allait-
il pas les attaquer encore dans la préface de *Panthée* (1639) ? Les
termes mêmes de cette dernière préface ne permettent guère de
supposer que Durval ait publié un traité méthodique sur le sujet. »

IV

Du « vrai » rôle de Rotrou dans la « Querelle du *Cid.* »

M. H. Chardon, dans sa *Vie de Rotrou mieux connue,*
ayant dit (1) là-dessus tout ce qu'il y avait à dire, je
me contenterai de résumer ses excellents arguments.

D'après une légende « aussi tenace que si elle était
gravée sur l'airain », Rotrou, au lieu de faire, lors de
l'apparition du *Cid,* défection, comme tous les poètes qui
avaient couvert de fleurs le jeune auteur de *la Veuve,*
aurait soutenu son ami envers et contre tous ; et il aurait
été le seul à le défendre.

Sur quoi cette légende est-elle fondée ? Sur rien.

Sans doute on doit tenir compte de la belle *Élégie* de
Rotrou, qu'on peut lire en tête de *la Veuve,* de Corneille,
et surtout des beaux vers qu'il fit débiter, en l'honneur
de l'auteur de *Cinna* et de la *Mort de Pompée,* par l'ac-
teur Saint-Genest.

Mais qui nous dit que Rotrou, — à la date du *Cid,* —
n'ait pas fait comme les anciens amis de Corneille, et

(1) *Op. cit.,* p. 119 et suiv.

qu'il n'ait pas été choqué comme eux « par ses grands airs castillans et par cette arrogante supériorité qu'il se donnait sur ses égaux d'hier, dans son *Excuse à Ariste?* » — N'oublions pas non plus que Rotrou était l'ami de Scudéry, et qu'en février 1637, il arrivait « quasi au moment psychologique de la « querelle du *Cid* », dans le Maine, dans un milieu anti-Cornélien, auprès de M. de Belin, son protecteur, de Mairet, son aîné, son maître, j'allais dire son modèle. » On est donc plutôt tenté de croire que « subissant l'influence de son entourage et pour lui complaire, il a été entraîné à s'unir aux adversaires de Corneille. »

Eh bien ! il ne faut attribuer à Rotrou « ni le rôle héroïque de la légende, ni celui d'humble complaisance ou de mesquine jalousie. » Quand on consulte les pièces du procès, on penche à conclure qu'il a « rempli simplement un rôle plus humain, répondant mieux à son caractère ennemi de la guerre et plein de sociabilité, celui d'un conciliateur voulant mettre fin à cette regrettable polémique ». — Il a voulu apporter aux deux lutteurs, à Corneille et à Scudéry, « un rameau d'olivier pour mettre bas les armes. Ce rameau d'olivier, c'est l'*Incognu et veritable amy de Messieurs Scudéry et Corneille.* »

La pièce est signée D. R. Faut-il l'attribuer à Du Ryer ou à Rotrou ? Le père Niceron est le premier qui, en 1731 (1), l'ait attribuée à Rotrou. Cette attribution est acceptable. Seulement, ce qui est assez comique, c'est que, depuis cette date, certains critiques ont parlé de cette pièce sans l'avoir lue, et n'y ont vu (?) qu'un éloge de Corneille. D'autres, l'ayant lue un peu légèrement, ne voient dans l'*Incognu* que l'ami de Scudéry. — Ce qu'il y a de mieux à faire, c'est de lire avec attention ce pamphlet, qui est une réponse à *La voix publique à M. de Scudéry sur les Observations du Cid.*

M. H. Chardon, qui a étudié ligne par ligne l'*Incognu et véritable ami de Messieurs de Scudéry et Corneille*, n'ose se prononcer bien nettement. Toutefois, après avoir mis les pièces du procès sous les yeux des lecteurs, et avoir dit : « Que chacun juge à son gré » il conclut ainsi : « En étudiant la pièce de près, on voit qu'elle est faite par un lettré, familier avec le théâtre, avec le divin mestier de la poésie, par un ami des deux poètes, amené tout naturellement dès lors à chercher à les réconcilier, ce qui répond très bien au caractère de Rotrou. »

Nous adoptons complètement ces sages conclusions.

(1) *Mém. pour servir à l'hist. des hommes illustres*, XX, 90 et 96.

V

L'intervention de Faucon de Ris, sieur de Charleval, dans la
« Querelle du *Cid* ». — Corneille menacé par Charleval
et par Mairet de coups de bâton.

C'est à M. H. Chardon que revient l'honneur de la
découverte de cet adversaire de Corneille, qui n'a jamais
été nommé par ceux qui se sont occupés de la « Querelle
du *Cid* ».

Après l'*Excuse à Ariste,* après le *Vray Cid espagnol,*
après le *Rondeau,* après la *Lettre apologitique,* parut un
pamphlet intitulé : *Lettre à* ₊*₊ (au P. André de Saint-
Denis), sous le nom d'Ariste.*

Ce pamphlet dirigé contre le P. André de Saint-Denis,
et surtout contre Corneille, était d'une violence extrême.

Je laisse de côté les attaques contre le Père André : je
condense en quelques lignes les injures à l'adresse de
Corneille : « Autre Midas, au hazard d'avoir les mesmes
oreilles ; — insupportable vanité ; — imbécillité du personnage ; — sa place est à l'hôpital des fous incurables ;
— présomption qui dégénère en folie ; — le plus ingrat
des hommes ; — ses autres pièces (à part le *Cid* et la

Médée qu'il doit, l'un à Guilhem de Castro, l'autre à Senëque) peuvent passer pour farces. »

Et pour terminer cette litanie d'injures, l'auteur de la *Lettre à ,*, sous le nom d'Ariste*, disait de Corneille : « L'humeur vile de cet autheur et la bassesse de son âme n'est pas difficile à cognoistre dans les sentimens qu'il donne aux principaux personnages de ses comédies : il rend les uns fourbes, artificieux, et fait commettre aux autres des lachetez dont luy-mesme, quelque profession publique qu'il fasse de poltronnerie, ne pourroit pas s'empescher de rougir si je les luy remettois sous les yeux, et certes il est bien difficile qu'il peust rendre ses acteurs plus vaillans, puisque luy-mesme n'a pas si tost la permission de prendre une espée (2) qu'il se déclare par une lettre imprimée indigne de la porter, et qu'à peine a-t-il reçeu celles de noblesse qu'il faict une action assez infamante pour l'en dégrader. »

On ne pouvait être plus grossier.

Corneille et ses partisans se demandèrent quel pouvait bien être l'auteur de ce vilain pamphlet. Tout d'abord ils l'attribuèrent à Mairet. Un ami de Corneille lança — à l'adresse de Mairet, — une *Response de ,*, à ,*, sous le nom d'Ariste* (le P. de Saint-Denis), réponse assez faible,

---

(1) *Lettre à ,*, sous le nom d'Ariste*, p. 3 et suiv.

(2) Le père de Corneille reçut ses lettres de noblesse le 24 mars 1637.

où l'on peut toutefois noter le trait suivant. A propos des *Galanteries du duc d'Ossonne,* on lit ceci : (1) « L'autheur a voulu par ce poëme bannir les honnestes femmes de la comédie, qui n'ont pû jamais souffrir les paroles ny les actions de ses deux héroïnes. »

Dans cette, *Response de ¸*¸ à ¸*¸ sous le nom d'Ariste,* les partisans de Corneille considéraient donc Mairet comme l'auteur de la *Lettre à ¸*¸ sous le nom d'Ariste.* Il ne tardèrent pas à découvrir le véritable auteur de ce pamphlet. C'est alors que parut la *Lettre pour Monsieur de Corneille contre les mots de la Lettre sous le nom d'Ariste :* « Je fis donc résolution de guérir ces idolâtres » (2).

Cette fois Corneille, ou un de ses amis, répondit vertement à son nouvel adversaire :

« Vous changez à tous momens de party ;

« Vous avez eu au commencement du *Cid* les sentimens d'un homme raisonnable, et vous n'avez pû luy denier les louanges qu'il tiroit sans violence de tous les honnestes gens ;

« Maintenant vous déferez au jugement de l'*Observateur* (3), à cause qu'il vous a tesmoigné approuver cinq

(1) P. 5. — Voir page 23.

(2) Ces mots se trouvent p. 4 de la *Lettre à ¸*¸ sous le nom d'Ariste.*

(3) Scudéry.

ou six mauvaises pièces rimées que vous dites avoir faites ;

« Jeune homme, asseurez vostre jugement devant que de l'exposer à la censure publique, etc., etc. ;

« Celui que j'attaque est un peu plus fortuné de biens (que Claveret, sommelier dans une médiocre maison) ; mais il faut apporter de la foy quand il s'agit de son origine (j'ayme mieux paroistre obscur que médisant) ;

« Vous estes de la maison de Scudery, vous assistez souvent aux Conférences qui s'y traitent ;

« Vous avez autrefois recherché l'amitié de Corneille. » L'auteur de la *Lettre à .*.* sous le nom d'Ariste* se sentit touché : il était démasqué.

1º Vous avez jadis recherché l'amitié de Corneille ;

2º Renégat (1), vous avez « lâché » Corneille pour Scudéry, et pourquoi cela? Parce que Scudéry avait approuvé vos méchants vers ;

3º Vous êtes jeune ;

4º Votre maison est d'une noblesse plus que douteuse.

C'est ce dernier trait qui blessa tout particulièrement l'auteur anonyme de la *Lettre à .*.* sous le nom d'Ariste*.

D'abord, était-ce Corneille l'auteur de la *Lettre pour Monsieur de Corneille contre les mots, etc., etc. ?* Oui, répondait Mairet, dans son *Epistre familière au sieur*

(1) Dernier mot de la *Lettre pour Monsieur de Corneille contre les mots, etc.,* p. 3.

Corneille : Cet amy, dit-il, qui vous ressemble si fort » (1). — Cette affirmation mérite d'être contrôlée ; mais si rien ne prouve que Corneille l'ait écrite, rien ne prouve non plus qu'il ne l'ait pas inspirée.

Quoi qu'il en soit, Mairet se défend de toutes ses forces d'avoir écrit la *Lettre à ⁎⁎ sous le nom d'Ariste,* que Corneille, ou un de ses amis, lui attribue : « Comme c'est lascheté de desavoüer ce que nous avons fait, c'est malice d'avoüer ce qui n'est pas de nostre façon... Je proteste hautement que je suis très humble serviteur d'Ariste... (2), et vostre amy devoit se contenter d'égratigner mes ouvrages, sans essayer malicieusement de me brouiller avec des personnes dont la profession m'a toujours inspiré la reverence et le respect. » — Après s'être défendu, Mairet va attaquer. « Votre ami (3), dit-il à Corneille, m'attribue les deux pamphlets : *Lettre pour Monsieur de Corneille contre les mots, etc.,* et *Response de ⁎⁎ à ⁎⁎ sous le nom d'Ariste.* » Je comprends pourquoi il m'accuse d'être l'auteur de ces deux libelles, et surtout du premier ; « c'est pour se mettre à couvert de l'orage qu'il appréhende, car enfin celuy qu'il y désigne et qu'il offence est de telle qualité qu'il a des domestiques

(1) « Libelle de vostre style et peut-estre de vostre façon » avait déjà dit Mairet, p. 1.

(2) Le P. André de Saint-Denis.

(3) « Votre ami », traduisez : « Vous, Corneille ».

d'aussi bonne condition que vous, je ne veux pas dire meilleure, quoy qu'on m'en ayt asseuré ; et le rang qu'il tient dans la Province où vous demeurez est si haut que, si vous en étiez advisé, vous iriez luy demander pardon du zèle indiscret de vostre amy, qui vous peut estre injurieux. »

Il est facile de voir que Corneille et Mairet connaissent l'un et l'autre l'auteur de la *Lettre à ٭٭ sous le nom d'Ariste :* c'est un gentilhomme normand de mince noblesse, selon Corneille ou son ami ; de très bonne famille, selon Mairet. Et, ici, nous voyons que Mairet conseille à Corneille de se garder de la vengeance possible de cet adversaire titré.

Corneille semble avoir redouté cette vengeance, car, dans l'*Advertissement au Besançonnois Mairet,* il répond, ou peut-être un de ses partisans répond pour lui (1) : « Vous ne vous contentez pas de luy (à Corneille) attribuer les deux responses au Libelle *(la Lettre à ٭٭ sous le nom d'Ariste)* que vous desadvouez, vous taschez de luy faire des ennemis dans sa province, en expliquant la première (2) sur une personne de haute condition que vous n'osez nommer de peur de ses ressentiments contre une explication si impertinente ». Et l'auteur de l'*Adver-*

---

(1) On a généralement attribué l'*Advertissement* à Corneille.
(2) *Lettre pour M. C. contre ces mots, etc.*

tissement poursuit, en niant que Corneille ait écrit les deux réponses à la *Lettre à ∗∗∗ sous le nom d'Ariste*, et en essayant (ce qui est plus fort), de reconnaître en Mairet celui en qui Mairet reconnaissait un gentilhomme normand.

Il faut avouer que Corneille, si c'est lui l'auteur de l'*Advertissement au Besançonnois Mairet*, se défendait bien maladroitement, en donnant ainsi le change et en intervertissant les rôles.

Il fallait un sphinx pour deviner cette énigme, car c'en est une. Le sphinx s'est rencontré : c'est M. Henri Chardon qui nous a renseignés et bien renseignés sur cet épisode, plus qu'obscur, de la *Querelle du Cid*. « Je ne dois qu'à moi seul toute ma découverte » (1), s'écrie-t-il, non sans un orgueil légitime. M. Chardon a raison ; c'est à lui et à lui seul que revient tout l'honneur de cette très curieuse trouvaille.

Mairet agacé, et cela se comprend, d'être, contre toute vraisemblance, désigné par Corneille ou ses partisans comme l'auteur des deux libelles en réponse à la *Lettre à ∗∗∗ etc.*, riposta par l'*Apologie pour M. Mairet contre les calomnies du Sⁱ Corneille de Rouen*. C'est dans cette *Apologie*, écrite soit par Mairet lui-même, soit sous sa dictée, par un ami dont le nom n'est pas encore connu (2),

(1) *Op. cit.*, 239.
(2) Nous essaierons de le découvrir.

qu'on lit le passage suivant, « qui semble, comme le dit justement M. H. Chardon, mériter d'avoir trouvé place dans *le Rôle des coups de bâton dans l'histoire litté-raire* (1) : « Monsieur Mairet... devoit vous tailler en pièces après les actes d'hostilité que vous avoüez vous mesme avoir exercez premierement envers luy, tant par un mauvais Rondeau, que par deux lettres subsecutives dont l'une esgratigne tous ses ouvrages, et l'autre sa fortune et son origine ; pour la dernière, on vous la par-donne aysément : nous sçavons bien que n'ayant pas une circonstance qui puisse estre apliquée à mon amy, vous avez esté contraint de la luy donner (2), pour satisfaire à la personne de condition qui dans vostre bonne ville de Roüen

> Vous menaça d'un chastiment
> Contre qui l'âme la plus lasche
> Fremiroit du ressentiment.
> Ce fut au jeu de paume, en un coin, ce dit-on,

(1) Par V. Fournel. — Scarron, dans une de ses pièces (*Cent quatre vers, etc.*), parle d'un mal fatal aux rimailleurs :

> « C'est un mal qui se prend d'ordinaire aux épaules,
> Causé par des bastons, quelquefois par des gaules ;
> Son nom est bastonnade ou bien coup de baston. »

(2) Attribuer.

Ou Dame CORNEILLE enfermée,
Tremblant sous la main du FAUCON (1),
Pour la derniere fois creut estre deplumée.
Le bruit mesme court un petit
Que la pauvrette en esmutit.

« Contentez-vous que j'ay sceu l'adventure par une lettre
d'un gentilhomme qui vray semblablement en doit estre
bien informé, c'est Monsieur de Charles-val, que je cite
d'autant plus hardiment que je suis asseuré qu'il n'y va
rien du sien, et qu'il ne vous craint que médiocrement ;
il vous estime encore moins, si je ne me trompe : au reste
je vous donne advis que, sans la generosité de Monsieur
de Scudery qui se contente de vous avoir accablé de
raisons, le chatiment et la menace dont je vous parle
eussent esté la mesme chose ; et certes vous l'aviez bien
mérité pour avoir eu l'impudence de mesdire d'une
maison qui se peut justement vanter d'une noblesse de
quatre ou cinq siècles. »

Tout d'abord, M. Chardon ne découvrit rien (il l'avoue
de la meilleure grâce) dans ce passage étrange : mais
bientôt ses yeux s'ouvrirent, et il vit ce qu'il fallait y
voir, c'est-à-dire que le FAUCON qui avait fait trembler
sous sa main (2) la pauvre CORNEILLE, n'était autre que

(1) En note, à la marge : « Le sieur Corneille entendra cette
allusion, s'il luy plaist. »
(2) La *main* d'un faucon (?)

Jean-Louis FAUCON DE RIS, seigneur de Charleval, « le
poète normand bien connu, qui aimait tant à coqueter,
l'ami de Scarron et de Sarrasin (1), lequel lui adressa son
sonnet sur Adam et Eve » (2).

Il n'y a plus de doute maintenant. Charleval se
croyant, et non sans raison, visé par Corneille ou par l'un
de ses amis, dans la *Lettre pour Monsieur de Corneille
contre ces mots, etc.*, avait menacé de voies de fait, au
Jeu de Paume de Rouen, l'auteur du *Cid*, et, sans l'intervention de Scudéry, il l'aurait roué de coups.

Inutile de parler ici de Charleval et de sa famille : je
renvoie le lecteur au livre de M. Henri Chardon, qui a
fait amplement connaître cet adversaire de Corneille,
ignoré jusqu'à lui, et qui a parfaitement démontré que
les allégations de Corneille ou de ses amis répondant
au factum de Charleval n'ont rien qui ne puisse se
rapporter à la personne de ce gentilhomme normand.

Corneille, le glorieux poète du *Cid*, menacé du bâton !
Oui, hélas ! et ce n'est pas seulement par Charleval que
Corneille fut si odieusement insulté, c'est par Mairet
lui-même, qui, enhardi, sans doute, par l'insolence de

(1) Voir Scarron : *Lettre au maréchal d'Albret*, du 20 août 1659.
Ajoutons que Charleval fut un des nombreux *passants* de Ninon de
Lenclos.

(2) H. Chardon, *op. cit.*, 239 et 240. — Charleval, château, dans
la commune de ce nom, à quelques lieues de Rouen et des Andelys.

Charleval, osa écrire ou faire écrire, à la fin de son *Apologie* (1) : « Pour Monsieur Mairet, après les grands coups de plume et de bec qu'il a reçeus de vous et de vostre part, si l'on peut juger de l'indolence de son esprit par la modération de sa lettre, j'ose quasi vous estre garand de la débonnaireté de son humeur ; mais à tout hazard, ne vous y fiez que de bonne sorte, et surtout gardez vous bien de mettre sa patience à de nouvelles épreuves par de nouvelles calomnies, car *Me hercle*, en telle verve le pourriez vous prendre,

> Qu'ayant beaucoup d'amis en la ville ou vous estes
> Et des plus apparents,
> Luy-mesme iroit vous voir, et vous chanter goguettes
> A la barbe de vos parents.

Assurez-vous que c'est un faux Bourguignon : je le connoy comme si je l'avois nourry ; sur ma parolle il seroit homme à vous faire frasque sur frasque, pièce sur pièce et peripœtie sur peripœtie, nonobstant clameur de *haro* ou charte normande ; et fussiez vous armé de *Cids* jusques aux dents, si vous en avez ; espargnez luy donc par vostre silence une manière de visite qui vous surprendroit d'autant plus vilainement qu'il luy prendroit possible envie de verifier sur les lieux certains mémoires

(1) P. 30.

qu'il a reçeus d'un gentilhomme de ses amis (1), qui vous connoit jusques dans le foye, je ne veux pas dire jusques dans le cœur, de peur de mentir. »

Voilà donc de nouvelles menaces de voies de fait !

Mais ce n'est pas fini ! Excité, sans doute, par les rodomontades de Charleval et les vantardises de Mairet, un drôle se trouva pour adresser à Corneille le plus ignoble des pamphlets, je veux parler de la *Suitte du Cid en abrégé ou le triomphe de son autheur en despit des envieux*. C'est une plaquette rarissime, que n'ont connue ni M. Marty-Laveaux, ni M. Émile Picot, et qu'on peut lire (exemplaire unique, je pense), à la Bibliothèque de Caen. M. H. Chardon l'a fait connaître le premier (2), et nous, nous l'avons fait réimprimer pour la Société des Bibliophiles normands avec toute l'exactitude possible. Nous y renvoyons nos lecteurs. Qu'il nous suffise de dire que le nom et l'adresse du prétendu libraire, éditeur de la *Suitte du Cid*, en disent déjà long :

A Villiers-*Cotrets*
chez *Martin* Baston, à l'enseigne du
Vert-galand, vis à vis la rûe des
Mauvaises paroles.

Dans un *Avertissement au Lecteur*, en prose, l'auteur,

(1) Charleval, sans doute.
(2) *Op. cit.*, p. 252 et suiv.

après avoir dit que, pour répondre à ses adversaires, Corneille a emprunté « le génie et le style des harangères de Rouen », affirme que « cinquante coups de baston bien appliquez seront justement la véritable suitte du Cid ».

Puis dans un Rondeau, à l'adresse de « très bredouillant poète comique, messire Mathurin Corneille, surnommé le Noble à la Rose », on lui fait nettement entendre qu'il sera « estrillé comme un cheval de prix », — que « Mairet et certains laquais gris (1) l'attraperont au coin de quelque ruë ; »

Dans un autre Rondeau, Corneille, comparé à un « gros cheval, bien partagé de maschoire », doit craindre le « baston qui s'appareille et dont son gros dos doit estre endommagé ».

Une petite pièce, intitulée *Horoscope*, nous parle « d'un astre assez malin » qui menace le dos de Corneille « d'une influence de cotrets ».

Enfin, après une *Ballade généalogique*, où l'auteur du *Cid* est traité d' « esprit de fange », d' « âme de savetier », on lui dira encore, dans un *madrigal* final, que sa lyre, « comme celle d'Orphée, le fera suivre par du *bois*. »

On ne pouvait aller plus loin dans la plate et grossière

(1) N'était-ce pas la couleur de la livrée de Charleval ?

injure, et si nous avons fait des extraits de ces pièces écœurantes, c'est pour montrer à quel point de rage nauséabonde étaient tombés les ennemis de Corneille.

Il était temps que cette « guerre de plume », qui dégénérait en rixe digne de goujats, prît fin. Richelieu comprit que ses amis étaient allés trop loin, beaucoup trop loin, afin de lui plaire. Aussi donna-t-il à Boisrobert des ordres formels pour avertir Mairet et ses amis de s'en tenir là. « Tant qu'Elle (Son Éminence) n'a connu dans les écrits des uns et des autres que des contestations d'esprit agréables et des railleries innocentes, je vous avoue qu'Elle a pris bonne part au divertissement; mais quand Elle a reconnu que de ces contestations naissoient enfin des injures, des outrages et des menaces, Elle a pris aussitôt la résolution d'en arrêter le cours.... D'ailleurs, craignant que des tacites (1) menaces que vous lui faites, vous ou quelqu'un de vos amis, n'en viennent aux effets qui tireroient des suites ruineuses à l'un et à l'autre, Elle m'a commandé de vous écrire que, si vous voulez avoir la continuation de ses bonnes grâces, vous mettiez toutes vos injures sous le pied, et ne vous souveniez plus que de votre ancienne amitié que j'ai charge de renouveller sur la table de ma chambre à Paris, quand vous serez tous rassemblés. »

(1) Elles sont pourtant bien peu déguisées.

« *Pax vobiscum...!* » Et la meute des aboyeurs s'était tue au commandement — un peu tardif — du Maître, attendant le verdict de l'Académie qui ne devait satisfaire personne, ni Corneille, ni les ennemis de Corneille.

VI

Scarron doit-il être compté parmi les adversaires de Corneille ?

Dans une note de sa curieuse étude sur la *Vie de Rotrou mieux connue*, M. H. Chardon dit ceci : « Une autre fois, je pourrai examiner s'il n'y a pas lieu aussi d'attribuer au jeune Scarron, alors au Mans, une des pièces de la curieuse polémique (1), bien qu'il ait célébré plus tard « l'inimitable M. Corneille. »

J'avoue que cette note a appelé mon attention sur un factum qui se trouve relié dans un des Recueils de la Bibliothèque de Caen, renfermant onze des pièces pour et contre le *Cid*, immédiatement avant le pamphlet de Mairet : *L'Autheur du vray Cid espagnol.*

Nous avons démontré (2) que la plaquette in-4° *(l'Autheur du vray Cid espagnol)* avait été imprimée au Mans ou à la Flèche.

L'Apologie pour Monsieur Mairet contre les calomnies du sieur Corneille de Rouen est également

---

(1) Pour et contre le *Cid.*

(2) *Introd.* à cette réimpression (Soc. des Bibl. norm.).

in-4°. Ceci, je l'avoue, ne prouve pas grand chose, mais il est assez curieux qu'au milieu d'un volume où se trouvent neuf pièces in-8° pour et contre le Cid, deux pièces in-4° aient été cousues l'une à la suite de l'autre. Les « caractères » des deux pièces ne sont pas absolument les mêmes; mais on peut supposer que si les imprimeurs parisiens préféraient, pour ces pamphlets annoncés à haute voix et vendus par les colporteurs du Pont-Neuf, le format in-8°, les imprimeurs manceaux ou fléchois, peu au courant des habitudes de leurs confrères de Paris, étaient plus habitués à l'in-4°. Admettons donc, pour un instant, que l'*Apologie pour Monsieur Mairet* a, comme *l'Autheur du vray Cid espagnol* (in-4°), été imprimée au Mans (1) ou à la Flèche; cherchons maintenant s'il n'est pas vraisemblable que cette *Apologie pour Monsieur Mairet* puisse être attribuée à l'un des amis de Mairet habitant le Mans, à l'un des familiers du comte de Belin, à Scarron.

Scarron, si M. de Belin a seulement fait mine de

(1) Le bandeau de ce pamphlet se retrouve dans un *Recueil de Cantiques*, etc., imprimé au Mans, en 1647, par Hierome Olivier, et dans les *Mémoires des Comtes du Maine*, imprimés également par Hierome Olivier, en 1643. — Nous devons cette constatation à l'obligeance de M. Robert Triger, le savant vice-président de la Société historique et archéologique du Maine.

désirer le voir défendre son protégé Mairet, a dû être heureux d'obéir à ce « Mécène manceau ».

Je sais bien que plus tard Scarron (1) vantera, comme l'a dit M. Chardon, « l'inimitable M. Corneille » (2) ; mais, en 1637, Scarron était jeune, il avait vingt-sept ans à peine ; il était enchanté d'être, lui aussi, le « protégé » du comte de Belin, et, pour plaire au comte de Belin (3), est-il inadmissible qu'il ait, dans le désir de défendre le poète attitré de son protecteur, attaqué Corneille ?

Notons d'abord les passages où l'auteur anonyme de ce pamphlet se dissimule assez mal :

— Page 4. « Connaissant, comme je fay, la modestie de celui que je defens. »

L'auteur de l'*Apologie* avoue ici qu'il connaît intimement Mairet.

— Page 6. « S'il advient que je vous y rencontre (à Paris). »

(1) *Roman comique*, 2e partie, ch. XVIII.

(2) Dans son *Virgile travesti* (ch. I), Scarron dit que la nymphe Déiopée, qui a toutes les perfections, ... *récite à merveille le Cid du poète Corneille.* — Et, dans l'*Épitre chagrine à M. Rosteau*, Scarron se plaint que

> « De Corneille les comédies
> Si magnifiques, si hardies,
> De jour en jour baissent de prix. »

(3) « M. Scarron estoit aussy amy de M. le comte de Belin et fort attaché à sa personne. » (Abbé Brillon, *Notice sur Rotrou*.)

Donc l'auteur n'est pas à Paris quand il écrit son *Apologie*.

— Page 9. L'auteur fait l'éloge des libéralités du comte de Belin. Scarron, aussi bien que Mairet, est l'obligé de ce généreux protecteur de lettres.

— Page 32. « Adieu donc, Monsieur Corneille mon amy, si vous passez vostre quartier d'hyver à Paris, je ne manqueray pas de me donner la satisfaction de vous y voir. »

Rapprocher ce passage de celui de la page 6.

Mais si l'auteur se décèle surtout par son style, nous ajouterons que l'*Apologie* rappelle souvent par la vivacité, par le laisser-aller et par certaines expressions triviales, mais pittoresques, le *Roman comique* et les *Nouvelles tragi-comiques*.

— Page 7 : « *Ventre d'un asne !* »

« Vous le regardez de haut en bas *comme Iaquemart fait les passants* » (1).

(1) Cf. le *Virg. travesti* (épisode des Harpies) (livre III) :

> « Pour faire encore les bravaches,
> Armés comme des Jaquemars... »

— Voir aussi, au livre VII :

> « Leurs personnes estoient chargées
> D'armes et de longs braquemars
> Comme on en donne aux Jaquemars. »

Dans le *Recueil des Épitres en vers burlesques de Scarron et*

« Vous ruez et mordez tout à la fois *comme le mulet de Messire Jean.* »

— Page 8 : « Vous lui faictes aussi grand tort et peu s'en faut aussi grand mal que si vous luy coupiez la gorge avec un rasoir de pierre ponce empoisonnée. »

— Page 26. Un des amis de Corneille ayant trop impérieusement réclamé cent livres à l'imprimeur du *Cid,* l'auteur de l'*Apologie* nous dira, d'une façon assez drôle, et qui sent son Scarron d'une lieue (1) : « Un de vos meilleurs amis s'estant ingéré de demander en vostre nom la somme de cent bonnes livres pour le regain de cette esclatante facétie, voulut s'acquitter de sa charge en termes impératifs, comminatoires et dignes de la majesté d'une si haute commission, de sorte qu'il se vit luy mesme typographiquement imprimé dans la boûe, in-folio, c'est à dire tout de son long, en grand Sainct Augustin, de lettres grosses comme les deux poings

> D'un fort bourgeois de Paris
> Qui n'est pas des plus petits. »

d'autres auteurs, imprimé en 1656, il y a quinze pièces de Scarron ; or, les huit premières sont des *Epitres de Jacquemard, horloge de Saint-Paul, à la Samaritaine, horloge du Pont-Neuf,* ou des *Réponses de la Samaritaine à Jacquemard.*

(1) P. 26.

— Voilà bien une plaisanterie, à double détente, digne de Scarron. Le « Saint Augustin » est, comme on sait, un terme d'imprimerie désignant un caractère très gros, qui servit à imprimer, en 1467, la *Cité de Dieu ;* et, en même temps, le mot « Augustin » rappelle le prénom de l'imprimeur bien connu, Augustin Courbé, chez qui parut, en 1637, l'édition *princeps* du *Cid.*

— Page 28. Dans les vers cités plus haut (p. 59) et qui font allusion à la scène du Jeu de Paume de Rouen, où la *Corneille* faillit être plumée d'importance par la main du *Faucon,* on lit, à la fin :

> Le bruit mesme court un petit
> Que la pauvrette en *esmutit* (en resta muette).

On retrouve ce vieux mot (*esmutit*), très rare (1), au second chant du *Virgile travesti :*

> Plus d'un Gregeois en *émutit,*

ainsi qu'au troisième chant :

> Une tempeste furieuse
> Faisoit la forest retentir
> Et tous nos vieillards *émutir* (2).

(1) Il n'est pas cité dans le *Dictionnaire* de Godefroy.

(2) Comparer aussi (voir les quatre vers cités plus haut, p. 61) « vous *chanter goguettes* » et ce vers du livre VI du *Virg. trav.* : « Il osoit bien *chanter goguettes* », et encore (même livre) : « Ces femmes leur *chantent goguettes.* »

Le jeu de mots sur la *Corneille* tremblant sous la main du *Faucon* (1) nous semble encore une de ces facéties assez familières au poète du *Virgile travesti*.

— Enfin, page 29, voici des « gaîtés » burlesques, telles que personne, à cette date, si ce n'est Scarron, ne pouvait se les permettre : « Soit que vous ayez trop de bile, ce qui paroist à la chaleur de vos choleres immodérées, ou soit que vous abondiez en phlegme et en pituite, ce qui paroist à la froideur de vos escrits, et plus visiblement encore à cette indeficiente roupie qui distille en toutes saisons de l'alambic de vostre nez... »

N'est-ce pas là du Scarron tout pur ? Nous croyons donc que Scarron — qui, à cette date (1637), était certainement au Mans (2) — a prêté sa plume à Mairet pour rédiger son *Apologie*.

Et maintenant, quel est l'auteur de la *Suitte du Cid en abrégé* (voir plus haut, page 62) ? Chose étrange ! on trouve, dans les pièces de vers de ce pamphlet, plus que grossier, certaines expressions bien particulières qui se rencontrent également dans le *Virgile travesti*.

(1) Voir page 59.
(2) C'est le 18 décembre 1636 que Scarron fut installé dans son canonicat. Un procès qu'il eut à soutenir au sujet de ce canonicat ne fut terminé qu'en 1640. (P. Morillot, *Thèse sur Scarron*, p. 16.)

Dans le premier *Rondeau* on lit ces deux vers :

> Après cent coups, si l'asne mord ou ruë,
> Ses *aloyaux* auront encore pis.
>
> (*Aloyaux,* dans le sens de *flancs*).

Cf. *Virg. trav.* (ch. V) :

> Pour servir de but aux galères
> Qúi sur les campagnes amères
> Devoient pour de riches joyaux
> Faire suer maints *aloyaux* (même sens).

— Même *Rondeau :*

> Vous le verrez cet hyver dans Paris
> *Bien estrillé comme un cheval de prix.*

Cf. *Virg. trav.* (ch. V) :

> *Je vais l'estriller en cheval.*

— *Madrigal* de la fin :

> Et ta lyre en ce temps comme celle d'Orphée
> *Te fera suivre par du bois* (c.-à-d. *tu seras rossé*).

Cf. V*irg. trav.* (ch. V) :

> Vous n'estes rien en bon François
> Que gens qui méritez *du bois* (qui méritez d'être *rossés*).

Mais n'insistons pas trop, de peur d'être obligés d'y voir trop clair (1).

(1) Le bandeau de la *Suitte du Cid* (un petit Amour tenant de chaque main une corne d'abondance) se retrouve exactement dans *Saint François de Paule ou la Charité triomphante*, ouvrage imprimé au Mans, chez Ambroise Ysambart, en 1678, ainsi que dans l'*Invasion de la ville du Mans par les religionnaires*. Le Mans, chez Louis Pégouineau, 1667. (Notes fournies par M. R. Triger.) Encore un détail à signaler. Les caractères romains ou italiques, et les lettres initiales (lettres fleuries) de la *Suitte du Cid en abrégé* sont identiques aux caractères romains ou italiques et aux lettres initiales de l'*Apologie pour Monsieur Mairet*. Si ces deux pamphlets ont été, comme cela paraît très vraisemblable, imprimés au Mans, on peut en conclure, sans trop risquer de se tromper, qu'ils sont de la même plume.

VII

Charles Sorel, l'auteur du *Francion*, a-t-il pris part à la
« Querelle du Cɪᴅ » ?

M. Émile Roy, dans sa thèse récemment soutenue en
Sorbonne (*La vie et les œuvres de Charles Sorel,
sieur de Souvigny*), pense (p. 36o) « qu'il y a tout lieu
de supposer que Sorel est l'auteur du *Jugement du Cid
par un bourgeois de Paris, marguillier de sa paroisse.* » Et, dans son *Appendice* (p. 418), voici les
raisons qu'il donne pour appuyer son dire :

Le *Jugement du Cid*, *etc.*, est, comme le titre l'indique,
l'œuvre d'un bourgeois de Paris, malin et dévot. Sorel
faisait (M. Roy l'a montré précédemment) sonner bien
haut sa qualité de bourgeois parisien. Il a toujours aussi
manifesté ses sentiments religieux, surtout vers le temps
où parut le *Jugement*.

Le premier historiographe de France, placé directement
sous les ordres de Richelieu, ne pouvait signer un éloge
du *Cid*. C'est pour cela que le *Jugement du Cid* ne porte
pas de nom d'auteur ; mais, ajoutera M. Roy, « il est

facile de retrouver les idées et le style de ce pamphlet dans les autres ouvrages de Sorel. »

1° Si Scudéry accuse Corneille d'avoir copié la pièce de Guilhen de Castro, l'auteur du *Jugement* répond : « Il m'importe peu si c'est traduction ou invention. » De même Sorel (*Visions admirables du pèlerin de Parnasse*, 1635) dira (p. 31) aux auteurs espagnols qui se plaignent des emprunts des Français : « On vous fait beaucoup d'honneur. »

2° Scudéry condamne des expressions comme « au surplus, qui est de chicane », ou bien comme « ce guerrier s'abat », qui rappelle le mot « sabbat ». Ce sont là des scrupules exagérés que Sorel raille dans le *Rôle des Présentations* (1634), et dans le *Discours sur l'Académie françoise* (1654). Scudéry reprend mal à propos le terme de « brigade » ; le bourgeois de Paris le lui explique. De même Sorel (*Biblioth. fr.* de 1664, p. 212 et 213) explique aux traducteurs le sens des termes militaires de *régiment, poster*, etc. (1).

3° Tout en louant le *Cid*, le *Jugement* ne ménage pas

_____

(1) Les raisons données dans ce paragraphe n'ont pas, ce me semble, grande valeur. Déjà, en effet, l'auteur de la *Deffense du Cid*, publiée aussitôt après les *Observations*, avait raillé Scudéry de s'offusquer de *au surplus* (p. 26), de *s'abat* (p. 33), et de *brigade* (p. 41). Voir aussi le *Souhait du Cid* en faveur de Scudéry (p. 30, 31 et 32) pour les termes *au surplus*, etc.

Corneille. Le bourgeois de Paris se moque des « rides
qui gravent des exploits », du « sang qui parle et qui écrit
sur le sable le devoir de Chimène ». On remarque, dit
M. Roy, les mêmes plaisanteries aussi justes que lourdes
dans le *Berger extravagant* (1628). Voir surtout les
Remarques sur le VIIe livre du *Berger extravagant*,
p. 211. « Les gravures faites par les rides ». « Ce dernier
passage, ajoute M. Roy, nous paraît caractéristique. »

4° A propos des « invraisemblances » que le bourgeois
de Paris trouve trop nombreuses et trop choquantes dans
le *Cid*, M. Roy nous renvoie à un petit roman (le *Parasite Mormon*) publié en 1650, par Sorel. « Il est presque
impossible, dit M. Roy, de ne pas attribuer les deux
ouvrages (le *Jugement du Cid* et le *Parasite Mormon*)
au même auteur, tant la ressemblance des idées et du
style est frappante. »

6° Enfin, M. Roy signale dans le *Jugement* et dans le
Berger extravagant un assez grand nombre d'expressions
et de tours de phrase identiques.

Et M. Roy conclut : « En résumé, rien n'empêche de
croire que Sorel ait composé le *Jugement du Cid*, et il y
a de fortes raisons pour lui attribuer ce pamphlet. »

Nous adopterions assez volontiers les conclusions de
M. E. Roy, s'il nous était démontré que le *Jugement du
Cid*, etc., est sorti des presses d'un des imprimeurs (1)

(1) Toussaint du Bray, ou Antoine de Sommaville.

auxquels s'est adressé C. Sorel, en 1633 et en 1634 par exemple, pour la publication de l'*Ingratitude punie* ou pour celle de *La vraie suite des aventures de la Polyxène du feu sieur de Molière* (1).

(1) De qui est le pamphlet, très favorable à Corneille, intitulé « *Le Souhait du Cid en faveur de Scuderi. Une paire de lunettes pour faire mieux ses observations* », et signé « Mon ris » ? L'auteur termine ainsi son factum : « Pour moi, n'estoit que je pense faire une lascheté de corriger les fautes d'autrui autrement qu'avec le baston, on mettroit icy avec une grande liberté mon seing, mais on me cognoistra assez si je dis que je suis celuy qui ne *taille point sa plume qu'avec le tranchant de son espée*, qui hait ceux qui n'aiment pas Chimene et honore infiniment celle (*) qui l'a autorisée par son jugement, procurant à son Autheur la noblesse qu'il n'avoit pas de naissance. Qui mérite d'estre Gentilhomme par sa vertu est plus que celuy qui tient cette qualité de ses pères : il vaut mieux estre le premier noble de sa race que le dernier, et de Poëte devenir Gentilhomme plus tost qu'estant né Gentilhomme faire le Poëte. Je parle ainsi librement sçachant qu'encores qu'on me voye souvent on fera semblant de ne me cognoistre point.

« MON RIS. »

M. H. Chardon (p. 115, note) se demande si cet anagramme ne cache pas un des Sirmond, « bien que Jean Sirmond, l'académicien, fût un des familiers les plus intimes du Cardinal. » M. Bouquet (*Points obscurs et nouveaux de la vie de P. Corneille* (p. 88, note 1) pense que M. Chardon a, ici encore, rencontré la vérité. — N'oublions pas que Jean Sirmond, l'auteur de la *Vie du Cardinal d'Amboise* (1631), a pris plaisir à se cacher sous le pseudonyme du « *sieur des Montagnes.* » (SIR MONT ? ?)

(*) La reine.

ESSAI DE CLASSIFICATION CHRONOLOGIQUE DES PAMPHLETS

POUR ET CONTRE LE « CID »

Il est difficile de classer chronologiquement, *d'une façon très exacte,* les pamphlets parus, en 1637, *pour* et *contre* le Cɪᴅ. Toutes les semaines on voyait naître un nouveau factum, que les vendeurs de Gazettes (1), soit sur le Pont-Neuf, soit devant l'Horloge du Palais, — s'égosillaient (2) à offrir aux passants.

L'*Essai* de classification chronologique, que nous donnons ici, peut être modifié, mais seulement pour quelques pièces de peu d'importance ; nous conseillons donc, à nos confrères de la *Société des Bibliophiles Normands* de l'adopter provisoirement.

Pour faciliter les recherches, nous avons mis, en tête de chaque pamphlet, le nᵒ de l'excellente *Bibliographie Cor-*

---

(1) *La Victoire du Sʳ Corneille, etc.* (1360), p. 4 et 5.
(2) « Un vendeur de denrée crioit *à gorge desployée...* » (*ibid*).

11

nelienne de M. Émile Picot, qui — je dois le dire, — a été, pendant tout le cours de ce travail, notre livre de chevet (1).

A. G.

(1) Nous essayons de remplir le vœu formulé par M. Henri Chardon (*La vie de Rotrou mieux connue*, p. 115, note). Que M. Chardon nous permette de lui adresser ici nos bien vifs et bien sincères remerciements pour les précieux renseignements que son savant livre nous a fournis, et dont nous avons largement profité.

PAMPHLETS

141, 142. — *Excuse à Ariste* (Corneille).

> Cause première de la « Querelle du *Cid* ». — *Publié d'après l'exemplaire in-4° de la Bibliothèque Sainte-Geneviève.*

1349. — *L'autheur du vray Cid espagnol à son traducteur francoys* (Mairet).

> Stances très violentes contre Corneille, en réponse à l'*Excuse à Ariste*. — *Publié d'après l'exemplaire in-4° (véritable édition princeps), de la Bibliothèque de Caen.*

143. — *Rondeau* (Corneille).

> Très injurieux contre Mairet.

1350, 1351, 1352, 1353. — *Observations sur le Cid.* A Paris, aux despens de l'autheur. M.DC.XXXVII (Scudery).

> Contre Corneille. — Ce pamphlet, très connu, se trouve dans beaucoup d'éditions anciennes de Corneille. — *Non publié par la Société des Bibliophiles normands.*

manuel

1354. — *La deffense du Cid.* A Paris, M.DC.XXXVII (FARET ?).

> Très favorable à Corneille. — *Publié par M. Lormier, en 1879.*

144, 145. — *Lettre apologitique du Sⁱ Corneille, contenant sa response aux observations faictes par le Sⁱ Scuderi sur le Cid.* M.DC.XXXVII (CORNEILLE).

1355. — *La voix publique à Monsieur de Scudery sur les Observations du Cid.* A Paris, (M.DC.XXXVII (AUTEUR INCONNU).

> Contre Scudéry.

1356. — *L'Incognu et véritable amy de Messieurs de Scudery et Corneille.* M.DC.XXXVII (ROTROU ?)

> L'auteur qui répond à *la Voix publique*, essaie de tenir la balance égale entre Corneille et Scudéry.

1357. — *Le souhait du Cid en faveur de Scudéri, une paire de lunettes pour faire mieux ses observations.* M.DC.XXXVII (Signé *Mon ris*). (SIRMOND ?).

> Pour Corneille, contre Scudéry.

1358. — *Lettre du Sⁱ Claveret au Sⁱ Corneille, soy disant autheur du Cid.* A Paris, M.DC.XXXVII (CLAVERET).

> Pamphlet très injurieux contre Corneille.

1359. — *L'amy du Cid à Claveret*. A Paris, M.DC.XXXVII (Auteur inconnu) « Un ami du *Cid* qui ne fit jamais profession d'écrire (p. 7). »

> Réponse au précédent pamphlet. — Très injurieux contre Claveret. On lui reproche d'avoir été sommelier (d'avoir tiré des *bottes*, comme ses parents [p. 4]). — Attribué à Corneille par Niceron.

1372. — *L'acomodement du Cid & de son censeur*. A Paris. M.DC.XXXVII (Auteur inconnu).

> Pitoyable pamphlet contre Corneille. — *Publié d'après l'exemplaire de la Bibliothèque de Caen.*

1360. — *La victoire du sieur Corneille, Scudery & Claveret...* A Paris, M.DC.XXXVII (Auteur inconnu).

> Misérable pamphlet dirigé surtout contre Corneille. — L'auteur, étant donné le grand nombre de citations latines qu'il prodigue, doit être quelque cuistre de collège. — *Publié d'après l'exemplaire du British Museum.*

1361. — *Lettre à ,*, sous le nom d'Ariste : « Ce n'est donc pas assez*, etc. »* (Faucon de Ris, seigneur de Charleval).

> Très impertinent contre Corneille.

1362. — *Response de ,*, à ,*, sous le nom d'Ariste*. A Paris, M.DC.XXXVII (Auteur inconnu).

> Par un ami de Corneille ; dirigé surtout contre Mairet. — Attribué à Corneille par Niceron.

1363. — *Lettre pour Monsieur de Corneille, contre les mots de la Lettre sous le nom d'Ariste :* « Je fis donc résolution de guérir ces idolâtres » (Auteur inconnu).

> Par un ami de Corneille ; dirigé surtout contre l'auteur (qu'on ne nomme pas, mais qu'on a l'air de bien connaître) de la *Lettre à ₓ*ₓ (1361), [page 2, Claveret est encore appelé « sommelier »]. — Attribué à Corneille par Niceron.

1364. — *Lettre de Mᵣ de Scudery à l'illustre Académie.* — A Paris, chez A. de Sommaville, M.DC.XXXVII (Scudery).

> Scudery, dans cette *Lettre,* avoue être l'auteur des *Observations* (anonymes) sur le *Cid.* Scudery demande que Corneille soumette le *Cid* au jugement de Messieurs de l'Académie.

244. — *Paraphrase de la Devise sur l'Observateur :*

> *Et poëte et guerrier*
> *Il aura du laurier*

(Attribué à Corneille (?).

> Contre Scudery.

1365. — *La preuve des passages alleguez dans les Observations sur le Cid. A Messieurs de l'Académie.* A Paris, chez A. de Sommaville, M.DC.XXXVII (Scudery).

> C'est la suite de la *Lettre à l'Illustre Academie* (Bibl. Corn. nᵒ 1364).

1366. — *Epistre aux poëtes de ce temps sur leur Querelle du Cid.* A Paris, M.DC.XXXVII (Auteur inconnu).

> Pamphlet d'une rare platitude, où le lecteur cherche, — souvent en vain, — ce que l'auteur a voulu dire, et de quel côté il s'est rangé. — *Publié d'après l'exemplaire de la Bibliothèque Nationale* (Y 5670, anc. cat.).

1367. — *Pour le sieur Corneille contre les ennemis du Cid.* A Paris, M.DC.XXXVII (Sonnet et quatrain) (Auteur inconnu).

> En faveur de Corneille, contre Scudéry. — *Publié d'après l'exemplaire de la Bibliothèque de l'Arsenal* (9809. Res. B. L.).

1370, 1371. — *Le Jugement du Cid, composé par un Bourgeois de Paris, Marguillier de sa paroisse.* (Ch. Sorel ?)

> En somme, favorable à Corneille ; mais, de temps en temps, critiques assez justes des défauts remarqués dans la tragi-comédie du *Cid.* — *Publié d'après l'exemplaire de la Bibliothèque de Caen.*

1368, 1369. — *Discours à Cliton sur les Observations du Cid, avec un traicté de la disposition du Poëme dramatique et de la prétendue règle de vingt-quatre heures.* A Paris, aux dépens de l'autheur. — (Même ouvrage sous un titre différent) : *Examen de ce qui s'est faict pour & contre le Cid, avec un Traicté, etc.* (Attribué par M. H. Chardon, — mais sous réserves, — à M. le comte de BELIN ?) Voir, page 45, les autres attributions.

> En somme favorable à Corneille. — Cet opuscule, qui en soi est très intéressant, n'a que de très vagues rapports avec la « Querelle du *Cid* ». L'auteur aura profité de l'occasion qui lui était fournie par cette querelle, pour publier son Traité, composé depuis cinq ou six ans ; et comme, sans doute, ce Traité ne se vendait guère, il en changea le titre pour amorcer les curieux : *Examen de ce qui s'est fait pour et contre le Cid, etc.* — *Non publié par la Société des Bibliophiles normands.*

1373. — *Epistre familière du Sr Mairet au Sr Corneille sur la Tragi-Comédie du Cid.* A Paris, chez A. de Sommaville... M. DC. XXXVII (Dans cette *Epistre,* il est fait allusion au *Jugement du Cid par un Bourgeois de Paris, etc.* (n°s 1370, 1371.) (MAIRET). Datée de Paris, du 4 juillet 1637. [p. 29].

> Réponse à Corneille, ou à l'un de ses amis, à propos de la *Response de ,*, à ,*,* (1362), et de la *Lettre pour M. de Corneille* (1363).

(?) *Lettre du sieur Claveret à Monsieur Corneille* (CLAVERET).

> Claveret (p. 3), reproche à Corneille de boire du cidre ; d'après lui, les petits enfants couraient, à Rouen, après Corneille, comme on court après un pauvre insensé (p. 5). — *Inconnu à M. Picot.*

1374. — *Lettre du Desinteressé au sieur Mairet*
(Corneille ? ou l'un de ses amis intimes, puisqu'il est
parlé (p. 2) d'une pièce que Corneille prépare).

> Contre Mairet et contre Claveret (le sommelier), qui a versé
> du vin à Corneille (p. 5). — [Voir les nᵒˢ 1359 et 1363].

1375. — *Advertissement au Besançonnois Mairet*,
M.DC.XXXVII (Corneille ? ou l'un de ses amis).

> On prétend, dans ce factum, que Corneille n'a pas écrit ou
> inspiré les nᵒˢ 1359 et 1362. Factum très dur contre Mai-
> ret, auquel on reproche, puisqu'il est né à Besançon, de
> n'être pas Français, et de faire « à tous moments des
> fautes contre la langue. » [p. 7 et 8].

•1377. — *Apologie pour Monsieur Mairet, contre lès
calomnies du sieur Corneille de Rouen*. M.DC.XXXVII
(Scarron (?) et Mairet (Lettre de Mairet, datée de Belin
[dans le Maine], le 30 septembre 1637).

> Pamphlet très violent contre Corneille, où l'auteur rappelle
> les insolences de Charleval au Jeu de Paume de Rouen, et
> menace l'auteur du *Cid* de la vengeance de Mairet.

(?). — *La suitte du Cid en abrégé, ou le triomphe de
son Autheur, en despit des envieux*. A Villiers Cotrets,
chez Martin Baston, à l'enseigne du Vert-Galand, vis-à-
vis la rûe des Mauvaises paroles (Scarron ? ?)

> Le plus ignoble des pamphlets publiés contre Corneille.
> L'auteur du *Cid* y est grossièrement injurié et menacé

12

de coups de bâton. — *Inconnu à M. Emile Picot.* — *Publié d'après l'exemplaire, que nous croyons unique, de la Bibliothèque de Caen.*

1378. — *Lettre de M. l'abbé de Boisrobert à M. Mairet* (Boisrobert), datée de Charonne, ce 5 octobre 1637.

> Boisrobert, par ordre du Cardinal, essaie de calmer les esprits aigris de Corneille et de Mairet. (En somme, plus favorable à Mairet qu'à Corneille).

1380, 1381. — *Les sentiments de l'Académie françoise sur la tragi-comédie du Cid.* A Paris, chez Jean Camusat..., M.DC.XXXVIII (Chapelain).

> Ni trop favorable ni trop hostile à Corneille. — *Non publié par les Bibliophiles normands.*
> Cette œuvre de Chapelain est trop connue et trop répandue pour que nous ayons cru devoir la reproduire.

1381. — *Observations sur les sentiments de l'Académie françoise* (Manuscrit de la Bibliothèque Sainte-Geneviève, à Paris (Y 458 (3), Rés.) (Auteur inconnu).

> Très favorable à Corneille. L'auteur répond à toutes les critiques de Chapelain. — Publié par M. Lormier (1879).

1379. — 1° *Lettre de M. de Balzac à M. de Scudery sur les observations du Cid* (Balzac).

> Plus favorable à Corneille qu'à Scudéry.

2° *Et la response de M. de Scudery à M. de Balzac.* (SCUDÉRY).

> Scudéry essaie de convertir Balzac à ses opinions.

3° *Avec la lettre de M. de Scudery à Messieurs de l'Académie françoise sur le jugement qu'ils ont fait du Cid et de ses observations.* A Paris, chez A. Courbé, M.DC.XXXVII (SCUDÉRY).

> Remercie l'Académie de lui avoir donné raison.

1383. — *L'innocence et le veritable amour de Chymene, dédié aux Dames.* Imprimé cette année, M.DC.XXXVIII (AUTEUR INCONNU).

> Dissertation alambiquée sur l'amour et la passion. — Longue et froide discussion sur cette question : « Chimène peut-elle aimer le meurtrier de son père ? ». Favorable à Corneille.

EXCVSE A ARISTE.

C E n'eſt donc pas aſſez, & de la part des
  Muſes,
  Ariste, c'eſt en vers qu'il vous faut des
  excuſes,
Et la mienne pour vous n'en plaint pas la façon, (ſon :
Cent vers luy couſtent moins que deux mots de chan
Son feu ne peut agir quand il faut qu'il s'applique
Sur les fantaſques airs d'vn reſueur de Musique,
Et que pour donner lieu de paroistre à ſa voix
De ſa bigearre quinte il ſe faſſe des loix,
Qu'il ait ſur chaque ton ſes rimes aiustées
Sur chaque tremblement ſes ſyllabes contees,
Et qu'vne froide pointe à la fin d'vn couplet
En dépit de Phebus donne à l'art vn ſouflet :
En fin ceste priſon desplaist à ſon genie,
Jl ne peut rendre hommage à cette tyrannie,
Il ne ſe leurre point d'animer de beaux chants,
Et veut pour ſe produire auoir la clef des champs.
C'eſt lors qu'il court d'haleine, & qu'en plaine carriere
Quittant ſouuent la terre, en quittant la barriere,
Puis d'un vol eſleué se cachant dans les cieux
Il rit du deſeſpoir de tous ſes enuieux
Ce trait est vn peu vain, Ariſte, ie l'auouë,

Mais faut-il s'estonner d'vn Poete qui se loüe?
Le Parnasse autrefois dans la France adoré
Faisoit pour ses mignons vn autre aage doré,
Nostre fortune enfloit du prix de nos caprices,
Et c'estoit vne Blanque à de bons benefices :
Mais elle est espuisée, & les vers à present
Aux meilleurs du mestier n'apportant que du vent,
Chacun s'en donne à l'aise & souuent se dispense
A prendre par ses mains toute sa recompense.
Nous nous aimons vn peu, c'est nostre foible a tous,
Le prix que nous valons qui le sçait mieux que nous ?
Et puis la mode en est & la Cour l'authorise,
Nous parlons de nous mesme auec toute franchise,
La fausse humilité ne met plus en credit,
Je sçay ce que ie vaux, & croy ce qu'on m'en dit :
Pour me faire admirer ie ne fais point de ligue,
J'ay peu de voix pour moy, mais ie les ay sãs brigue,
Et mon ambition pour faire plus de bruit
Ne les va point quester de Reduit en Reduit,
Mon trauail sans appuy monte sur le Theatre,
Chacun en liberté l'y blasme ou l'idolatre,
Là sans que mes amis preschent leurs sentiments
J'arrache quelque fois trop d'applaudissements,
Là content du succés que le merite donne
Par d'illustres aduis ie n'éblouïs personne
Je satisfaits ensemble & peuple & courtisans
Et mes vers en tous lieux sont mes seuls partisans
Par leur seule beauté ma plume est estimée

Ie ne dois qu'a moy feul toute ma Renommée,
Et penfe toute fois n'auoir point de riual
A qui ie faffe tort en te traittant d'égal :
Mais infenfiblement ie baille icy le change,
Et mon efprit s'égare en fa propre loüange,
Sa douceur me feduit, ie m'en laiffe abufer,
Et me vante moy mefme au lieu de m'excufer.
Reuenons aux chanfons que l'amitié demande,
J'ay brufle fort longtemps d'vne amour affez grande,
Et que jufqu'au tombeau je dois bien estimer,
Puifque ce fut par là que j'appris à rimer :
Mon bonheur commença quand mon ame fut prife,
Je gaignay de la gloire en perdant ma franchife,
Charmé de deux beaux yeux, mon vers charma la
Et ce que i'ay de nom ie le dois à l'amour. (Cour,
J'adoray donc Philis, & la fecrette eftime
Que ce diuin esprit faifoit de noftre rime
Me fit deuenir Poete auffi toft qu'amoureux,
Elle eut mes premiers Vers, elle eut mes derniers feux,
Et bien que maintenant cette belle inhumaine
Traite mon fouuenir auec vn peu de haine,
Je me trouue toufiours en estat de l'aimer,
Ie me fens tout émeu quand ie l'entends nommer,
Et par le doux effet d'vne prompte tendreffe
Mon cœur fans mon adveu recognoift fa maiftreffe,
Apres beaucoup de vœux & de submifsions
Vn malheur rompt le cours de nos affections;
Mais toute mon amour en elle confommée,

Ie ne voy rien d'aimable aprés l'auoir aimée,
Aufsi n'aymay-ie plus, & nul objet vainqueur
N'a poffedé depuis ma veine ny mon cœur.
Vous le diray-ie, amy ? tant qu'ont duré nos flames
Ma Mufe egallement chatoüilloit nos deux ames,
Elle auoit fur la mienne un abfolu pouuoir,
J'aimois à le defcrire, elle à le receuoir :
Vne voix rauiffante ainfi que fon vifage
La faifoit appeller le Phoenix de noftre aage,
Et fouuent de fa part ie me fuis veu preffer
Pour auoir de ma main de quoy mieux l'exercer.
Jugez vous mefme, Arifte, à cette douce amorce
Si mon genie estoit pour espargner fa force :
Cependant mon amour, le pere de mes vers,
Le fils du plus bel oeil qui fut en l'vniuers,
A qui defobeïr c'eftoit pour moy des crimes,
Jamais en fa faueur n'en peut tirer deux rimes;
Tant mon esprit alors contre moy reuolté
En haine des chanfons fembloit m'auoir quitté,
Tant ma veine fe trouue aux airs mal affortie
Tant auec la Musique elle a d'Antipathie,
Tant alors de bon coeur elle renonce au jour,
Et l'amitié voudroit ce que n'a peu l'amour!
N'y penses plus, Ariste, vne telle injuftice
Expoferoit ma Muse à fon plus grand fupplice,
Laiffez la tousjours libre agir fuiuant fon choix,
Ceder à fon caprice & f'en faire des loix.

L'AUTEUR DU VRAY CID ESPAGNOL

A SON TRADUCTEUR FRANÇAIS

INTRODUCTION

Dans son *Discours de réception* à l'Académie de Rouen (24 janvier 1879), et dans son Introduction à la *Défense du Cid* et aux *Observations sur les Sentiments de l'Académie française* (1), M. Lormier a trop bien raconté la « Querelle du Cid » pour que nous ayons la témérité de refaire ce qui a été si bien fait.

Nous n'avons pas besoin d'ailleurs d'une longue Introduction pour présenter à nos Confrères les pièces « pour et contre le Cid » qu'ils ont bien voulu nous charger de rééditer.

Un infatigable érudit, à qui nous devons deux excellentes études sur le XVIIᵉ siècle : *la Troupe du Roman comique dévoilée*, et *la Vie de Rotrou mieux connue, etc.* (2), écrivait en 1879 : « Les Moliéristes n'ont rien

---

(1) *Société des Biblioph..Norm.*, 1879.

(2) HENRI CHARDON, *Bull. de la Soc. d'Agric., Sc. et Arts de la Sarthe*, et Paris, Champion, 1876. — *Revue hist. et arch. du Maine*, et Paris, Picard, 1879.

laissé à savoir de ce qui a trait aux luttes dans lesquelles fut engagé l'auteur de l'*Ecole des Femmes*. Ils
ont eux-mêmes publié les pamphlets dirigés contre
Molière. Les Cornéliens, au contraire, semblent avoir
voulu organiser le silence autour des écrits des adversaires de l'auteur du Cɪᴅ; ceux-mêmes qui ont mis en
lumière Mairet, Scudéry et leurs écrits, et les ont ainsi
pris sous leur patronage, ont paru avoir honte de
parler longuement de cette prise d'armes contre Rodrigue et Chimène et n'en ont dit qu'un mot en pas-
sant. Ils se sont abstenus, bien entendu, de reproduire
les divers factums du temps, comme si cette publica-
tion rétrospective eût pu faire pâlir la gloire de Corneille auprès de la postérité, comme si les critiques de
ces pamphlets pouvaient entamer le bronze de sa
statue.

Il y a là une lacune sur laquelle j'appelle l'attention
des curieux. Il faut que cette querelle soit enfin connue dans ses plus petits recoins, que toutes les pièces
rares qui s'y rapportent soient enfin publiées et éclairées par des notes critiques qui permettent de voir
clair à travers les sous-entendus et de lire entre toutes
les lignes... **(1)** »

Ce souhait — du moins en ce qui concerne la publi-

---

(1) *La vie de Rotrou, etc.*, p. 109 du tirage à part.

cation de ces pièces — ne tardera pas à être réalisé.
Déjà M. Lormier a réédité *la Défense du Cid*, d'après
l'imprimé de 1637, et *les Observations sur les Sentiments de l'Académie française,* d'après un ms. de la
bibliothèque Sainte-Geneviève.

La Société des Bibliophiles Normands a pensé
qu'elle devait poursuivre ce qu'elle avait si bien commencé ; et estimant que même les plus détestables
pamphlets lancés contre Corneille ne pouvaient « entamer le bronze de sa statue », elle remet au jour un
certain nombre de pièces que seuls possèdent de raris-
simes bibliophiles, ou qu'on ne rencontre qu'avec
peine dans un très petit nombre de bibliothèques publiques. Elle les tire donc de l'ombre profonde où elles
dormaient depuis plus de deux siècles, ne fût-ce que
pour montrer quelles haines féroces déchaîna contre
Corneille la « merveille » du Cid.

Nous commençons la publication des pamphlets les
plus rares « pour et contre le Cid », parus en 1637,
par *l'Autheur du vray Cid espagnol à son traducteur
françois.* Bien que cette pièce ait déjà été citée en
entier par M. Lormier (1), nous croyons devoir la don-

(1) *La Défense du Cid*, Introd., p. 8.

ner à nouveau, d'après une des deux éditions origi-
nales.

M. E. Picot (*Bibliographie Cornélienne*, nᵒ 1349)
ne cite que l'édition in-8ᵒ. Nous en connaissons une
autre, pet. in-4ᵒ (celle que nous reproduisons) : elle
se trouve à la Bibliothèque de Caen (1), dans un volume qui a appartenu au cordelier François Martin,
l'ami et le correspondant de Daniel Huet.

Cette édition in-4ᵒ n'a pas de date, mais c'est plus
que probablement la vraie édition *princeps*, celle que
Mairet fit imprimer clandestinement et qu'il chargea
son ami Claveret de distribuer à Paris. L'exemplaire
de la Bibliothèque de Caen, plié en forme de lettre, fut
adressé à Mʳ *de la Guenstière* (ou *Quenstière*), *au
Dauphin, place Dauphine.*

Il nous semble à peu près certain que l'édition in-4ᵒ
fut imprimée dans le Maine, au Mans, ou à la Flèche.

Au début de la querelle du Cid, Mairet était, ne
l'oublions pas, au Mans, chez son protecteur, le comte
de Belin. L'auteur (Corneille, peut-être) de l'*Avertissement au Besançonnois Mairet* répond à l'auteur du
Vray Cid espagnol : « Cette belle poésie *que vous nous
aviez envoyée du Mans,* ne nous permettoit pas de

_____

(1) Cʰ 6 ter.
2

douter que vous estes aussi sçauant en injures que
vostre amy Claveret. » — Supposant donc, non sans
vraisemblance, que Mairet avait fait imprimer son
pamphlet soit au Mans, soit à la Flèche, où les imprimeurs ne devaient pas manquer, étant donnée l'importance du collège des Jésuites, nous avons calqué le
plus exactement qu'il nous a été possible les fleurons
du bandeau, les caractères et même le filigrane du
papier (1), et nous avons envoyé ces calques à M. Robert
Triger et à M. l'abbé G. Esnault, membres de la
Société historique et archéologique du Maine, dont
l'érudition n'a d'égale que la complaisance. Voici ce
que M. R. Triger nous a répondu : « Le filigrane dont
vous m'avez envoyé un calque est d'origine mancelle.
Quant aux fleurons, je ne les trouve pas dans les
ouvrages imprimés au Mans, mais, en revanche, je les
rencontre *absolument semblables* dans deux livres imprimés à la Flèche : *Musæ flexienses*, 1629, pet.
in-4°; — *Invention nouvelle et brieve pour reduire
en perspective par le moien du quarré toutes sortes
de plans et corps, etc.*, 1648, in-4°. — De son côté
M. l'abbé G. Esnault nous écrit : 1° « Je trouve les fleurons pour bandeaux et têtes de pages, reproduits par

(1) Un carré long, avec deux bâtons en diagonale, formant
une croix de Saint-André.

votre calque, ainsi que les caractères italiques, dans
deux volumes imprimés au Mans, l'un en 1632, par
Gervais Olivier, le second en 1638, par Aymé Huot;
2° Le filigrane est bien manceau ; je n'ai pu le découvrir dans des volumes imprimés au Mans à cette date ;
mais je le rencontre fréquemment dans des actes nota-
riés passés au Mans en 1637 et années environnantes...
La solution pour moi n'est pas douteuse et je ne puis
que confirmer vos suppositions. »

Donc, jusqu'à preuve du contraire, nous croirons
que l'édition in-4° de *l'Autheur du Vray Cid Espagnol*,
celle que nous publions, a été imprimée soit au Mans,
soit à la Flèche, et qu'elle est bien la véritable édition
princeps.

ARMAND GASTÉ.

L'AVTHEVR DV

vray Cid Efpagnol, à fon Traducteur François, fur vne Lettre en vers,
qu'il a faict imprimer Intitulée *(Excufe à
Arifte)* ou apres cens traits de vanité,
il dit parlant de foymefme.

Ie ne doy qu'a moy seul toute ma Renommée,

L'ESPAGNOL.

 *E parle à toy Vanteur, dont l'audace acheuée,*
S'eft depuis quelques iours dans le Ciel efleuée.
Au mepris de la Terre, & de fes Habitans,
A Toy dont l'infolence en tes efcrits femée
Et bien digne du faft des plus fous Capitans,
Soutient que ton merite a faict ta Renommée.

Les noms de deux ou trois, dont tu veux faire accroire,
Qu'en les traictant d'Efgaux tu les combles de gloire
Dans l'Efpagne, & plus outre auoient déia couru,
Mais de ton froid Efprit qui fe paift de fumée,

A

Rien certes dans Madrid n'auoit iamais paru,
Et le Cid seulement y fait ta Renommée.

Ie croy que ce suiect esclatant sur la Scene,
Puis qu'il rauit le Tage a pù rauir la Seine.
Mais il ne failloit pas en offencer l'Autheur,
Et par vne impudence en orgueil confirmée,
Asseurer d'vn langage aussi vain qu'imposteur,
Que tu dois à toy seul toute ta Renommée.

Tu ne dois te vanter en ce fameux ouvrage
Que d'vn Vers assez foible en ton propre langage,
Qui par ton ignorance oste l'honneur au mien,
(Tant sa force & sa grace, en est mal exprimée)
Cepandant Orgueilleux & riche de mon bien,
Tu dis que ton merite à faict ta Renommée.

Bien, bien, Iiray paroistre auec toute asseurance,
Parmy les Courtisans & le peuple de France,
Auec vn Priuilege & Passeport du Roy,
Alors ma propre gloire, en ta langue Imprimée,
Descouvrira ta honte, & mon Cid fera foy
Que le tien luy deuoit toute sa Renommée.

Donc fier de mon plumage, en Corneille d'Horace,
Ne pretens plus voler plus haut que le Parnasse,

Ingrat rens moy mon Cid iuſques au dernier mot,
Apres tu cognoiſtras, Corneille déplumée,
Que l'Eſprit le plus vain eſt ſouuent le plus ſot,
Et qu'enfin tu me dois toute ta Renommée.

DON BALTAZAR
de la Verdad.

RONDEAV

Q̃V'il face mieux, ce ieune iouuencel,
     A qui le Cid donne tant de martel,
     Que d'entaſſer iniure ſur iniure,
Rimer de rage vne lourde impoſture,
Et ſe cacher ainſi qu'vn criminel.
     Chacun connoiſt ſon ialoux naturel
Le montre au doigt comme vn fou ſolennel,
Et ne croit pas, en ſa bonne eſcriture,
          Qu'il face mieux
Paris entier ayant leu ſon cartel,
L'enuoye au Diable, & ſa Muſe au Bordel,
Moy i'ay pitié des peines qu'il endure,
Et comme amy ie le prie & coniure,
S'il veut ternir vn ouurage immortel,
          Qu'il face mieux.

Omnibus inuideas, liuide, nemo tibi.

LETTRE

APOLOGITIQVE

du Sʳ CORNEILLE,
contenāt ſa reſponce
aux Obſeruations fai-
ctes par le Sʳ SCVDERI
ſur le CID

M. DC. XXXVII.

MONSIEVR,

Il ne vous fuffit pas que
voftre Libelle me defchire en public ; Voz Lettres me viennent
quereller iufques dans mon Cabinet, & vous m'enuoyez d'injuftes
accufatiõs lors que me deuez pour
le moins des excufes ; Ie n'ay point
fait la piece qui vous picque, ie l'ay
receuë de Paris auec vne Lettre
qui m'a appris le nom de fon Autheur ; Il l'adreffe à vn de nos amis
qui vous en pourra donner plus
de lumiere : Pour moy, bien que ie
n'aye guere de iugement, fi l'on
s'en rapporte à vous. Ie n'en ay pas

ſi peu que d'offencer vne perſonne
de ſi haute condition, dont ie n'ay
pas l'honneur d'eſtre cogneu , &
de craindre moins ſes reſſentimẽs
que les voſtres : Tout ce que ie
vous puis dire, c'eſt que ie ne doute
ny de voſtre Nobleſſe ny de voſtre vaillance, & qu'aux choſes de
ceſte nature, où ie n'ay point d'intereſt, ie croy le monde ſur ſa parolle, ne meſlons point de pareilles
difficultez parmy nos differends ;
Il n'eſt pas queſtion de ſçauoir de
combien vous eſtes Noble ou plus
vaillant que moy, pour juger de
combien le Cid eſt meilleur que
l'Amant liberal : Les bons eſprits
trouuent que vous auez fait vn
haut chef d'œuure de doɕtrine et
de raiſonnement en vos Obſeruations. La modeſtie & la gene-

rofité que vous y tefmoignez, leur
femblent des pieces rares ; Et fur
tout voftre procedé merueilleufe-
ment fincere & cordial , vers vn
amy ; Vous proteftez de ne me
dire point d'injures, & lors qu'in-
continant apres vous m'accufez
d'ignorance en mon meftier &' de
manque de jugement en la conduite de mon chef-d'œuure ; Vous
appellez cela des ciuilitez d'Autheur , ie n'aurois befoin que du
texte de voftre Libelle, & des con-
tradiɛtiõs qui s'y rencontrẽt pour
vous conuaincre de l'vn & de
l'autre de ces deffaux, & imprimer
fur voftre cafaque, le quatrain outrageux que vous auez voulu attacher à la mienne, fi le mefme
texte ne me faifoit voir que l'E-
loge , d'Autheur d'heureufe me-

moire, ne vous peut eſtre propre,
en m'apprenant que vous man-
quez auſſi de ceſte partie, quand
vous vous eſtes eſcrié (O raiſon
de l'Auditeur , que faiſiez vous)
en faiſant ceſte magnifique faillie?
Ne vous eſtes-vous pas ſouuenu
que le Cid a eſté repreſenté trois
fois au Louure , & deux fois à
l'Hoſtel de Richelieu : Quand
vous auez traiɛté la pauure Chimene d'impudique , de proſtituée,
de parricide, de monſtre ; Ne vous
eſtes vous pas ſouuenu , que la
Reyne, les Princeſſes, & les plus
vertueuſes Dames de la Cour &
de Paris, l'ont receuë & careſſée en
fille d'honneur ; Quand vous m'a-
uez reproché mes vanitez , & nõ-
mé le Comte de Gormas, vn Capitan de Comedie , vous ne vous

eftes pas fouuenu que vous auez
mis vn, *A qui liɛt*, au deuant de
Ligdamon, ny des autres chaleurs
Poëtiques & militaires, qui font
rire le Leɛteur, prefques dans tous
vos liures. Pour me faire croire
ignorãt, vous auez tafché d'impofer aux fimples, & auez auancé des
maximes de Theatre de voftre feule auɛtorité, dont toutesfois quãd
elles feroient vrayes, vous ne pou-
riez tirer les confequences cor-
nuës que vous en tirez : Vous
vous eftes fait tout blanc d'Ariftote &, d'autres Autheurs que
vous ne leutes & n'entendites
peut eftre jamais, & qui vous
manquent tous de garentie : Vous
auez fait le Cenfeur Moral, pour
m'imputer de mauuais exemples :
Vous auez épluché jufques à en

accufer vn de manque de cezure :
Si vous eufliez fceu les termes du
meftier dont vous vous meflez ,
vous eufliez dit qu'il manquoit
de repos en l'Emiftiche : Vous
m'auez voulu faire paffer pour
fimple Traducteur , foubs vm-
bre de foixante & douze vers que
vous marquez fur vn ouurage de
deux mille ; Et que ceux qui s'y cognoiffent n'appelleront iamais de
fimples traductions : Vous auez
declamé contre moy , pour auoir
teu le nom de l'Autheur Efpagnol , bien que vous ne l'ayez appris que de moy , & que vous fça-
chiez fort bien que ie ne l'ay celé
à perfonne , & que mefme i'en ay
porté l'original en fa lãgue à Monfeigneur le Cardinal Voftre Maiftre & le mien : En fin vous m'auez

uoulu

arracher en vn iour ce que pres de
trente ans d'eſtude m'ont acquis :
Il n'a pas tenu à vous que du pre—
mier lieu où beaucoup d'honneſtes gens me placent , ie ne ſois
deſcendu au deſſoubs de Claueret : Et pour reparer des offences
ſi cenſibles , vous croyez faire
aſſez de m'exhorter à vous reſpõdre ſans outrages , pour nous repentir apres tous deux de noz
folies , & de me mander impe-
rieuſement, que malgré noz gaillardiſes paſſées ie ſois encore voſtre amy , à fin que vous ſoyez
encore le mien , comme ſi voſtre
amitié me deuoit eſtre fort pre-
cieuſe apres cette incartade, & que
ie d'euſſe prendre garde ſeulemẽt
au peu de mal que vous m'auez
fait, & non pas à celuy que vous

m'auez voulu faire. Vous vous
plaigniez d'vne lettre à Arifte, où
ie ne vous ay point fait de tort
de vous traiĉter d'efgal, puis qu'ē
vous monftrant mon enuieux,
vous vous confeffez moindre ;
quoy que vous nommiez folies
les trauées d'Autheur où vous
vous eftes laiffé emporter , & que
le repentir que vous en faites paroiftre, marque la honte que vo⁹
en auez : Ce n'eft pas affez de dire
foyez encore mon amy , pour receuoir vne amitié fi indignement
violée : Ie ne fuis point homme
d'efclairciffement , vous eftes en
feureté de ce cofté là. Traiĉtez
moy d'orefnauant en incogneu
comme ie vous veux laiffer pour
tel que vous eftes, maintenāt que
ie vo⁹ cognois ; mais vous n'aurez

pas ſujet de vous plaindre quand
ie prendray le meſme droiƈt ſur
vos ouurages que vous auez pris
ſur les miens ; Si vn volume
d'Obſeruations ne vous ſuffit
faiƈtes-en encore cinquante , tant
que vous ne m'ataquerés pas auec
des raiſons plus ſolides , vous ne
me mettrez point en neceſſité de
me deffendre , & de ma part ie
verray auec mes amis , ſi ce que
voſtre Libelle vous a laiſſé de reputation vaut que j'acheue de la
ruïner ; Quand vous me deman-
derez mon amitié auec des termes plus ciuile, j'ay aſſez de bõté
pour ne vous la refuſer pas, & me
taire des deffaux de voſtre eſprit
que vous eſtalez dans vos liures ;
Iuſques-là ie ſuis aſſé glorieux
pour voꝰ dire de porte a porte que

ie ne vo⁹ crains ny ne vous ayme.
Apres tout , pour vous parler ce-
rieufement , & vous mõftrer que
ie ne fuis pas fi picqué que vous
pourriez vous imaginer , qu'il ne
tiendra pas à moy que nous ne
reprenions la bonne intelligence
du paffé que vous fouhaitez : Mais
apres vne offence fi publique , il y
faut vn peu plus de ceremonie, je
ne vous la rendray pas mal-ayfée,
& donneray tous mes interefts à
qui que vous voudrez de vos
amis ; & ie m'affeure que fi vn
homme fe pouuoit faire fatisfaction du tort qu'il s'eft faict , il
vou's cõdamneroit à vous la faire
à vous mefme, pluftoft qu'à moy
qui ne vous en demande point ,
& à qui la lecture de vos Obferuations n'a dõné aucun mouue-

ment que de compaffion ; Et certes on me blafmeroit auec juftice,
fi ie vous voulois du mal pour
vne chofe qui a efté l'accomplif-
fement de ma gloire, & dont le
Cid à receu c'eft aduantage , que
de tant de beaux Poëmes qui ont
paru iufqu'à prefent : Il a efté le
feul dont l'efclat ait peu obliger
l'envie à prendre la plume : Ie me
contente pour toute Apologie,
de ce que vous auoüez qu'il a eu
l'Approbation des Sçauans & de
la Cour : C'eft Eloge veritable
par où vous commencez voz
Cenfures , deftruit tout ce que
vous pouuez dire apres. Il fuffit
qu'ayez fait vne folie Amatrique
fans que j'en face vne à vous refpondre comme vous m'y con-
uiez : Et puis que les plus courtes

font les meilleures, ie ne feray
point reuiure la voſtre par la mienne : Reſiſtez aux tentations de
ces gaillardiſes qui font rire le
public à voz deſpens, & continuez à vouloir eſtre mon amy,
à fin que ie me puiſſe dire le voſtre. CORNEILLE.

LA VOIX

PVBLIQVE.
A
MONSIEVR DE
SCVDERY SVR LES
Obſeruations du Cid.

A PARIS.

M. DC. XXXVII,

LA VOIX PVBLIQVE.

A Monſieur de Scudery ſur les obſeruations du Cid.

MONSIEVR,

C'eſt trop faire le bon François que de vouloir perdre le Cid, par ce qu'il eſt Eſpagnol, il faut eſtre plus genereux, & puis qu'il eſt en France donnés luy la vie ſi vous le pouués faire à celuy que ſon Autheur a desja fait immortel, & le traittāt en priſonnier de guerre, ſouffrez que nous luy donnions nos cabinets pour priſon : Il ſ'eſt aſſés rendu conſiderable pour nous obliger à le traitter fauorablement, puis qu'il a eu l'honneur de plaire au Roy & aux grands Eſprits du

Royaume. Apres les Eloges qu'il a
eu d'eux, ce feroit perdre le temps
de faire fon Apologie : Ie ne
m'arefte point à ce qu'a dit vn Enuieux qu'il aymeroit mieux auoir
faiɔ̃ les obferuations du Cid que le
Cid mefme. Son difcours tefmoigne plus de paffion & d'ignorance
que de iugemẽt. Ce n'eft point que
ie vueille condamner voftre ouurage ; j'eftime tout ce qui vient de
vous, celuy la particulierement
monftre beaucoup de viuacité dans
fes raifons fubtilles, mais conuain-
cantes comme celles dont fe feruit
ce viel Autheur qui loüa la fiebure
quarte : j'aurois tort de vous accufer d'ignorance, & ie ne veux pas
croire que l'enuie vous aye iamais
fait mettre la main à la plume, voftre ftille eft trop pompeux pour
eftre animé d'vne paffion fi baffe ;

& ſi vous blaſmés le Cid vous n'en
cognoiſſés pas moins le merite : puis
que vous aués eü les yeux aſſés pe-
netrans pour y remarquer de ſi petits deffauts vous auez peu voir toutes ſes graces, qui n'ont eſté cachées
à perſonnes. Auſſi ie m'aſſeure que
ſi vous n'euſſiés cognu ce qu'il vaut
vous ne l'euffiez pas attaqué : voſtre
cœur eſt trop grand pour eſtre capable de petits deffeings : Il ne falloit pas moins qu'vn Cid pour exciter voſtre colerre. Mais ſi vos
obſeruations n'ont pas eu le ſuccez
que vous vous en eſtiés promis,
conſolez vous dãs la ſatisfaℭtiõ que
vous pouuez tirrer d'vne haulte
entrepriſe, quoy qu'infruℭtueuſe,
& prenez d'oreſnauant pour deuiſe
au lieu dc POETE ET GVERRIER,
Auſiſſe ſat eſt. ſi vous m'aymés
mieux emprunter celle de l'Eſpa-

gnol, *Todos contra io et io contra todos,* laiſſés à l'Autheur du Cid la libre ioüiſſance de l'eſtime dõt tout le monde la iugé digne, & ne vous engagez point à faire comparaiſon d'vne Didon auec vne Medée, & d'vn Cid, auec vn Amant liberal : les bons Eſpris cognoiſſent aſſez le merite des vns & des autres ſans l'ayde de vos obſeruations. Si vous recognoiſſez la foibleſſe de voſtre party, c'eſt en vain que vous taſchez à le fortifier en vous efforçant d'interreſſer vos Iuges en voſtre cauſe, ils ſont trop iuſtes pour ſe laiſſer corrompre par des flatteries : ne croyez plus vos ſentiments ſur ce poinƈt, ny le conſeil de quelques faux Amis qui veulent se diuertir à vos deſpens : Les honneſtes gens vous condamnent, & le public ſe plaind de vous voir perdre en baga-

telles les heures qui deuroient eſtre
emploiées à des ouurages dignes de
voſtre eſprit. Si vous vous croyez
trop engagé dans le jeu ne craignés
pourtant pas de vous retirer ſur voſtre perte de peur d'vne plus grande, ſçachez qu'il faut eſtre parfaiƐt
pour oſer reprendre impunément,
& vous ne pouués ſans preſomption vous donner ce tiltre. Cher-
chés à le meriter par des œuures
meilleures que vos dernieres, & ſi
vous eſtes ſage ſuiues le conſeil de
la Voix publicque qui vous impoſe
ſilence.

L'INCOGNV

ET

VERITABLE AMY

DE MESSIEVRS DE
SCVDERY ET
CORNEILLE.

M. DC. XXXVII.

L'INCOGNV ET
veritable Amy de Messieurs de Scudery & Corneille.

M ESSIEVRS,

Puis que tout Paris n'ignore plus maintenant le
differend qui est entre Monsieur de Scudery et Monsieur Corneille, pour s'estre entrepris & engagez
insensiblement à escrire l'vn contre l'autre ; Ie ne
croy pas auiourd'huy estre blasmable de témoigner à
chacun combien i'honore leurs vertus ; ie les estime
tous deux, & le desplaisir que i'ay de les voir tous les
iours se beguetter & pincer en plusieurs façons,
par l'aduis de certaines personnes, qui ne les poussent
à ce peu glorieux dessein là, que pour apprendre aux
despens de leur reputation, & de leur plaisir, ius-
ques où deux des premiers Poëtes de nostre siecle,
peuuent porter leur inimitié, & leur hayne, estans
offencez l'vn par l'autre. I'aduouë bien que Monsieur de Scudery, selon le sentiment des plus honnestes gens, n'a pas eu autant de raison d'escrire
contre le Cid, comme il en auroit eu de taire les
fautes qu'il y a remarquées effectiuement, parce qu'à
moins que de se declarer ennemy iuré de Monsieur
de Corneille, il ne deuoit pas mettre aux yeux du
public, vne chose qui fist preiudice à vn homme de

A

sa profession & de sa compagnie, dautant que sans
toutes ces marques-là de la viuacité de son esprit,
on n'a iamais douté qu'il ne fust tres-sçauãt, & qu'il
n'eust aduantage sur beaucoup d'autres du mesme mestier, qui sont bien ayse pourtant de se diuertir par la nouueauté des Lettres & Responces, qui
se font iournellement tant d'vn costé que d'autre,
ausquelles ils donnent telles couleurs que bon leur
semble, selon leurs inclinations : d'ailleurs on trouue fort estrange que Monsieur Corneille, qui est
sage, & doit estre sans presomption & vaine gloire,
voulust pretendre vn degré de preeminence au dessus de Monsieur de Scudery, qui a fait vne infinité
des plus beaux Poëmes qui se iouënt à present sur
le Theatre ; & n'y a personne qui ne die, que c'est
luy faire tort, de blasmer ce qu'il nous donne
& qu'il laisse à la memoire, qui est (n'en desplaise
au Cid) aussi bon, ou meilleur que luy, soit en gros
ou en detail, de loing ou de prés, encore qu'il ayt
pleu à celuy qui a fait responce pour la voix publique, sans en auoir eu charge ny procuration, de
rendre vne iniustice à l'Amant liberal, qui appelle
de son iugement inique. C'est vne des plus belles
& riches Pieces que nous ayons, & dont l'inuention
est inestimable. Ce ioly personnage sans commission, ne l'a pas bien consideree, ou il n'a pas l'esprit
assez fort, & le iugement assez solide, pour remarquer
sa valeur, que les plus grossiers & les moins entendus à ce diuin mestier recognoissent ; il me semble qu'il ne fera iamais de honte au Cid, de mar-
cher paire à paire auec luy, non pas mesme quand

il prendroit la droicte : Ie ne nie pas neantmoins la
beauté du Cid, non plus que le merite de fon Autheur;
Il n'y a point de creatures, qui felon fon temperam-
ment, n'ayme des fuiects conuenables à fes hu-
meurs, & tel trouuera l'Amant liberal à fon gout,
qui ne donnera pas apres fa voix au Cid, & ainfi du
contraire : de façon qu'en cela, comme en la pluspart des chofes du monde, chacun fuit fon inclination naturelle, & fupporte les legeres fautes des Autheurs, ou les fait paffer pour grandes aupres de
ceux qui n'y entendent rien : Pour moy qui ayme
les deux Poëtes, les deux fujets, & qui ne me picque
pas de grand efprit, ie les trouue toutes deux excellentes, & les eftime extremement, auffi bien que
quantité de gens doctes qui en parlent fans intereft;
Quand au fieur Claueret, il n'eft pas bien fondé
de fe faire veoir en cette difpute, qui ne peut augmenter fa gloire, il faut qu'il trauaille autrement
qu'il n'a fait du paffé, pour faire approuuer la legiti-
mation du fujet contenu aux lettres qui courent
maintenant les ruës de fa part, ie luy confeille de
demeurer neutre, & de fe contenter d'auoir eu
l'honneur d'attaquer Monfieur Corneille, & d'a-
uoir penfé fortifier les raifons que Monfieur de Scudery a efcrites, touchant l'Obferuation du Cid, lefquelles font affez pertinentes & n'ont befoin d'aide.
Mais ie ne puis croire neantmoins que Monfieur
Corneille ne l'aye follicité à en prendre la peine, par
quelque mefpris qu'il peut auoir fait de fa perfonne
ou de fes œuures, à quoy il y a peu à redire, bien
qu'il y ait quantité de gens defnaturez & fans iugement, qui ont aduerfion pour les beautez, & qui

trouuent mauuais que Belleroze fur fon theatre donne nom à l'Amant liberal, le chef-d'œuure de Monfieur de Scudery, ce beau Poëme ne perd rien de fon
efclat pour cela, non plus qu'vn diamant de fon prix
pour eftre cherement vendu, & cet excellent &
agreable trompeur femble faire (au iugement de
tous les defintereffez) vne acte de iuftice & de fon
adreffe, quand il louë ledit fieur de Scudery, non
pas autant qu'il le doit eftre, mais autant qu'il en a
de pouuoir, tefmoignant en fon difcours fa reco-
gnoiffance, fans toutesfois vouloir toucher ny pre-
iudicier à la reputation de Monfieur Corneille, comme font d'autres tout hautement à celle dudit fieur
de Scudery, qui poffede tout feul les perfections que
le Ciel, la naiffance, & le trauail pourroient donner
à trois excellens hommes. Il eft vray qu'on ne les
peut trop cherir ny l'vn ny l'autre, & qu'ayant receu
& veu tant de belles chofes, la fertilité de leur fçauoir, la voix publique leur doit confeiller, comme ie
fais de fa part, d'employer cy apres leur temps à des
ouurages dignes de leurs capacitez, & non pas s'arrefter à fe faire la guerre l'vn l'autre à la perfuafion de
ceux qui aimēt le trouble, & qui craignent de les voir
efcrire mieux qu'eux. Ne croyez pas, Meffieurs, que
i'aye mis la main à la plume pour en acquerir de la
gloire, ny pour me faire cognoiftre homme de bien,
puis que ie parle fimplement, ainfi que des gens de
mon meftier le doiuent & le peuuent, que ie vous
laiffe mon nom en blanc, & que ie ne fuis pas feulement cogneu en particulier defdits deux Poëtes, ie
l'entreprēds donc pour les affeurer que fi ie trouuois
lieu de les obliger & feruir ie m'y emploierois de

tout mon cœur, & ferois rauy de voir l'amitié & l'intelligence reſtablie entre eux, & le ſouuenir de ce qui s'eſt paſſé depuis deux mois effacé de leur memoire. Ie leur en prie de toute mon affection de la veritable voix publique, & tout pour l'amour d'eux meſmes, que de moy, qui ſuis,

Leur tres-affectionné
ſeruiteur, D. R.

LE
SOVHAIT
DV CID
EN FAVEVR
DE SCVDERI.

VNE PAIRE DE LVNETTES
pour faire mieux ſes Obſeruations.

M. DC. XXXVII.

LE SOVHAIT DV CID
EN FAVEVR
DE SCVDERI.

VNE PAIRE DE LVNETTES
pour faire mieux ſes Obſeruations.

Ovs ſommes en vn temps, où chacun ſe pique plus de bien dire, que de bien faire, où les bonnes actions ſont plus rares, que les belles paroles, où on joüe mieux de la langue que de la main, où la vanité regne au deſauantage de la vérité, qui ſeroit enſeuelie dans l'oubly, ſi la colere, l'intereſt & l'animoſité ne la produiſoit par fois auec iniuſtice. Deux d'vn meſme meſtier (Poëtes à ce que i'entens) Scuderi & Corneille (ſans nommer) dont l'vn ne veut pas auoir de ſecond, & l'autre ne peut ſouffrir de premier, qui trauaillent pour le plaiſir public, & pour leur loüange particuliere, leur ouurage ſert d'ordinaire au Theatre, du bruit duquel il ſe repaiſſent ou

mandient quelque faueur de ceux à qui leur trauail
fert de diuertiffement; on voit à heures perduës
l'employ de leur fueur & de leurs veilles; leur eftude eft vn jeu, & leur occupation donne de l'exercice aux efprits oyfeux, dans cette condition peu
glorieufe fe font rendus ou enuieux ou médifans,
ou iniurieux l'vn contre l'autre.

Chimene dans fon agréement a jetté entr'eux
cette pomme de difcorde, portant Scuderi à fes
propres defpens à remarquer les fautes qui font dãs
la Tragi-Comedie du Cid; Il eft vray qu'autre que
luy n'euft pas voulu mettre la main à la bourfe ny
à la plume pour corriger fi mal les fautes d'autrui:
Cette charité feroit loüable fi en le releuant il ne
choppoit pas plus lourdement, comme fes lunettes
feront voir fans le dire, tout y fera propofé par forme de doute, ne croyant rien de la fcience & capa-
cité de l'vn ny de l'autre; Ie fais à deffein cõme le
fcrupuleux qui fe deffie de foy-mefme & ne s'affeure à perfonne, il approuue tout, & n'aggrée rien.
Ce qui luy deplaift le contente vn peu apres, l'i-
negalité de fon humeur le met de toute forte de
partie, felõ que le iour eft clair & obfcur, il regarde
les obiets, il embrasse auiourd'huy ce que demain luy fera à contre-cœur; en vn mot parmy les
fols on peut auec prudence faire femblant de
n'eftre pas fage.

Beautez d'illufions & beautez effectiues, vous
bleffez moins ma veuë que mes oreilles par la
groffiereté de vos termes, fi ce n'eft que la beauté
d'illufion foit prife pour celle à qui le fard & l'artifice donne du luftre & les effectiues pour celles à
qui la nature & la naïueté fert d'ornement, fi cela

eſtoit ie priſerois extremement l'induſtrie de celuy
qui conuertiroit vn monſtre de laideur en vne
parfaite beauté.

Tout le monde a eſté abuſé horſmis Scuderi,
qui le croira : il donnoit des ſentimens contraires à
ſa creance ; il faiſoit ſemblant d'admirer vne piece
qui luy faiſoit pitié, parce qu'il eſt ſans vanité bon,
& courageux, ſa bonté ſuiuoit l'erreur, ſon courage le rendoit complaiſant, n'euſt-il pas aduoüé
plus à propos d'auoir eſté ſurpris auec les autres
par ces belles couleurs qui s'effacẽt en l'air, iuſques
à ce que la preſomption de l'Autheur du Cid luy
auroit donné la curioſité de regarder de prés ce
qu'il n'auoit veu que de loin, & d'appeller de ſes
oreilles & de ſes yeux à ſon eſprit à qui le ton de la
voix & le geſte dõnant du diuertiſſemẽt ne permi-
rent pas durant le cours de l'action de iuger exactement de ce qui s'y paſſoit, il deuoit appeller de
Scuderi au theatre, à Scuderi en ſon cabinet : en
l'vn & en l'autre il monſtre d'eſtre eſgalement in-
tereſſé, faiſant l'empreſſé à defendre les autres, il ſe
trahit ſoy-meſme, refuſant la gauche en la compagnie des grands eſprits, il pretend la droicte auſſi
bien que Corneille, enquoy il ſçait mal la leçon
qu'il deſire enſeigner de ſe cognoiſtre ſoy-meſme,
qui demande la preference en matiere de perfection merite d'eſtre mis au dernier rang, s'eſtimer
ſçauant c'eſt ne l'eſtre pas, ce qu'on cognoiſt eſt
moins que rien aupres de ce qu'on ignore, cela
eſtant que deuiennent Scuderi & Corneille dans
leur débat ?

Qui deſcrie l'ouurage d'vn Autheur, l'accuſe
d'auoir mal employé ſon temps, qui dit que le ſujet

n'en vaut rien du tout, le blafme d'impudence dans
fon choix, qui le condamne de ne garder pas les
reigles de fon meftier, le reprend d'ignorance ou
de malice, enfin prouuant qu'il n'a point de beautez fans larcin, n'eft-ce pas l'appeller voleur ? c'eft
ainfi qu'on baife le fleuret & qu'on porte la botte
franche contre vn Poëte qu'ont veut fans toucher à
fa perfonne obliger à faire amande honoraire de
beaucoup de mefchans vers qui font fortis de fa
plume.

Cette diftinction ne feroit elle pas delicate de
confeffer que l'on a frappé du bafton fur le pour-
point fans auoir eu deffein de bleffer celuy qui le
porte, entre l'œuure & l'ouurier la relation & la
liaifon eft fi eftroite, que l'vn eftant mefchant, l'autre ne peut eftre bon dans le mefme ordre, vne
bonne action donne de l'honneur à celuy qui l'a
produite, comme vne mauuaife couure de honte &
d'infamie la face de celuy qui luy a fait voir le iour.
Apres tout il n'y a fi mefchāt liure qui n'aye quelque chofe de bon, celuy-là eft eftimé fain entre les
ladres qui a cette maladie à perfection ayant le poil
& le corps d'vne mefme couleur, l'egalité d'hu-
meurs par tout eft vn tefmoignage de la bonté du
temperament qui feroit mauuais s'il y auoit de la
difference dans le teint.

Tel allegue Ariftote qui ne l'a pas leu, les
ignorans appellent les fçauans à leur fecours pour
faire paroiftre du moins qu'ils les cognoiffent,
ainfi ils abufent de leur authorité pour prouuer
chofes communes, dire qu'vn Poëte vfe de fiction
c'eft chofe manifefte, perfonne n'en doute, mais
qu'vne hiftoire ne puiffe eftre le fuiet de fon Poë-

me de fa fiction & de fon inuention à l'efgard des diuers rencõtres qu'il entremefle, deguife & aiufte à fa mode qui le peut nier auec raifon. L'Hiftoire des Hercules, des Cefars, & des Cleopatres a efté pluftoft efcrite que leur Tragedie, que Scuderi loüe fi exceffiuement pour blafmer indifcretement Guillen on fon Traducteur en la Tragi-Comedie du Cid.

Pourquoy expliquer ce que c'eft que Tragedie & Tragi-Comedie, puis que le Cid iufques à la fin du fecond acte eft vne Tragedie parfaite, la mort du Comte inopinée en eft vne preuue. Scuderi euft defiré qu'il ne fut pas mort fitoft, il eft pitoyable, il luy euft prolongé la vie iufques au troifiefme acte, & n'euft pas declaré fon defaftre fur la fin du fecond, pour fufpendre & laiffer languir l'auditeur plus long-temps, contre fa maxime qui ordonne que la cognoiffance de ceux qui efcoutent preuienne l'action & la parole des Acteurs, & neantmoins il eft veritable qu'il y a du plaifir d'eftre furpris dans les euenemens, dont le hazard, & la fortune eft la maiftreffe : bien fouuët nous fommes bien aifes d'eftre trompez dans fes jeux où l'efprit prend fon diuertiffement, voyant que le deftin ordonne & difpofe des chofes autrement que nous auons penfé.

Le refte n'eft ce pas vne Comedie accomplie, encores qu'il y aye des batailles, les Rois n'y meurët point, les duels y font fans meurtre, les intrigues de l'Infante qui donne ce qu'elle voudroit pouuoir retenir, qui ne feroit pas marrie que Chimene perdit ce qu'elle luy auoit donné, ne le pouuant elle mefme poffeder, cette contrarieté de l'amour, de l'honneur, & du deuoir entre deux perfonnes qui

ne fe peuuent hayr, dont l'vne pourfuit la mort,
& l'autre ne demande ny la vie ny la grace, qu'autant qu'il plaift à celle qui eft offenfée; ne tiennent
ils pas affez l'auditeur en fufpens pour douter fi le
duel, ou la guerre, ou la juftice du Prince, enleue-
ront la tefte que Chimene haït par deuoir, & che-
rit fi fort auec inclination d'eftre legitimement à
celuy qu'elle a dés le commencement aimé fans
crime & par l'adueu & permiffion de fon pere,
dont la mort luy en deffend la poffeffion. Qui diroit
que Chimene deuoit efpoufer le meurtrier de son
pere ? cela n'eftant pas vray femblable comme dit
Scuderi, l'auditeur n'en a peu auoir la penfée, ainfi il n'a peu deuiner l'iffuë de la Tragi-Comedie du
Cid. Delà Scuderi eft contraire à foy-mefme, il fe
bleffe penfant offenfer vn autre, & ce fleuret baifé
luy ayant (à mon aduis) fait mal à la langue & à la
bouche, l'oblige à difcourir auec fi peu d'ordre &
de raifon.

Il y en a, qui pour paroiftre habiles, tafchent
de n'eftre point entendus, fe feruāt des mots eftrangers dont l'vfage n'eft pas commun, ainfi parler de
regles Dramatiques en France, c'eft faire venir la
Grece dans Paris, n'euft-il pas mieux dit en termes
de mefme pays, mais plus naturalifez les loix de la
Scene & du Theatre.

Eft-ce bien expliquer le mot de vray & de vray-
femblance, de vouloir contraindre par caprice vn
Poëte d'abandonner la verité pour fuiure fon ombre : comme il eft conftant qu'il ne doit rien produire efloigné du fens commun en tout ce qu'il y
apporte du fien, auffi il eft obligé de fuiure l'hiftoire
exactement : Vn Peintre pour tirer au naturel vn
vifage

vifage en doit prendre tous les traicts. Si c'eſt vn
borgne il aura mauuaiſe grace de luy donner deux
yeux, ſi c'eſt vn Æthiopien, il ſeroit pris pour vn fol
de le repreſenter d'vn teint de neige, vn Corbeau
blanc, vn Cigne noir, vn lievre ſe battant contre les
Chiens comme vn Lyon, vn Cerf chaſſant vne
mutte deuant ſoy & beaucoup de choſes qui ſont
contraires à l'ordre de la nature, rẽdant cet ouurier
ridicule, luy donneroit droit d'auoir vne boutique
aux petites Maiſons, mais ayant peint vn corps au
naïf, il peut le mettre ſur ſa meilleure poſture, le
reueſtir des plus rares & plus eſclatantes couleurs
& le repreſenter dans la mine & dans le port qu'il
iugera plus agreable & plus à propos à la fantaiſie
de ceux qui le doiuent conſiderer, ce que les Pein-
tres tracent auec le pinceau, les Poëtes l'expriment
auec leur plume & leurs vers, ils s'attachent au fait
comme le Peintre au viſage, ſe ſeruant par apres de
leur inuention, de leur addreſſe & de leur fiction,
pour faire agir, parler, viure & mourir, ceux qui y
ſont repreſentez dans l'ordre des paſſions & rencontres humaines au plus prés des ſentimens les
moins eſloignez de l'vſage commun.

Que Scuderi euſt crié bien plus haut, ſi on eut
repreſenté Chimene apres la mort de ſon pere en
eſtat de ne regarder qu'auec deſdain Rodrigues, ce
ſang eſpanché ayant effacé tous les traits qu'amour
auoit viuement imprimé en ſon ame, le deuoir auec
l'honneur eſtouffant ſes flammes, & ſi au lieu du
mariage on eûtfait perdre la vie au Cid par poiſon,
ou ſous l'effort impourueu de quelque aſſaſſin que
la haine euſt produit par l'inuention de cette fille,
il auroit mis en auant l'Hiſtoire, appellant tres-

B

iuſtement l'Autheur de cette Tragi-Comedie four-be & menteur, il n'auroit pas approuué la vray-semblance qui s'eſcarte du vray.

Oedipe, Medée & les autres, n'ont-ils pas eſté? s'il y a du deguiſement ce n'eſt pas en la perſonne ny au fait, mais dans la fantaiſie du Poëte qui inuente ce qui n'eſt pas pour faire voir ce qui eſt, ainſi leurs fables ſont des menteries veritables & de ces coiffes de creſpe bien clair dont les dames ſe cachent pour ſe faire mieux voir, & ſe faire regarder plus preciſement par ceux qui ont le deſſein & la curioſité de les recognoiſtre.

L'Hiſtorien & le Poëte ſont differens autant qu'vn nain d'vn geant, vn homme nud d'auec vn autre qui eſt veſtu à l'aduantage : L'Hiſtorien eſt ſerré, precis, racourcy, lié & attaché aux actions, mouuemens & rencontres des perſonnes, & du temps duquel il deduit les auantures, c'eſt vn limier qui ne doit prendre de trait qu'autant qu'il en faut pour éuenter la verité, il met à nud ce qui eſt caché, il deſcouure auec ſimplicité les fineſſes d'autruy, il n'eſt ny trop curieux ny trop ſecret, eſtant deſpoüillé de tout intereſt, il n'eſpargne perſonne, il blaſme ſans aigreur, il loüe ſans flatterie, & n'ayāt point de paſſion il parle de tout eſgalement auec iuſtice. Le Poëte n'en eſt pas de meſme, encores qu'il ne s'eſloigne pas tout à fait du vray, il luy eſt permis de faire mille tours auparauant que de l'approcher, faiſant comme les Rameurs, il luy tourne quelquefois le dos pour l'aborder, ou comme les charlatans adroits qui cachent & deſcouurent en meſme temps auec ſoupplɛſſe quelque rareté pour la donner par apres à cõſiderer en public auec plus d'admiration. Ils deguifent fans fard, ils font leurs approches en reculant : enfin les veftements qu'ils baillent à leur fujet font tranfparans, & fe produi-fent autant à nud que l'Hiftorien au plaifir prés qu'on prend de confiderer la fubtilité de leur fan-taifie, la gentilleffe de leur inuention, & l'addreffe de leur artifice qui donne goût à ce qui feroit fit de foy-mefme, ainfi s'il y a plus de difficulté d'eftre Poëte qu'Hiftorien, c'eft qu'il eft plus aifé de mar-cher que de danfer, ou de danfer fimplement que de cabrioler fur la corde, cette difference fera-elle auffi à propos que celle de Scuderi ?

La regle des vingt-quatre heures, n'eft-ce pas vne obferuation trop fcrupuleufe à l'efgard de la memoire qui s'attache plus aux chofes & aux actiõs qu'à leur durée, qui regarde en vn inftant ce qui eft paffé en cinq cens ans, comme s'il eftoit prefent, qui voit en vn moment vn enfant naiftre deuenir homme & mourir vieillard, qui fe plaift d'accour-cir le temps afin de ne point languir dãs la reprefen-tation des objets qu'elle confidere, qui s'enquefte plus du vray que de l'apparence, qui court dans l'Hiftoire auec grande viteffe de peur de s'ennuyer, n'eft-ce pas eftre contraire à l'humeur Françoife, qui voudroit dé-ja voir ce qui fe fera d'icy à dix ans, à qui le delay donne de l'inquietude, & les occa-fions de bien faire font trop lentes, ne luy permet-tant pas d'executer maintenant ce qui s'accomplira dans vn fiecle ? Ne fçauroit-on en moins de vingt-quatre heures reprefenter fur vn theatre la vie d'vn Roy qui aura vefcu cent ans ? dans une mefme gale-rie les yeux voyent en peinture fans déplaifir des perfonnages qui ont efté en plufieurs fiecles ? fi la memoire leur reſſemble (comme veut aſſez mal à propos Scuderi) ne pourra-elle pas le meſme ? il en a la preuue dans les galeries du Louure, à la maiſon de la Roine-Mere, & chez Monſeigneur l'Eminentiſſime Cardinal, on en a aſſemblé ſans deſordre, ſans diſgrace & ſans meſcontentement les pourtraits des perſonnes illuſtres qui ont eſté de depuis mille ans, ainſi pourquoy trouuera-on eſtrange que le parterre s'accorde auec les galeries, & ſi la Cour approuue ce que le Bourgeois n'a pas reietté, c'eſt l'action & non pas le temps qui agree au ſpectateur.

Ie ne ſçay pas ſi Æſchile a eu droit de ſe moquer d'Ariſtophane, mais ie ſçay bien que le Docte inſius n'eſt pas digne de deſchauſſer Bucanan qui euſt fait rire tout ſon theatre s'il euſt fait pleurer trois mois la fille de Iephte.

Les deux ſoleils d'Ariſtote ne ſçauroient donner aſſez de clairté à vn aueugle qui ſe trouue dans les tenebres dont l'eſprit & iugement de Scuderi eſt enuironné, penſant auoir trop de lumiere il n'aueu goute, au commencement n'ayant pas voulu que le Poëte s'attachaſt à l'Hiſtoire, il deſire par apres qu'il y ſoit exact iuſques à garder les momens & la ſuite du temps, n'eſt-ce pas oublier ce qu'il a dit en moins de douze pages, & ſe combattre ſoymeſme ?

N'eſt-ce pas rechercher à paroiſtre ſçauant de loüer le theatre dans ſon inſtitution, de bannir les Poëtes auec Platon, de les remettre en credit auec Ariſtote, pour dire que cette piece eſt de mauuais exemple, qu'elle authoriſe le vice, que Fernand n'eſt pas aſſez politique, qu'Vtrague a l'inclination

trop baſſe, don Gomez ambitieux au non plus, don
Sanche homme de peu de cœur, qui perd l'amour
de peur de perdre la vie, lors que Chimene la conſerue au milieu des funerailles de ſon pere, & aime autant la main qui eſt cauſe de ſa mort, comme
elle euſt eu en horreur celle de Sanches s'il euſt
tué Rhodrigués ; enfin qu'Eluire qu'il appelle ſui-
uante a des tours de ſouppleſſe, qui ne ſentent pas
ſa Dame d'honneur.

Qui prendra la peine de lire en repos & ſans
emotion d'eſprit la troiſiéme Scene du ſecōd aĉte,
verra que Chimene ne porte point Rhodrigués à
aucune vengeance, ce ſont deux filles toutes deux
amoureuſes, qui s'entretiennent l'vne dans le deſeſpoir de pouuoir poſſeder, l'autre a la veille de la
jouyſſance à qui l'amour fait craindre ce qu'elle ne
voudroit pas voir, on luy parle d'accomodement
elle le iuge impoſſible, ſçachāt la Nobleſſe du cœur
de Rhodrigués, elle n'y voit pas de iour pour effacer ſans combat vn affront imprimé ſur la face de
ſon pere. L'Infante luy promet de le retenir priſonnier, & elle demeure cōtente & ſatisfaite. L'amour
quoi qu'il aueugle, reconoiſt les ſentimēs d'vn cœur
bien aimé, il n'eſt en tenebres que chez ſoy, il ne
voit que trop clair au dehors ; ainſi Chimene deſire auec paſſiō ce qu'elle ne peut eſperer par raiſon ;
le paſſé luy donne de la crainte pour l'auenir, elle
iuge qu'à ſa priere ou commandement vn Gentilhomme ne doit pas faire vne mauuaiſe aĉtion, que
tout doit ceder à l'honneur, & qu'elle ne peut demander auec iuſtice à ſon amant, ce qu'il ne luy
peut accorder ſans infamie, n'ayant pas du tout
parlé à Rhodrigués, cōment peut-elle eſtre coupa-

B iij

ble mefme en apparence de la mort de fon pere ?
Auoir peur que deux ne fe battent, c'eft defirer la
conferuation de tous deux, & ne confpirer la ruine
de pas vn : ainfi le deuoir & l'amour retiēnent cette
fille dans l'incertitude de ce qui doit arriuer : les
chofes les plus affeurées luy donnent de la crainte,
elle euft de bon cœur mis fa jouë entre la main de
fon pere & la face de don Diegue pour empefcher
le commencement de la querelle, & fe fut mife entre les efpées de fon pere & de fon amant, pour obtenir d'eux par pitié ou par amour, d'eftre facrifiée
à leur difgrace plutoft qu'vn fang qui luy eftoit fi
cher courut aucun hazard de part & d'autre d'eftre
efpanché.

Dans le 3. acte, Scene 4. Rhodriguės parlant
ainfi, N'attens pas de mon affection

Vn lafche repentir d'vne bonne action, veut dire qu'encores qu'il foit criminel en fon endroit &
qu'il l'aye offenfee, ç'a efté par deuoir & par raifon,
& qu'il ne fe repend pas d'auoir fait ce à quoy les
loix de l'honneur l'obligeoient, que s'eftant expofé
à vn combat qui fembloit inefgal, il a mieux aimé
courir le hazard de mourir que de viure infame,
que la iuftice eftant de fon cofté a prononcé vn arreft en fa faueur, duquel il ne veut pas releuer ap-
pel par deuant elle, mais bien en receuoir vn autre
de fa bouche pour fatisfaire à fon amour, qui ne luy
permet pas de viure en fa disgrace. Si l'amour le
rend criminel, l'iniure qui auoit efté faite par auance à celuy qui luy auoit donné la vie le rend innocent, comme il ne fe repent pas de l'vn, il s'accufe
de l'autre. Vne bonne action en diuers fens peut
eftre bonne & mauuaife, l'ennemy qui perça l'apo-

ftume de celuy qu'il vouloit tüer, & le bleſſant le
guerit d'vne maladie incurable, d'vn meſme coup
ne fit-il point du bien & du mal ? le bleſſé eſtoit
obligé de luy rendre graces, & l'autre de luy demander pardon : ainſi le Cid n'a que faire de repentir pour demander pardon à Chimene qui eſt
iuſtement offenſée par vne action que les gens de
cœur & de courage & non pas de conſcience iugeront meilleures, la ſouffrance d'vne iniure parmy
les Chreſtiens eſtant plus glorieuſe que la vengeance, ainſi le Cid parlant dans l'ordre du monde, ne
ſembloit-il pas auoir obligé ſon Critique à ſe taire
s'il l'auoit bien entendu ?

　Ce vers,

　　Tu n'as fait le deuoir que d'vn homme de bien.
ne deuoit pas eſtre ſeul, le ſuiuant l'explique, mais
auſſi le faiſant tu m'as appris le mien, cette fille toute en colere monſtre à Rhodrigues que l'hōneur n'a
point moins de pouuoir ſur ſon eſprit pour venger
la mort de ſon pere, l'exemple authoriſant ſa procedure, elle ne fera rien indigne de ſon amour
quand elle le pourſuiura iuſques au dernier poinct.
Si vn ſoufflet a eſté reparé par la vie de ſon pere, ſa
mort demande auec iuſtice la perte de ſon meurtrier, que ſi l'amour s'oppoſe à ſon deuoir c'eſt ſon
malheur, la paſſion combattant, la nature trouble
ſes ſentimens ſans les empeſcher, & quoy qu'elle
deſire de ne rien pouuoir, elle ne laiſſe pas de faire
ſes efforts pour conuier le ſouuerain à perdre celuy
que ſon amour voudroit conſeruer, ſi la pieté & le
deuoir ne la contraignoit de cōiurer ſa ruine : iugez
maintenant auec combien de raiſon on rapporte la
cenſure de Marcellin côtre Iuuenal pour blaſmer

l'Autheur du Cid. Icy on remarque que le Critique n'a pas le merite de Marcellin, & que l'autre n'a
rien de comparable à Iuuenal, il eſt aiſé de condamner ceux qui ne ſont plus; les fourmis & les mouches mangent vn Lyon mort.

La profeſſion d'vn Capitaine n'eſtant pas de
deuiner, le front de Sanches a peu tromper le perc
de Chimene, encores par la vigueur des traicts du
viſage il a ſçeu donner la preference à Rhodrigues,
le cœur n'eſt pas touſiours ſur la face, les meilleurs
ſignes en apparence ſont bien ſouuent les plus mauuais en effet, la nature déguiſe quelquefois ſes ouurages & fait paroiſtre au dehors toute autre choſe
que ce qui eſt au dedans, ainſi ſi Gormas n'a pas eu
aſſez de iugement pour percer au vray le ſecret &
l'interieur qui eſt caché ſous les viſages, ce Critique n'en a pas trop de l'en reprendre.

Dans toutes les rencontres ny contre toute ſorte
de perſonnes on n'a pas vne vigueur eſgale, il y a
des craintes qui peuuent affoiblir la conſtance d'vn
homme courageux, le loup animal de Mars n'a pas
vne fougue pareille contre vn levrier d'attache &
contre vne brebis, l'oiſeau de proye par vn temps
de broüillars voit la perdrix ſans s'eſmouuoir, apres
tout la peur de mourir aneantit en nous toute ſorte
de paſſions, l'amour de nous meſme & de noſtre
vie a la preference ſur le deuoir, eſperant à l'auenir
par de bonnes actions effacer la honte preſente d'v-
ne mauuaiſe fortune, qui a eſté ſurmonté auiour-
d'huy peut demain entrer en lice & vaincre, en
matiere du combat on ne doit tenir rien d'aſſeuré
que ce qui eſt fait, les preiugez du paſſé ſont de
foibles aſſeurances pour ce qui n'eſt pas. Encore

res que Sanches ne foit pas ny fi heureux ny fi courageux que Rhodrigues. Il n'eft pas peut eftre poltron, il y a des degrez dans la vaillance, comme les
hommes ne font pas de pareille hauteur, y en ayant
de plus petits & de plus grands, qui ne laiffent pas
d'eftre hommes; il y auffi des cœurs plus releuez
les vns que les autres, la vertu parmy nous eft auffi
differente que les vifages, le merite ne fe trouue iamais en deux perfonnes en mefme degré. Ce n'eft
pas vn grand deshonneur d'auoüer deuant vne fille
qu'on a efté contraint de ceder à vn plus fort que
foy. Il n'importe au Cid fi Sanches eft valeureux ou
poltron, s'il commet vne lafcheté en portant fon
efpée à Chimene, ou bien s'il rend cet hommage à
fon vainqueur qui luy auoit obligé, celuy qui ne
l'approuue pas feroit peut eftre dans vne occafion
femblable quelque chofe de plus lafche : vn traîct
de Normand, promettre de peur de mourir, ce
qu'on n'auroit pas deffein d'accomplir apres auoir
obtenu la vie.

Le Comte communiquant à cette fui-
uante le mariage de fa fille qui luy eft de tres-
grande importance, peut fans inciuilité & trop
grande familiarité luy dire qu'il n'a pas le loifir de
l'entretenir plus long temps fur ce fujet, eftant
obligé de fe rendre au Confeil où le Roy doit choifir vn Gouuerneur à fon fils, l'addreffe n'en eft elle
pas bonne de faire entendre à l'auditeur fans en faire femblant, ce qu'on veut qu'il fçache; & defcouurir en paffant auec induftrie ce qu'on feroit marry
qui ne fut pas cogneu?

On trouuera plutoft vn Singe fans malice, vn
oyfeau fans plumes, vn poiffon fans efcailles qu'vn

Eſpagnol ſans vanité. L'exemple d'vne Princeſſe
nourrie dãs vn climat plus doux n'eſt pas à propos,
c'eſt dans les crimes d'autruy luy reprocher ſa naiſſance, ou par ſes vertus vouloir effacer toutes les
imperfeƈtions qu'elle a laiſſez en ſon pays auec des
complimens indiſcrets, l'ayant nommée diuine perſonne, Scuderi a peur de commettre vn ſacrilege
en faiſant vn aƈte d'adoration, il ne falloit pas ſe
ſeruir du terme de diuin s'il ne vouloit pas en rendre les ſoubmiſſions, par tout où le mot de diuin ſe
rencontre à moins que d'adorer on ſe rẽd coupable.
   La ſeconde Scene n'eſt point ſuperfluë eſtant
l'execution du cõmandement que le Comte a fait à
Eluire de ſçauoir les deſſains de ſa fille qui y ſont exprimez auec des reſolutiõs incertaines & des craintes naïfues, qu'vn bien eſperé eſt le moins poſſedé,
la taſſe qu'on tient à la main pour boire n'approche
pas touſiours des leures, ce que nous penſons tenir
nous eſchape, à la veille d'vn grand plaiſir vn reuers
inopiné nous expoſe à de grandes diſgraces, la vo-
lupté & la douleur, le ris, & les larmes ſe tiennent
par la main, la ioye & la triſteſſe ſont ſœurs ger-
maines, elles viennent d'vn meſme ſuiet à qui le
hazard & la fortune fait changer de face pour rendre miſerables ceux qui croyrõt eſtre heureux, ſi le
cours de la vie eſtoit eſgal on ne gouſteroit ny le
bien ny le mal, vn contraire ſert à l'autre dans l'a-
greëment ou le rebut, la ſanté eſt douce apres vne
grande maladie, & la ſeule apprehenſion de la douleur nous fait cherir l'eſtat d'vne bonne diſpoſition.
Ainſi ce deſſein eſtant communiqué à Chimene
auec vn diſcours plus eſtendu & entremeſlé de
crainte, d'eſperance & d'amour, declare agreable-

ment quafi la mefme chofe fans ennuyer.

La troifiefme Scene ne parlant de don Sanche
ny prés ny loing, ie ne fçay pas pourquoy en la
corrigeant on le met en auant; Vtraque fille du ʀoy
brufle d'vn feu indifcret pour vn Gentilhomme.
L'amour efgale tout, la nature dans fes attaches &
fes plaifirs ne reçoit point de qualitez, comme vne
Bergere peut donner de l'amour à vn Roy, vne
Roine peut agreer vn Berger, les mouuemens qui
viēnent du fang & de la complexion ne font point
dans noftre difpofition de premier abord, ils nous
furprennent & emportent fi la raifon s'apperceuât
que nos inclinations penchent vers le defordre ne
nous retient dans le deuoir, elle doit moderer nos
ardeurs qui font par fois fi violentes, qu'amoins
d'vne grace particuliere de Dieu qui foit efgale à
vn miracle, on ne peut éuiter qu'on n'en fouffre
quelques atteintes, auec des efmotions qui deplai-
fent & agreent à mefme temps, on veut & on ne le
veut pas, on cede & on refifte, on eft fain & malade à mefme inftant, ce font des refueries que tout le
monde condamne en autruy les approuuāt en foy-
mefme, qui blafme d'auātage l'amour en eft le plus
viuement touché, dans la reprehenfion des fautes
eftrangeres nous tafchons de paroiftre innocēs : les
femmes mariées à qui la iouyffance du plaifir femble feruir de remede, ny les vieillards que l'impuif-
fance deuroit rendre vertueux, n'en font point
exempts, le chafte Iofeph fut pourfuiuy par la femme de fon maiftre, qui l'accufe d'impureté pour fe
monftrer fidele, et Sufane fut fur le poinct d'eftre
lapidée cōme adultere au rapport de deux Cignes
qui accufoiēt vn ieune homme incogneu du crime

qu'ils auoient voulu commettre. C'eſt auoir de la
vertu que de reſiſter puiſſamment à ſes rencontres,
recherchant les occaſions d'eſcarter les obiets qui
eſchauffent noſtre ſang & nous donnent des impreſſions contraires à ce que nous deuons à Dieu, à
nous meſmes, & à noſtre prochain, c'eſt ce qu'a fait
Vtraque donnant à Chimene celuy que ſa condition ne luy permettoit pas de retenir; mettant vne
autre en poſſeſſion de l'objet de ſon amour, elle
s'en rendoit la iouyſſance impoſſible, enquoy elle
n'auoit pas moins d'addreſſe que de prudence pour
ſe guerir d'vne playe qui ſe flatte, d'vn remede qui
l'enuenime tant qu'on eſt dans l'eſperance de l'obtenir. Si on apprend icy comment Chimene a eu de
l'amour pour Rhodrigues, Scuderi peut-il aduancer auec verité que cette piece eſt eſtrangere & vne
forme d'Epiſode irregulier ? Il s'eſt voulu (à mon
aduis) ſe donner l'occaſion de citer Ariſtote, & expliquer ce terme incogneu qui paſſera pour vn vray
Epiſode, auſſi bien que l'allegation de Marianne
qu'il produit aſſez groſſierement pour la loüer &
blaſmer le Cid, ſi l'vne eſt belle, l'autre n'eſt pas
laid.

A ouyr parler Arias on voit bien qu'il vient de
la part du Roy, s'il n'a pas monſtré ſa commiſſion
c'eſt que le Secretaire n'auoit pas eu le loiſir de l'ex-
pedier, ou bien qu'il ſçauoit bien que ſon critique
n'auoit pas encores des lunettes pour la lire.

Ce mots d'eſclairciſſement, de procédé & de
gardes, ſont trop ceremonieux lors qu'à meſme
inſtant que l'iniure eſt faite, on en tire la raiſon, le
Comte & Rhodrigues au ſortir du Palais ſe batti-
rent, il n'y a eu de diſtance entre le ſoufflet & le

duel qu'autant qu'il en a fallu pour faire parler don
Diego à son fils & Arias à Gormas : S'attaquer à
la confcience des Roys quand leurs fujets fe battent
c'eft les rendre coupables des fautes qu'ils defendēt
par leurs Edits, s'ils vfent de quelque autre precau-
tion pour conferuer des perfonnes de condition,
c'eft fans y eftre obligez, le commandement qu'il
fait de l'arrefter, excufât le Prince, mõftre affez que
ce Critique a encores moins de raifon d'accufer
l'autheur de ce liure qui eft encores en vie de la
mort de ce Rodomont qui eft arriuée il y a enuiron
fix cens ans.

Tout le monde publie haut & clair, mefme fans
intereft, qu'vn Gētilhomme dans la voye de l'honneur ne doit pas fouffrir vn affront; & vne fille qui
craint cette loy comme ennemie de fon repos ne
l'oferoit dire quand bien elle l'auroit penfé.

Il eft vray que fi Chimene fe fut tenuë à pleurer
dans fa chambre elle euft moins parlé & n'euft pas
donné fujet à Scuderi de tant efcrire.

Rhodrigues ayant deffein, non pas de tuër, mais
de fe battre contre le Comte (tous les duels n'abou-
tiffent pas à la mort) s'eftoit refolu à la perte de
Chimene en la Scene feptiefme du premier Acte,
mais la volonté de fon amour l'oblige à cette vifite,
vne paffion fuccede à l'autre, & la colere fatisfaite
donne plus de vigueur à fon affection qui luy re-
prefente la mort moins odieufe que d'eftre priué
de la prefence de Chimene, il y court comme à fa
perte, s'il luy prefente vne efpée trempée dans le
fang de fon pere, c'est pour l'animer d'auantage;
fi la raifon prife dans l'autheur qu'il cõbat, que les
filles bien nées ne feruēt point de bourreau, ne l'eut

retenuë. Icy la belle main de Philis n'a pas de lieu
où vn cœur piqué d'vn amour extreme, ne pouuât
viure auec la haine, veut mourir auec amour ap-
paifant par fon fang les iuftes reffentiments de la
perfonne bien aimée, il met à fon choix ou de la
laiffer viure miferable en fa difgrace, ou de le faire
mourir content, reparant par fa mort, l'iniure
qu'elle a receuë en la perfône de celui qui lui a donné la vie, le pouuoir qu'on a de fe venger en ofte
aux bons courages la volonté; qui fauue, pouuant
perdre, a double merite, s'empefchant de mal faire
en bien faifant, qui ne laiffe pas d'aimer, pouuant
iuftement haïr, regarde les fautes d'autruy auec
plus de pitié que d'aigreur, tout fert d'excufe à vn
efprit amoureux, on le voit en Chimene, on le voit
en Rhodrigues, & on le verroit en Scuderi s'il euft
eu tant foit peu d'amitié par la plume de Corneille.

Chimene n'eftoit pas feule dans fon hoftél, l'accident de fon pere auait affemblé fes amis & fes
parens, mais elle a peu fe retirer en vne chambre
pour dôner plus de liberté à fes larmes & à fes foûpirs. L'amour exceffif auffi bien qu'vne douleur
extreme fe plaift à la folitude, qui pleure ou foûpi-
re pour eftre veu n'a de l'affliction qu'à demy, l'a-
mour qui cherche des tefmoins eft vain, il craint
les yeux eftrangers quand il eft veritable, qui ne
voit point de remede à fes fouffrances ne les doit
communiquer à perfonne, Chimene n'a recours
qu'à foy-mefme, fi Rhodrigues s'y trouue c'eft fans
fon aueu & contre fon gré, ne la voyant qu'à regret elle eft toute troublée à fon abord, fi le combat
de l'amour & de l'honneur tirent quelques paroles
qui expriment au vif la grandeur de fes reffentimês

auec vne naïueté agreable, vne honneſte liberté, vne ſubtilité qui n'eſt point affectée, & vne ſuite d'Antiteſes qui teſmoignent les diuers mouuemens de ſon eſprit, à meſure qui naiſſent, qui eſt ce qui les reprouuera que celuy qui voudroit que la nature fut inſenſible aux plus grandes ſecouſſes de la fortune, deffendre à vn malade la plainte dans ſa douleur c'eſt eſtre cruel, ce qu'eſt le mal au corps cela meſme ſont les paſſions dans l'excez en l'ame, en l'vn & en l'autre qui peut dire ce qu'il ſouffre a des diſpoſitions pour guerir, ou du moins il eſt ſoulagé par ſes regrets. On ſe venge en quelque façon du malheur, l'accuſant auec liberté de trop grande rigueur, ainſi ce Critique requiert en vain le remede du tẽps dans les infortunes qui arriuent ſoudainement ſans les auoir peut-eſtre preueuës, c'eſt de quoy il ſe deuoit ſouuenir & changer à ſon eſgard l'Epitaphe du dormeur de la ſorte

Sous cette eſcriture noire
. *Se ioue agreablement*
L'Autheur de peu de memoire
Et de moins de iugement.

Se plaindre en muſique dans vne affliction, vn boîteux qui voudroit clocher en cadance, & vn Geographe qui marque par vn poinct toute vne Prouince, ſont les plus ſubtils & les meilleurs termes de ſon ouurage, mais fort mal appliquez, il euſt deſiré que deux perſonnes nourries à la Cour euſſent parlé le patois de vilage, ou comme les marchands de qui l'eſprit ne va pas au delà de l'aune, on voit bien des boîteux danſer de bonne grace, mais vn Critique dans l'aigreur n'eſcrit iamais rien à propos. Ce poinct de Geographie conſiſte en ce

vers, qu'il le feroit encores s'il auoit à le faire, chercher la raiſon dans la paſſion, c'eſt ne ſçauoir pas
que les Aigles ne nagent point en mer, & que les
poiſſons ne volent point en l'air, vne paſſion violente ne ſeroit pas telle ſi la raiſon la gouuernoit, vn
ieune courage tout de feu, qui n'ayant encores pris
haleine du combat qu'il vient de rendre, ſe tenant
ferme ſur ſon deuoir, aduouë que n'ayant rien entrepris ſans iuſtice & par les voyes de l'honneur
qu'il feroit encores ce de quoy il ne ſe peut repentir,
c'eſt rebattre deux fois la meſme matiere auec des
exclamations ſuperfluës qui font plus de bruit que
d'effet, les Orateurs qui crient le plus fort & ſe deba-
tent dauantage perſuadent le moins. Il me prend
quaſi enuie d'vſer de meſmes termes & dire; ô iugement! ô raiſon de Scudery, mais ayans peur de
perdre ma peine i'aime mieux me taire : n'ayant
point de quoy payer il ne ſçauroit reſpondre.

Don Diegue a peu ſans inciuilité abandonner
toute ſa compagnie & chercher luy meſme ſon fils
qui ſe fut caché à tout autre qu'à ſon pere de peur
d'eſtre arreſté, il luy ſemble qu'il le rencontre en
chaſque endroit & ne le trouue nulle part. L'ardent deſir que ce vieillard a de le voir, repreſente ſi
viuement à ſa fantaiſie ſon image, qu'à chaſque pas
il penſe le prendre par la main, c'eſt ce que le Poëte
a voulu dire par cet ombre ſans eſtre fol ny impertinent.

Le bruit de la venuë des ennemis auoit amaſſé
ce grãd nombre de la Nobleſſe aupres de leur Roy,
pour la defenſe du pays, rendans leur deuoir à ſa
Majeſté par occaſion, ils firent offre de leurs eſpées
& de leurs ſeruices à don Diegue, s'ils ne ſortoient

pas

pas à mefure qu'ils entroient en fon Hoftel, ils at-
tendoient l'iffuë du combat de Rhodrigues pour
effuyer les larmes de ce vieillard fi la fortune luy
euft efté deux fois contraire, c'eft refuer de dire que
tout vn Royaume ne fçauroit fournir quinze cens
Gentils-hommes principalement en Caftille, ou le
port d'armes annoblit ceux qui font roturiers.

Chimene s'informant auec Eluire du fuccés des
armes de Rhodrigues ne doit point eftre blafmée,
on ne laiffe pas d'eftimer la vertu de fon ennemy,
pour lequel à deux vifages dãs les diuers rẽcõtre ou
peut auoir de l'amour ou de la haine, fi elle eût voulu qu'il eût efté malheureux cõtre sõ pere, elle peut
defirer auec paffion qu'il aye du bõ-heur contre les
barbares qui tafchent de s'emparer de l'eftat.

Fernand a efté bien obeï & mieux feruy, c'eft vñ
ftratageme de faire femblant d'eftre furpris quand
on eft en defenfe, c'eft bien veiller que de feindre
de dormir, eftre fur fes gardes fans le donner à cognoiftre à l'ennemy, c'eft prendre fon aduantage de
fa confiance, le rendre hardy pour luy faire peur,
luy bailler du courage pour luy ofter, l'obliger d'a-
uancer pour l'empefcher de reculer, enfin faire
paroiftre vne extreme foibleffe quand on eft efgal
ou plus fort, n'eft-ce pas fe mettre en eftat de vaincre par leur trop grande affeurance, ainfi on a laiffé
le port cõme à l'abandon, on a permis l'entrée aux
Mores pour leur en defendre la fortie, & eux ont
peu ancrer & defcendre aifement ne trouuant rien
qui s'oppofaft à leur entreprife, vn efprit comme ce
Critique dans le foing de la retraite ne fe fut pas engagé fi auant, il n'euft pas fait comme cet ancien
qui brufla fes vaiffeaux pour ofter à fes foldats l'ef-

D

perance de retour, & les mettre en pofture ou de vaincre, ou de mourir. Il y a des courages à qui la neceffité donne de la vigueur, c'eft vne dure maiftreffe qui remet dans le deuoir les cœurs les plus lafches, les rendant hardis par l'apprehention de la mort apres laquelle il n'y a rien à craindre icy bas.

Fernand ayant defait fes ennemis fous la conduite de Rhodrigues, vfe d'vne tres-grande prudence pour defcouurir les mouuemens de l'efprit de Chimene, & recognoiftre quelle des deux paffions de l'amour ou de la haine a plus de pouuoir fur fon courage, donnant à la haine tout ce qu'elle pouuoit efperer de fatisfaction de fa iuftice, il s'apperçoit vifiblement de ce qu'elle a déclaré plufieurs fois, que fi Rhodrigues à fon inftance & pourfuite perdoit la vie pour fatisfaire à la mort de fon pere, elle ne veut pas luy furuiure, l'aymant autant qu'elle le haït l'ayant facrifié à fa haine, elle veut s'immoler à fon amour, cette pamoifon en eft vne marque, la defaillance des efprits eftant comme vne difpofition à la mort.

On fe pafme de ioye, ainfi que de trifteffe ; cela eftant vray, le Critique a tort de fouhaiter que cette fille fut morte, n'eft-il pas cruel & barbare trouuant mauuais qu'vne Dame furprife en fes imperfeCtions les couure d'vne verité apparente.

Fernand ne fait point d'iniuftice, promettant Chimene à celuy qui vengera la mort de fon pere, s'il y a quelque chofe à dire, c'eft de vouloir que Rhodrigues aye part à ce bonheur, en cas que le combat luy foit auantageux, à quoy elle s'oppofe & y refifte autant que fa paffion le peut permettre, & que la foibleffe de fon fexe luy donne du courage pour empefcher l'effet de l'ordonnance de fon Roy.

Rhodrigues va voir Chimene en plain iour fans infamie, l'amour eft aueugle, ne voyant goute, il luy femble que perfonne ne le regarde, il eft luy mefme fa raifon, par tout ou l'ardeur l'emporte il fuit, & iuge pour bien feant tout ce qui fait paroiftre l'excez de fa flamme, ainfi il veut defcouurir les fentimens de fa maiftreffe, & receuoir d'elle l'arreft de fa vie ou de fa mort, s'il doit aller au combat comme vn criminel au fupplice, ou bien s'il doit efperer d'elle vn accueil fauorable apres la deffaite de don Sanches, fi cette fille pouffe quelque paroles vn peu libres elle ne les prononce qu'à moitié, les vermillons de fa face les corrige, retenant la couleur de la vertu Scuderi l'appelle auec iniuftice proftituée.

Ie ne fçay pas fi le corps mort eftoit dans la falle, bien fçay-ie qu'il n'y pouuoit auoir d'efprit que celuy de Scuderi à qui l'eau benite feroit fort vtile, pour le deliurer de tant de mauuaifes penfées.

La folitude de l'Infante dans l'expreffion de fes inquietudes & le trauail de fon efprit eft agreable? Chimene s'entretient auec Eluire ferieufement, & dit fes vers qui la rendent innocente,

Et toy puiffant moteur du deftin qui m'outrage.
Termine ce combat fans aucun aduantage
Sans faire aucun des deux ni vaincu ni vaincœur.
où l'on voit clairement que le deuoir & l'honneur meftrifent toutes fes affections.

Il ne faut pas beaucoup de temps à vn Gentilhomme pour fe preparer à fe battre en duel ayant l'efpée au cofté, il n'a qu'à fe rendre en prefence

de son ennemy pour estre prest, ici Scuderi n'est il
pas delicat, qui voudroit quelque chœur de musique pour resueiller son courage, ou pour luy faire
prendre plus doucement l'occasion du combat
& donner du loisir à ses amis pour y venir, & empescher par accommodation qu'il ne souffrit quelque disgrace.

L'erreur de Chimene est rauissant, Sanches paroist vainqueur à ses yeux, & tire des paroles de sa
bouche dignes de son amour, si elle en dit trop dans
l'excés d'vne passion qui est tousiours eloquente en
traictant de ses interests, c'est seulement au gré de
ceux qui s'ennuyent d'entendre bien parler. Les
choses bonnes ne sont iamais assez longues, si don
Sanches a peu crier que Rhodrigues n'estant pas
mort, Chimene a elle deu se taire dans la grandeur de sa douleur ? On ne fait pas tousiours tout ce
qu'on peut.

L'obeyssance qu'elle rend à son Roy auec des
delais plains d'honneur & de respect à la memoire
de son pere, fait bien paroistre qu'elle n'est ny des-
naturée ny impudique, & qu'estant raisonnable à
la fin de cette action au iugement de son Critique,
elle n'a pas esté indiscrete dés le commencement.

N'ayant pas veu la forme, ny l'ordre, ny la disposition du Theatre, ie m'en rapporte à ce qui en
est, ie me contente de remarquer qu'il faut auoir vn
grand desir de reprendre, blasmant mesme les
choses insensibles qui ne sont point du fait de l'Autheur du Cid.

C'est estre vain de ne pouuoir souffrir la vanité
d'vn autre, si quelqu'vn quitte comme Icare la terre, en volant auec des aisles de cire vers le Ciel

n'eſt-ce pas le ſuiure de veuë en regardant ce qu'il
fait, vn orgueilleux n'a pas vn plus grand ennemy
que celuy qui luy reſſemble, ainſi ſi la corneille vole trop haut, & que Scuderi la ſuiue pour.s'oppoſer
à ſon deſſein & arreſter ſa courſe, qui eſt le plus
blaſmable des deux ?

Qui reprent vne epithete en vn vers en doit ſub-
ſtituer vne meilleure à la place, ſi vne ieune ferueur
deplaiſt, vne reſuerie nouuelle ne peut eſtre agreable.

Corriger les vers en Proſe, n'eſt-ce pas reduire
la muſique au plain-chant, Scuderi s'eſt ſeruy de
cette artifice pour cacher ſon nom, faiſant paroiſtre qu'il eſt auſſi mauuais Orateur que Poëte.

Le Conſeil ayant ſes heures & ne s'aſſemblant
pas touſiours, il n'y a rien de ſuperflu de dire qu'à
preſent l'heure m'appelle au Côſeil qui s'aſſemble.

Vn ſens charmé par vn excés de plaiſir ſuſpend
l'action de tous les autres, & par vne complaiſance
ou correſpondance de tous enſemble empeſche
leurs mouuemens particuliers & attache l'ame auec
plaiſir à ce qui la touche plus agreablement, c'eſt ne
ſçauoir pas l'ordre de la nature de reprendre ce
qu'elle pratique quaſi touſiours.

Entre comme quoy va ſon amour, & comme va
ſon amour, il n'y a qu'vn quoy de trop dont l'vſage
m'eſt incogneu, ſi au lieu de l'informer, rechercher
euſt pris la place, le vers ne ſeroit pas mauuais, &
Scuderi n'euſt eu rien à dire.

Les flots ayant du rapport auec l'inconſtance
l'eſprit ineſgal peut eſtre reueſtu de cette metapho-
re, & les deſſeins qu'il forme dans cette humeur
bigearre le partageant & en faiſant comme plu-

fieurs peuuent donner lieu à vn Poëte d'vfer du
nombre plurier, comme il y a des efprits vitaux &
animaux, il y en a d'amoureux.

Toutes les fubtilitez ou la contrarieté rend l'an-
thithefe agreable, paffent pour galimathias à celuy
qui n'en peut pas comprendre l'artifice.

Ie ne vois pas comment effay & generofité dans
vn mefme vers puiffent faire vne mauuaife rime,
cette cadance dans la terminaifon n'eftant qu'auec
vn autre.

Quoy qu'il y aye des combats fans bataille, il n'y a
point de bataille fans combat, ainfi on ne gaigne
iamais la bataille fans gaigner le combat.

C'eft eftre bien rigoureux de ne pardonner pas
à fon ami le defaut d'vne cefure en vn vers fi la race
eft humaine elle peut auoir vn front.

Chef eft vn bon mot.

Au fur-plus n'eft pas mot de chicane, on ne l'a
iamais leu en pas vn contract,

Quoy que les funerailles fuiuent la mort en
poëfie, on peut prendre l'vn pour l'autre.

Le mot d'offenfeur eft vn peu rude pour le mettre dans le rebut, il en falloit eftablir vn meilleur
à la place.

Si on efclaire les tenebres, ne peut-on pas donner du iour à l'aueuglement ?

Les Poëtes partagent l'ame felon les paffions, font
qu'vn homme parle à foy-mefme comme à vn tiers
fans eftre extrauagant.

Il vaudroit mieux fe taire que de dire fans le
prouuer qu'vne rime fignifie rien.

Le fang eftant l'entretien de la vie, fa pureté eft
la marque de fon innocence.

Le mot de grand n'ayant point de finonime, peut eftre mis en vfage fort fouuent.

Pour dire qu'vn terme en difcours eft bas, il faut en produire en auant vn plus releué.

Faire l'impoffible eft entreprendre au delà de fes forces, ou bien agir auec des efforts qui furpaffent la vigueur d'vn trauail ordinaire.

La querelle s'accorde par vn traicté de paix entre les parties.

Tout ce qui eft releué peut choir, ainfi vn courage, &c.

Scuderi n'eft pas forcier, il allegue mal le fabat.

La Nobleffe des iournées venant des exploits valeureux & des bonnes actions, pourquoy en poëfie l'vn ne paffera-il pas pour l'autre?

Si les eftendars eftoient parfemez de lauriers on les pourroit arborer.

L'amour eftant la vie de l'ame comme l'ame eft la vie du corps, on peut donner à l'ame autant de vie qu'elle a d'amours, ainfi fes vers font admirables, pleurez pleurez mes yeux, &c. Il n'y a que les enuieux qui les puiffent regarder de mauuais œil.

Le cœur & l'ame font deux, le cœur eft le siege des paffions, l'ame de la raifon : ainfi l'ame demeure entiere encores que le cœur foit déchiré & mis en pieces.

Vn vers repeté deux fois dans vn grand efloignement de difcours, tient veritablement vn peu du fterille, mais quand vn gueux accufe vn autre de pauureté, ce n'eft pas vn grand blafme, il faut faire paroiftre de l'abondance quand on fe veut moquer de la difette d'autruy.

Entre perdre & quitter l'enuie, il n'y a pas grande difference, fi ce n'eft qu'on perd à regret & on quitte de bon-cœur,

Comme le peuple fouffre les effets de l'amour fans en recognoiftre les foupplefes, il ne parle ny de fes traits ny de fes feux

La mauuaife humeur du lecteur fait trouuer quelquefois les rimes fauffes.

Ce mot de *Ceffes* euft trouué grace à l'efgard de l'efprit moins bigearre que Scuderi.

Au lieu de iadis on pouuoit mettre ou fut tracé ou efcrit l'affront que ton courage efface.

Scuderi eft auffi peu Anatomifte que l'Autheur du Cid, encore moins; le fang ne feruant que de veicule aux efprits vitaux, comment peut-il eftre animé par eux ?

Les termes de brigade & d'efquipage ont arre-fté ce Critique auec quelque efpece de raifon fi on veut ofter la liberté aux Poëtes François que les Latins ont prife de fe feruir pefle & mefle du nom des compagnies fans auoir efgard à la multi-tude, employant vne partie pour le tout.

On ne peut de nuict ou de iour deffaire les en-nemis fans bataille, les foldats fe mettent en or-dre au clair de la Lune auffi bien qu'au Soleil, & ceux qui font accouftumez à cet exercice n'ont que faire de lumiere pour garder leurs demarches & leurs rangs.

En ce vers que ce ieune Seigneur endoffe le harnois, s'il ne fe fut pas amufé à l'antiquité du mot, ie n'euffe pas trouué mauuais s'il l'euft repris de ce que le harnois eft à charge & inutile à qui fe bat en duel.   Les

Les terreurs qui font dans l'oubly font diffipées & finies, ce feroit auoir bien peu de memoire & de fentiment de craindre fans s'en apperceuoir & oublier fes fouffrances auparauant qu'on en foit deliuré.

On peut auffi bien contrefaire le trifte comme noftre cenfeur contrefait l'habille homme, feindre fignifie quelque chofe de moins & de plus maling.

Tant de lauriers n'ont point empefché ce Critique de ietter la foudre de fon indignation contre l'Autheur du Cid, mais auec fi peu d'effet qu'il femble que tous fes efforts n'ayent feruy qu'à les rendre plus beaux, ils ont pris racine par cette tempefte, & la main qui les a voulu arracher n'y a trauaillé que pour en dreffer des triomphes & des coronnes, c'eft vn auantage d'auoir vn ennemy impuiffant, mais c'eft vne grande gloire d'en auoir vn qui faffe force bruit, il donne plus de reputation à celuy qui la defait.

Les danrées eftrangeres eftant deffendues en France, le Cid a fait vn miracle faifant qu'vn bon Efpagnol aye parlé bon François, de moy ie n'entens pas ce langage, i'aurois peur qu'on m'accufaft d'intelligence auec les ennemis, ainfi pour nous feruir de ce qui eft à eux, il le faut faire noftre auparauant, le donner pour tel afin qu'il ne foit pas dans le rebut, leurs penfées tant qu'elles demeurent chez eux font bazanées comme leur tein, quand elles paffent en France elles s'adouciffent, & on remarquera que Corneille en fa traduction n'a rien qu'il leur reffemble que le nom d'vne befte qui eft de pareille couleur. En vn mot ce n'eft

E

pas eftre voleur quand on laiffe ce qu'on prend, qui allume fon flambeau à vn autre, prenant le feu qu'il laiffe, n'eft pas eftimé larron, il faut qu'il y aye de l'intereft du tort & de l'iniure quand celuy qui prend quelque chofe d'autruy demeure infame, ainfi ie permets à Scuderi de derober dans les bons liures, afin de faire quelque ouurage meilleur que celuy de fes remarques.

I'ay perdu vn peu de temps à lire fes Obferuations, & peut eftre plus mal employé à dreffer ces lunettes quy luy feront inutiles, fe plaifant en fon aueuglement, faifant des fautes à deffein, il les laiffe par negligence, il les voit fans les corriger, il les donne au public par rareté, les eftalle fur le theatre pour fonder fi le fpectateur aura affez de iugement pour les cognoiftre, il auouë fon crime auparauant que d'eftre mis à la queftion, il s'accufe fans eftre preuenu, enfin il n'approuue pas la façon d'efcrire, de laquelle il fe fert contre Corneille, luy donnant auis de iuftifier fes œuures plutoft que d'examiner celles des autres, auffi bien fes erreurs ne le peuuent pas rendre innocent, que s'il a failly mefme dans ce prefent ouurage, il ne doit pas fuiure l'exemple de celuy qui n'eftant que trop imparfait n'euft pas entrepris contre luy cette guerre de plume, s'il n'y euft efté obligé pour maintenir la reputation de ceux qui font des vers, qui fouffrent des compagnons, mais non pas des tyrans ; cette belle republique aimant la liberté, qu'eftant ce qu'il eft, il n'eft porté d'aucune enuie dans ce combat, il croit auoir trop de merite pour auoir l'ame faifie d'vne fi grande lafcheté fon ennemy n'a pas affez de vertu pour donner de mou-

uement à fon efprit, fans plus il cache fon nom
pour demeurer ce qu'il eft, medifant, iniurieux,
vain, prefomptueux de peu de fens, remply de
bonne opinion de foy-mefme & de ce qui le touche, ennemy de la renommée d'autruy perfonne
n'euft iamais penfé que c'euft efté Scuderi fi luy
mefme ne l'euft fait fçauoir par fa lettre. Vn
Gentilhomme dans fes propres interefts & de
ceux de fes amis a bien meilleure grace de mettre
la main à l'efpée qu'à la plume, l'efclat d'vne lame
qui n'eft pas enroüillée efclaircit bien mieux vn
doute qu'vne plume qui noircit le papier d'ancre,
l'aétion vaut bien mieux que la parole, qui parle
beaucoup eft manchot dans les effets, qui s'amufe
à difcourir dans vne querelle recherche la paix vne
ville qui parlemente a enuie de fe rendre, vn bon
cœur fait crier fon ennemi auparauant que de dire
mot, qui dit gare n'a pas enuie de bleffer, qui fe cache pour faire vne iniure eft traiftre, il a peur de
celuy qu'il offence, qui fait vne bonne aétion ne
cache iamais fa main, pour moy n'eftoit que ie
penfe faire vne lafcheté de corriger les fautes d'autruy autrement qu'auec le bafton, on mettroit icy
auec vne grande liberté mon feing, mais on me co-
gnoiftra affez fi ie dis que ie fuis celuy qui ne taille
point fa plume qu'auec le trenchant de fon efpée,
qui hait ceux qui n'ayment pas Chimene & honore infiniment celle qui l'a authorifée par fon iugement, procurant à fon Autheur la nobleffe qu'il
n'auoit pas de naiffance, qui merite d'eftre Gentilhomme par fa vertu eft plus que celuy qui tient
cette qualité de fes peres, il vaut mieux eftre le
premier noble de fa race que le dernier, & de Poë-

te deuenir Gentilhomme pluftoft qu'eſtant né
Gentilhomme faire le Poëte, ie parle ainſi librement ſçachant qu'encores qu'on me voye ſouuent
on fera ſemblant de ne me cognoiſtre point.

                                    Mon ris.

LETTRE

DV Sʀ
CLAVERET,
AV Sʀ
CORNEILLE,
foy difant Autheur
du Cid.

A PARIS.

M. DC. XXXVII.

LETTRE
CONTRE VNE
INVECTIVE
DV Sʀ
C'ORNEILLE,
foy difant Autheur du Cid.

ONSIEVR,

I'aduoüe que vous m'auez furpris
par la lecture de voftre lettre apologitique, & que ie n'attendois pas d'vn
homme, qui faifoit auec moy profeffion d'amitié, vne fi ridicule extra-

uagance, que celle qui vous fait dire
à l'obſeruateur du Cid (au lieu de
vous defendre contre luy par de bonnes raiſõs) *Il n'a pas tenu à vous que du
premier lieu ou beaucoup d'hõneſtes gens
me placent, ie ne ſois deſcendu au deſſous
de Claueret.* Ces termes ſi pleins de
vanité , & dont vous vous ſeruez
vous-meſme pour embellir voſtre
apologie, deuoient (ce me ſemble)
eſtre eſcris d'vne autre main que de la
voſtre; & bien que l'eſprit ſoit vn legitime heritage, ou tout le monde croit
auoir part, i'eſtois tout preſt de vous
ſigner que vous eſtes plus grand
Poëte que moy, ſans qu'il fuſt necef-
ſaire que vous empruntaſſiez les voix
de tous les Colporteurs du Pont—
neuf, pour le faire eſclater par toute
la France. Apres m'eſtre informé d'où
pouuoit proceder vne animoſité ſi

laſche, & ſi extraordinaire ; I'ay deſcouuert enfin qu'on vous auoit fait
croire que i'auois contribué quelque
choſe à la diſtribution des premiers
vers, qui vous furent adreſſez ſous le
nom du vray Cid Eſpagnol, & qu'y
voyant voſtre vaine gloire ſi iudi-
cieuſement combattuë, vous n'auiez
pu vous empeſcher de peſter contre
moy, parce que vous ne ſçauiez à
qui vous en prendre.

Ie ne croy pas eſtre criminel de leze
amitié, pour en auoir receu quelques copies, comme les autres, &
leur auoir donné la loüange qu'ils
meritent : I'ay regret ſeulement que
ie n'en ſuis l'Autheur, i'aurois eu l'a-
uantage d'auoir humilié l'arrogance
du monde la plus inſuportable, & ce
ſeroit du moins auec quelque couleur de iuſtice, que uoſtre rage auroit

decoché de fi loin ce trait de mefpris
contre moy, dont la profeffion eft
de ne parler iamais au defaduantage
de perfonne. Vous eftes le premier
qui m'auez fait voir ces beaux vers,
& fi vous euffiez creu l'auis que vous
me demandaftes & que ie vous don-
nay fur ce fujet, vous n'auriez point
enfuitte fait Imprimer ce rondeau,
que les honneftes femmes ne sçauroient lire fans honte. Auoüez le,
Monfieur Corneille, la verité vous
offenfe, & voftre grand genie qui
pretend faire honneur aux plus rares
efprits, en les traittant dégaux, voyant
mourir fa haute reputation, contre
laquelle il a creu que i'auois confpi-
ré, n'a pû s'empefcher d'imiter l'Ar-
temife de Malherbe.

Qui dit aux Aftres innocens,
Tout ce que fait dire la rage,

Quand elle eſt maiſtreſſe des ſens.

Vous l'auez aſſez fait paroiſtre, puis que mon innocence n'a pû meſme eſchaper à vos reſſentimens, & que de gayeté de cœur vous venez quereller vn homme qui ne ſe meſle d'aucune choſe qui vous regarde.

Si c'eſt vn reſte d'orgueil que les armes de l'Obſeruateur du Cid n'ont pû encore abatre, cette Corneille deplumee deuoit ſeulement attaquer ceux qui l'attaquent, ſans me bequetter en paſſant de ſi mauuaiſe grace, moy qui depuis cinq ans ay fait le diſciple de Pythagore par mon ſilence. C'eſt mal recompenser le ſoin que i'ay pris de diſtribuer vos loüanges parmy les bonnes compagnies, quoy que la reputation extraordinaire de voſtre Cid ſoit moins

vn effet de voſtre propre merite, que
de l'aprobation de ceux que les belles
penſees de Guillem de Caſtro a d'a-
bord eſbloüis, & qui par la vous ont
fait obtenir les acclamations du peuple : Ainſi bien loin d'auoir meſpriſé
voſtre ouurage, i'oſe dire ſans vanité, & pourtant à ma confuſion, que
ie ſuis vne des voix de ſa renommee,
& que vous ne la deuez pas toute entiere à vous ſeul, comme vous nous le
voulez faire croire par voſtre imaginaire excuſe à Ariſte. Il ne vous eſtoit
pas bien difficile de faire vn beau
bouquet de Iaſmin d'Eſpagne, puis
qu'on vous en a apporté les fleurs
toutes cueillies dans voſtre cabinet,
& qu'il ne vous a falu qu'vn peu d'a-
dreſſe, pour les arrenger en leur lieu
de bonne grace, quelque deſguiſe-
ment que vous cherchiez pour couurir

ce glorieux larcin : ouy ie le dis encore
vne fois, cette rare Comedie Eſpa-
gnole vous a tellement aydé, que les
moins habiles meſmes remarquent
aiſement que vous n'en eſtes que le
traducteur et le copiſte.

Ie ſuis marry qu'vne remarque qui
vous eſt ſi deſauantageuſe ſorte ainſi
de ma plume, & que ie ſois réduit à
cette honteuſe neceſſité de faire voir
ma lettre par les meſmes voyes, dont
vous auez vſé pour debiter vos inve-
ctiues : Mais parce que voſtre attaque eſt publique, il faut que ma defenſe le ſoit pareillement, & mon
nom n'eſtant pas encore aſſez conſiderable, pour ſe pouuoir garantir
tout ſeul de l'inſolence de vos meſ-
pris ; i'ay raiſon d'aprehender que
ceux de qui ie ne ſuis point cogneu
me mettent plus bas que le plus igno-

B

rant du fiecle; fi ie leur laiffe croire que
ie fois fi fort au deffous de vous. Ce
que ma plume a produit autresfois ne
ma point fait rougir de honte, & fi
du tēps que i'efcriuois, vous ne m'euffiez creu capable au moins de vous
fuiure, vous n'euffiez pas taché mali-
cieufement d'efteindre ce peu de lumiere, auec laquelle i'effayois de me
faire cognoiftre, eftabliffant le titre
d'vne de vos Pieces, fur le fondement
d'vne feule rime. I'entens parler de
voftre place Royalle, que vous euffiez auffi bien appelee la Place Dauphine, ou autrement, fi vous euffiez
pû perdre l'enuie de me chocquer ;
Piece que vous vous refoluftes de
faire, dés que vous fceuftes que i'y tra-
uaillois, ou pour fatisfaire voftre paffion ialoufe, ou pour contenter celle
des Comediens que vous feruiez. Cela

n'a pas empefché que ie n'en aye receu tout le contentement, que i'en
pouuois legitimement attendre, &
que les honneftes gens qui fe rendi-
rent en foule à fes reprefentations,
n'ayent honoré de quelques loüanges l'inuention de mon efprit. I'ad-
ioufterois bien, qu'elle euft la gloire
& le bonheur de plaire au Roy eftant
à Forges, plus qu'aucune des Pieces
qui parut lors fur fon Theatre, vous
en auez pû fçauoir les particularitez,
fans qu'il foit neceffaire de les vous
dire, & ie fuis bien aife de vous laiffer
cette rare methode que vous auez,
pour loüer vos ouurages, de faire entendre au peuple qu'ils ont efté reprefentez au Louure, et à l'Hoftel
de Richelieu. Ie ne doute point
qu'on n'y ait veu voftre Cid, mais ie
ne fçay pas s'il y a receu beaucoup

d'Eloges, & fi c'eft en ce pays la que
les plus honneftes gens vous placent
au premier lieu. Apres cela Grand
Poëte vous vous pouuez defaire de
la vaine creance, qui vous a pû perfuader que vous auiez pour appan-
nage l'empire de la gloire, souuenez-
vous que les plus petits y pretendent,
& que le mefpris que vous faites
d'eux, ne s'accorde pas bien auec vos
lettres de nobleffe, qui font encore fi
fraiches, qu'elles fe peuuent aifement
effacer. Vne fi belle vengeance n'eft
pas vn procedé digne d'vn nouueau
noble, pour meriter la grace du Prince, vous vous deuriez fignaler par des
aƈtions plus heroiques, & nous enfeigner que le prix d'vn honnefte
homme confifte à remplir fon efprit
de vertus morales, non pas de rimes.
Songez que voftre apologie fait au-

tant de bruit dans les ruës que la Ga-
zette, que les voix efclatantes de ces
Crieurs, deuroient eftre seulement
employées à publier les volontez du
Prince, & les actions des grands
hommes, & que le beau fexe que
vous empefchez de dormir le matin,
declamera iuftement contre voftre
Poëfie : Ie vous declare que ie ne me
pique point de fçauoir faire des vers,
que ie vous en laiffe toute la gloire,
à vous qui auez commencé d'eftre
Poëte auant voftre naiffance, comme
il eft facile à iuger par vos trente années d'eftude, que vous n'euftes iamais. Ie vous confeffe encore qu'il
me feroit peut-eftre bien difficile de
vous atteindre en ce bel art, quand
auffi bien que vous durant neuf ou
dix ans, i'en aurois fait meftier &
marchandife. Mais recognoiffez en

eſchange, que vous eſtes en proſe le
plus impertinent de ceux qui ſçauent
parler, que la froideur et la ſtupidité
de voſtre eſprit ſont telles, que voſtre
entretien fait pitié à ceux qui ſouf-
frent vos viſites, & que pour le regard des belles lettres vous paſſez
dans le beaumonde, pour le plus ridicule de tous les hommes. Ce ſont
des veritez qui ſeront touſiours con-
firmees parmy les plus honneſtes
gens de Paris, de l'vn et de l'autre
sexe, où l'on debite des Hiſtoires de
voſtre mauuaiſe grace, à faire rire
la melancholie meſme, & pour leſquelles vous auez raiſon de vous en-
fuir dés que vous auez vendu vos
denrees Poëtiques. Ie ne vous dis
point cecy parce que vous nous
auez mandé, que vous n'eſtiez pas
homme d'eſclairciſſement, mais par-

ce qu'il n'y a point d'outrages que ie
ne vous puiſſe dire auec iuſtice, apres
l'audace que vous auez euë de m'attaquer en public, ſi ſottement. Corrigez voſtre plaidoyer, Monſieur
du Cid, & ne croyez point que pour
eſtre plus mauuais Autheur que vous,
à ce que vous dites, ie manque à parer tous les coups qui me viendront
de voſtre part. Ce n'eſt pas que pour
cela ie vous y inuite, ſçachant bien
que le meilleur pour vous & pour
moy c'eſt de nous taire, afin de n'im-
portuner et de ne deffrayer perſonne de nos badineries.

C L A V E R E T.

L'AMY DV CID
A
CLAVERET.

A PARIS.

M. DC. XXXVII.

L'AMY DV CID,

A CLAVERET.

L me femble que vous chantez bien haut Mr Claueret, hé quoy? pour vne chofe fi iufte, & fi raifonnable aleguee par Mr Corneille à Mr Scudery, *Il n'a pas tenu à vous que du premier lieu ou beaucoup d'honneftes gens me placent, ie ne fois defcendu au deffous de Claueret,* Faut-il que vous preniez la mouche? & que vous perdiez en vn moment la memoire de ce que vous auez efté? de ce que vous eftes? & de ce que vous feres toute voftre vie? quelle reuolution eft-ce la? vous parlerez contre le Cid? vous ferez l'homme de confequence, & d'efprit? & blafmerez impudemment & impunement tout enfemble celuy dont vous deuez honorer la perfonne, & les ouurages? Il ne feroit pas iufte, & croyez vous Mr Claueret eftre affez habile homme pour l'emporter fur tous les plus grands efprits de France qui fe moquent des obferuations, & de ceux qui fuiuent les fen-

A ij

timens de leur Autheur. Pour moy i'ay def-
ja refpõdu pour luy comme ie fais encores,
que pour obfcurcir fon efclat, il faloit pour
toutes obferuatiõs faire vne meilleure piece.
Que fi la force des raifons dont Mr de Scudery pretend l'auoir combatu eft cõdamnée
mefme par ceux qu'il demande pour Iuges,
confiderez de grâce ou vous vous allez engager. Vrayment cela eft bien ridicule que
vous à qui vos parents ont laiffé pour tout
heritage la fcience de bien tirer des bottes,
vous vouliez efcrire, & faire comparaifon
auec vn des plus grands hommes de noftre
fiecle pour le Theatre, & douter encores de
l'approbation que le Cid à receu au Louure
& à l'Hoftel de Richelieu : Il paroift bien
que voftre regne n'eft pas de ce monde,
voyez le Mr Claueret, & ouurez vos oreilles
bien grandes, vous entendrez ce qu'il y a de
grands efprits en France de l'vn & de l'autre fexe dire tout haut, Voila le plus bel ouurage de Theatre que nous ayons veu iufqu'à prefent. Examinõs vn peu les voftres en
gros : car le détail n'en vaut pas la peine : Ne
m'aduoüerez vous pas que le voyage que
vous faites faire aux bõs Hômes à voftre Pe-
lerin amoureux eft vne belle chofe. Ie vous

iure qu'il m'a pris cent fois enuie de vous demander où voſtre fils Tadés & vous auez
eſtudié, affin de me faire interpreter le langage de l'vn, & aprendre les galimathias de
l'autre : car comme il arriue qu'il en eſchape
quelque fois ſans y penſer, j'aurois eſté rauy
de les faire auec ſcience comme vous. Ie
me ſerois bien mis aupres de Iodelet pour
le moins, & ie maſſeure qu'il s'en feroit ſeruy mieux que les Comediens, qui n'ont iamais ſçeu faire valoir les voſtres quelque art,
& quelque peine qu'ils y ayent apportée.
Voſtre place Royale ſuit aſſez bien, & ie
vous confeſſe qu'elle fut trouuee ſi bonne à
Forges que Montdory & ſes compagnons
qui en auoient les eaux dans la ſaiſon du
monde la plus propre pour les boire, n'en
voulurent iamais gouſter : tout le monde
n'entendra pas cecy peut-eſtre, c'eſt que
vous auez fait vne piece intitulée Les Eaux
de Forges que vous leur donnaſtes, où il ne
manquoit choſe du monde, ſinon que le
ſujet, la conduite, & les vers ne valoient
rien du tout; A cela pres c'eſtoit vne aſſez
belle choſe : Ie ſçay bien que vous n'auez pas
vendu vos ouurages, ce n'eſtoit pas manque
de pauureté, ny d'en auoir demandé beau-

coup de fois de l'argent : Mais c'eſt que les
Comediens ne vous en ont iamais rien
voulu donner; C'eſt ce que vous auez fait
iuſques icy. Et pour couronnement de chef-
d'œuure, vous faites vne mauuaiſe lettre ou
vous tranchez du Cenſeur, & si ie ne me
trompe du vaillant : taiſez vous Monſieur
Claueret taiſez vous, & vous ſouuenez que
vous ne pouuez eſtre ny l'vn ny l'autre, &
que voſtre perſonne eſt ſi peu conſiderable que vous ne deuez iamais croire que
Mr Corneïlle ayt eu enuie de vous choquer. Vous croyez peut-eſtre auoir fait vn
beau coup de mail quand vous dites, *Ou
pour contenter les Comediens que vous ſeruez.*
Chacun ſçait bien de quel biais il faut prendre cette façon de parler. Et il eſt tres-vray
que ſes ſoins & ſes veilles leur ont rendu de
ſi bons & profitables ſeruices, que ie leur ay
ouy dire hautement que iuſques icy ils
doiuent à luy ſeule ce que le Theatre peut
donner de bien : Vous ne ferez iamais de
meſme Mr Claueret, & ie ne m'eſtonne pas
de vous entendre dire que vous ne vous pi-
quez pas de faire des vers, ie vous croy.
Neantmoins vous dites au meſme temps

que ce que vous auez produit ne vous a
point fait rougir de honte, c'eſt feulement
vn teſmoignage de voſtre effronterie, pluſtoſt que la bonté de vos ouurages. Apres
tout, Orateur et Poëte de bale, fouuenez
vous de n'intereſſer perſonne en voſtre affaire, & que quand Mr Corneille a dit, *Ie
ne dois qu'à moy ſeul toute ma renommée,* il a
parlé raiſonnablement & veritablemēt, Songez feulement comme ie vous ay deſja dit à
ce que vous eſtes. Que vous n'auez iamais
rien fait de bien que de vous eſtre teu depuis
quatre ans. Que vous ne deuiez pas rompre ce filence pour vne ſi mauuaiſe choſe.
Que les fottiſes de voſtre lettre faſchent
tous les honneſtes gens. Que cela vous rend
bernable par tout pays. Que tout ce qu'elle
contient eſt trop plat, & trop peu fort pour
donner la moindre atteinte au Cid, ny faire
croire que Monſieur Corneille en ſoit feulement le copiſte comme vous dites. Que ie
ne luy conſeille pas de ſe donner la peine de
vous reſpondre. Que vous eſtes aupres de
luy ce que le Laquais eſt aupres du Maiſtre,
& qu'vn amy du Cid qui ne fit jamais profeſſion d'eſcrire, & qui ne laiſſe pas de ſe con-

noiſtre aux bonnes choſes, n'a fait cette lettre que pour vous aduertir de pratiquer vn
prouerbe Latin que vous vous ferez expliquer, & qui dit, *Ne ſutor vltra crepidam.*
Adieu Claueret, ne ſoyez pas curieux de
ſçauoir mon nom de peur de l'aprendre.

L'ACOMODEMENT
du CID & de fon
cenfeur.

A PARIS,

M. DC. XXXVII.

L'ACOMODEMENT du C I D & de son Censeur.

MONSIEVR du CID, vous n'aués fait que deux fautes , qui ne se puissent reparer , l'vne, d'auoir fait imprimer vostre piece , qui auoit esté si bien approuuée sur le Theatre. Et l'autre , d'auoir répondu à celuy qui l'a cenfuree ; Parce que vous ne vous deuiés pas ennyurer de la gloire du Theatre, pour montrer que vous n'en pouuiez point pretendre hors de là : Et que pour répondre à vn ennemy declaré & conneu, il faloit faire mieux de la plume ou de l'efpee. Vous ne fçauriez nier que dans le détail de

voftre

voſtre Piece , vous ne
ſoyez imbecile dans le
ſentiment des Roys , de
la Nature , de la Vertu,
des Grands , des Sages,
des Capitaines , des Fan-
farons & des Modeſtes :
Et que vous ne ſoyez
extrémement plat & fa-
de dans vos Vers , pour
eſtre ſi preſomptueux, ſi
foible & ſi extrauagant
en l'Epiſtre d'Ariſte ,
qu'on ne peut compren-

dre quel mouuement
vous l'a dictee. Mais ſi
l'on vous reproche qu'en
voſtre Lettre Apologi-
tique au Sʳ Sᴄᴠᴅᴇʀɪ,
l'on ne ſçauroit deuiner
ſi vous voulez paſſer
pour Vaillant, pour Pol-
tron, pour Ecolier, ou
pour Maiſtre : Et qu'on
doute ſi vous connoiſſez
vous meſme ce que vous
eſtes (ſi ce n'eſt vn Sup-
pliant qui voudroit bien

faire le Rodomont)
Confolez-vous, que ce-
luy qui vous a deffaict en
vne moitié de fon Liure
s'eft deffaict en l'autre, &
vous accordez tous
deux.

F I N.

VICTOIRE

DV

SIEVR CORNEILLE

SCVDERY ET CLAVERET

Auec vne remonſtrance par laquelle on les
prie amiablement de n'expoſer ainſi
leur renommee à la riſee publique.

A PARIS,

M. DC. XXXVII.

LA VICTOIRE DV SIEVR

CORNEILLE SCVDERY

& Claueret.

ES Romains ont touſiours tiré quelque mauuais preſage du cri de certains oyſeaux comme auant-coureurs d'vne ſiniſtre aduanture. Et encore qu'il ne faille s'attacher à cette ſuperſtitieuſe religion, toutesfois cette mutine brauade de nos Poetes enflez pluſtoſt de vanité, que de gloire ſolide pour faire paroiſtre leurs eſcrits, & donnans paſſage à la vacuité de leur cerueau, ne ſemble rien tirer de bon en conſequence, & pour vous en monſtrer vne preuue manifeſte. Noſtre hiſtoire nous fait foy que du temps que Charles VIII entreprit la guerre contre les Bretons, qu'auant ceſte ſanglante deffaite pluſieurs Corneilles, & autres oyſeaux ſemblerent donner le ſignal, ſe chocans ſi rudement dans l'air, que la terre fut couuerte d'vne charogne qui rendoit vne tres-puante odeur.

Nous voyons l'enigme deſueloppee. C'eſt ceſte miſerable Corneille deplumee par la

cruauté de nos Poëtes qui luy font la guerre
& quoy qu'ils ne foyent pas oyfeaux, fe
battent toutesfois à coups de plumes, dont
les bleffeures font plus dangereufes qu'ils ne
les reffentent pas, mais n'admirez vous pas
leurs folies exprimees il y a long temps par noftre braue Poete Mantuan

Non alias cælo ceciderunt plura sereno,

Fulgura, quam tumidi nunc exarfere poëtæ,

Et comme pouffé d'vne fureur diuine il s'efcrie tout d'vn coup defcouurant la principale
caufe de cefte reuolte,

———————— *si mens non læua fuiffet*

Sæpe finiftra caua prædixit ab illice cornix.

Voulant dire que cefte Corneille s'eftant per-
chee fur vn chefne (dont on couronnoit les
anciens) par la vanité a encouru la difgrace de
tout le monde quelqu'vn peut-eftre s'eftõnera
de ce difcours, mais qu'il en aprene la caufe.

M'eftant de fortune trouué deuant l'hor-
loge.du Palais, ou vn vendeur de denree crioit
a gorge defployee l'accomodemẽt du CID;
vn honnefte homme affez aagé ayant entendu
l'accõmodement de noftre Sire, & croyant que
c'eftoit quelque affaire d'Eftat, le voulut ache-
ter, mais ne pouuant feulement comprendre
le mot de CID, le Crieur le reprit : ce n'eft
pas la viande pour vous, ce font ces maraux

de Poëtes (ainſi les qualifiat-il) qui ſe battent
à coups de bec comme harangeres : Il y a deſia
huiɛt iours que nous ſommes à debiter leurs
voiries. Comme la curioſité m'auoit fait arreſter, i'eſcoutois cét entretien auec aſſez
d'impatience, me voyant deſchiffré ainſi de
ceſte canaille, qui paſſoit bien iuſques là de
dire que Scudery s'eſtoit fait mocquer de luy
à ſes deſpens, comme portoit le bas du tiltre
des Obſeruations du CID. Ie me reſolus
par vn court aduertiſſement d'en parler à ces
Meſſieurs & principalement au ſieur Corneille, m'aſſeurant touſiours de ses bonnes
grâces, & me diſant ſon loyal amy : Lequel
tout fraiſchement annobly, fait (comme il dit)
eſclatter ſa renommée, non pas par des aɛtes
de vaillances, mais par des Crieurs de Gazettes, fidels heros de ſes vertus héroïques, qui
depuis vn mois en ont rebattu les oreilles de
tout le monde ; Sans oublier Scudery qui picqué auſſi de ſa nobleſſe a premierement attaqué le ſieur Corneille en duel, comme homme de ſa condition, ſe ſeruant (contre la couſtume) pluſtoſt de la pointe de ſa plume que
de ſon eſpee, qui eſt peut-eſtre vn peu eſmouf-
fee, eſtimant que la chaleur du temps requeroit
pluſtoſt de combattre en chambre cloſe, qu'au
milieu d'vn pré. Pour moy i'approuue la

vaillance du fieur Claueret, qui en defpit de
l'enuie, encore qu'il ne faffe brauache de
Gentil-homme, eft encore plus courageux que
le dernier, & s'efcrie

Quantum acie valeo tantum valet ifte loquendo :
Voyez comme il luy reproche cette rodomon-
tade efpagnole, & comme Scudery ne veut
auoir le dernier, ayant mefme refpondu au
Sieur Corneille qui luy auoit reproché de n'a-
uoir facile intelligence du Latin, au contraire il
luy monftre qu'il auoit tort de le blafmer de ce
que ——————————————— *Poetæ*

Cum male laudanti cantauerit ocyma amicus :
& de fait il a raifon de reprocher à Corneille
fon arrogance, veu qu'vn chacun fçait bien que
c'eft luy.

Nuper in hanc urbem pedibus qui venerat albis,
& mefme facetieufement on adioufte qu'Icare
ayant voulu voler trop haut fe noya, que la
Corneille en pourroit bien faire de mefme, ne
pouuant fupporter l'efclat du Soleil.

Messieurs les Poëtes, pour vous traitrer en
amys, comme ie me perfuade, ne defcouurez
vous pas de quelle fource eft prouenuë cefte
enuie quelqu'vn cognoiffant les caprices de
vos fantaifies, a voulu fe feruir d'vne querelle
faite à plaifir pour vous diffamer : car fous pre-

texte de vous deffendre, vous auez publié vous mefme voftre infamie, & chacun de vous fe reproche ce qui eft de plus meffeant à fa condition : Ie ne pouuois m'imaginer que nos Poetes voulans paffer pour des gentils hommes, fe traitaffent les vns les autres d'in-iures, comme des crocheteurs de greue à coups de poings. C'eft pourquoy ayant efgard à cefte remonftrance, ie vous prie d'orefnauant trai-ctez vous & voftre renommee vn peu plus fa-uorablement. Adieu.

Vous expliquerez s'il vous plaift les lieux incogneus à voftre aduantage, attendant la refponce ie ne declareray mon nom, prenez plus de peine à ce que

Non metuant tua carmina fcombros.

FIN.

LETTRE
A * *
*
SOVS LE NOM
d'Arifte.

Ce n'eft donc pas affez, & de la part des Mufes
Arifte, C'est en vers qu'il vous faut des excufes,
Mais la mienne pour vous n'en plaint pas la façon
Cent vers luy couftent moins que deux mots de
chanfon, &c.

E n'eft dont pas affez Ariste que voftre humeur
remuante aye iadis trou-
blé le repos de voftre folitude & le filence de voftre maison,
en s'attaquant aux œuures & à l'eloquence de Monfieur de Balfac. Ce n'eft
donc pas affez que vous ayez voulu ab-

battre autrefois le vol de cefte belle plume, à qui les François ne peuuent denier l'obligation toute entiere qu'ils luy
ont de la politeffe de leur langue : ny les
Orateurs refufer à fes ouurages le mefme refpeĉt que les Poëtes rendent à la
memoire de Monfieur de Malherbe : il
faut encor qu'apres dix ans de filence,
au mespris de voftre habit & au fcan-
dale de voftre profeffion, en vn temps
que l'on vous croyoit deftaché de toutes ces vanitez, & reuenu en vne parfai-
ĉte refipifence vous repreniez voftre
vielle marotte, & que vous importuniez voftre amy de vous donner
des chansons (fans dire fi s'est à boire ou à danfer) à l'heure mefme que
vous le fçauez occupé à ce grand mariage, & qu'il faiĉt accepter à vne
fille pour mary celuy qui le iour
mefme a tué fon pere. Vous me permettrez de vous dire que vos perfecutions
eftoient bien grandes, puifque vous l'a-

uez obligé à rompre l'alliance qui eſtoit
entre ces trois ſœurs la Poëſie, la Muſique & la Peinture : qu'il appelle la ſeconde folle & hipocõdriaque, preferãt
comme vn autre Midas, au hazard d'a-
uoir les meſmes oreilles, la fluſte groſ-
fiere de Pan, à la Lyre d'Apolon, & aux
airs de Guedron & de Boiſſet ces mauuaiſes Poëſies dont il nous perſecute à
tous propos; mais il eſt facile à iuger que
voſtre amy n'a pas tant pris cette mauuaiſe occaſion pour aucune antipathie
qu'il euſt auec cette belle Deeſſe, que
pour prendre ſubjeƈt de publier ſes merites & de s'eſtendre ſur ſes loüanges.
Cette inſupportable vanité dont il nous
perſecute depuis tant de temps, & la
peine qu'il prend tous les iours pour
nous perſuader qu'il eſt homme hors
du commun, m'ayant donné la curioſité de lire ſa piece du Cid m'a donné quãt
& quant la cognoiſſance, & de ſon peu
de valeur & de l'imbecillité du perſon-

nage. I'aduoüe que les fentimens de fes amis pour ce Poëme auoient preoccupé mon efprit deuant que i'en euffe faiɛt la leɛture, ie donnois quelque chofe a l'aprobation du peuple, encor que ie le cogneuffe mauuais iuge : mais ie m'apperceus bien-toft apres que c'eftoit l'ignorance, & non pas fa beauté qui caufoit fon admiration : Ie fis donc refolution de guerir fes idolatres de leur aueuglement, & le deffein que i'auois de les defabufer, me faifoit prendre la plume quand vn autre plus digne obferuateur m'a preuenu, qui me la faiɛt tomber des mains & qui s'en eft acquitté auec beaucoup plus d'honneur que ie n'euffe peu faire. Ie ne fçaurois pourtant m'empefcher de l'accufer icy de peu de foin. Car encore qu'il ait remarqué huiɛt cents playes fur ce beau corps ie trouue toutefois qu'il en a negligé pour le moins huiɛt cents autres qui meritoient bien d'eftre fondees. Nombre fuffifant pour

demander vne plus exaɛte cenſure : mais
ie me perſuade qu'il a voulu l'eſtourdir,
& non pas l'aſſommer, & qu'il s'eſt contenté d'eſtre ſon vainqueur ſans vouloir
eſtre ſon meurtrier, pour ce qui eſt de la
lettre qu'il vous adreſſe, A R I S T E ,
& qui demande ſa place à l'hoſpital
des fous incurables. Ie croy que le
Sieur Corneille penſe trouuer ſon
excuſe en ce qu'vn Poëte excellent ſe
licentie quelquefois dans ſes propres
loüanges & ſe peut diſpēſer de cette retenuë qui ſait parler les autres auec plus
de modeſtie d'eux-meſmes, no⁹ en auōs
des exemples dans les ouurages d'Homere, de Virgile, de Ronſard, de Malherbe, & de quantité d'autres ‘grands
hommes qui ont parlé de leurs genies
en termes auantageux. On le ſouffroit
parce qu'ils faiſoient voir la verité dans
leurs ſentimens, & qu'ils s'accommo-
doient à la veneration que tout le monde rendoit à leurs diuines plumes : mais

s'il fut iadis permis de dire vray à ces
Meſſieurs là ce n'eſt pas à dire qu'il ſoit
permis de mentir à celui-cy. Donnons
toutesfois ces fumees à l'amour que ce
Narciſſe a pour ſoy-meſme, & venons
à ceſte lettre Apologetique, où il ſe met
la Couronne ſur la teſte où il ſe dreſſe vn
troſne, d'où il regarde ceux à qui il
auoit faiɛt auparauant l'honneur de s'eſ-
galler au deſſous de ſon marchepied, &
où il dit par vne preſumption qui dege-
nere en folie *qu'il ne tient pas à ſon ob-*
ſeruateur, que du premier lieu ou beau-
coup d'honneſtes gens l'ont mis, il ne
l'ait fait deſcendre au deſſous de Claue-
ret, ie voudrois bien ſçauoir qui ſont
ceux qui l'ont ſi bien placé, & s'il ſe trouue bien à ſon aiſe en ce lieu-là, & par
quels degrez il y auroit peu m̄oter? pauure eſprit qui voulant pareſtre admira-
ble à chacun ſe rend ridicule à tout le
monde, & qui le plus ingrat des hommes n'a iamais recogneu les obligations

qu'il a à Seneque & à Guillen de Caſtro
à l'un deſquels il eſt redeuable de ſon
Cid & à l'autre de ſa Medee. Il reſte
maintenant à parler de ſes autres pieces
qui peuuent paſſer pour farces, & dont
les tiltres ſeuls faiſoient rire autrefois
les plus ſages & les plus ſerieux, il a faiƈt
voir vne Melite, la Gallerie du Palais &
la place Royale. Ce qui nous faiſoit eſperer que Mondory annonceroit bien-
toſt le Cimetiere S. Iean, la Samaritaine
& la place aux Veaux. L'humeur ville de
cét autheur & la baſſeſſe de ſon ame
n'eſt pas difficile à cognoiſtre dans les
ſentimens qu'il donne aux principaux
perſonnages de ſes Comedies il rend les
vns fourbes, artificieux, & faiƈt commettre aux autres des laſchetez dont
luy-meſme quelque profeſſiõ publique
qu'il faſſe de poltronerie ne pourroit
pas s'empeſcher de rougir ſi ie les luy remettois deuant les yeux, & certes il eſt
bien difficile qu'il peuſt rendre ſes

Acteurs plus vaillans puifque luy-mefme n'a pas fi toft la permiffiõ de prẽdre
vne efpee qu'il fe declare par vne Lettre imprimee indigne de la porter &
qu'à peine a-t'il reçeu celles de nobleffe qu'il faict vne action affez infame pour l'en degrader. Voila ce grand
Poëte qui dit parlant de fon Cid.
Nefcio quid maius nafcitur Iliade.
I'aurois eu affez de difcretion pour cacher les vices de voftre amy, & les voftres fi vous n'auiez eu affez de complai-
fance pour mefdire d'vne perfonne que
vous ne cogneuftes de voftre vie : mais
afin que vous ne tõbiez plus en sẽblables
extrauagances i'ay bien voulu vous apprendre par cefte lettre de ne forcer plus
vne perfonne au reffentiment qui n'a
pas fongé à vous offencer. *Adieu.*

FIN.

RESPONSE

DE ***

A ***

SOVS LE NOM D'ARISTE.

A PARIS,

M. DC. XXXVII.

RESPONCE

DE ***

A ***

fous le nom d'Arifte.

NE vous eftonnez point du procedé que l'on pratique auiour-
d'huy contre vous : On veut ref-
ueiller vne guerre qui a fait trembler tous les bons efprits de fon temps, &
qui n'en a laiffé pas vn dans le pouuoir de fe
dire neutre. Les Partifans de l'Obferuateur
recognoiffent fa foibleffe, & pour rendre
fon party plus nombreux, ils veulent attirer
à luy des perfonnes qui ne fe fouuiennent
plus de leurs diffentions, & qui ne fongent
qu'au deffein qu'ils ont fait de ne plus tomber dedans vne faute publique. Ie croy que
Monfieur de Balfac n'approuuera iamais
l'orgueil qu'on tafche de luy attribuer. Et
ie ne doute point auffi que vous n'ayez efté
marry de vous voir meflé dedans vne difpu-

A

te particuliere; & que vous n'ayez tous
d'eux eu en horreur le deffein de l'Anoni-
me, qui veut embarraffer des ames def-in-
tereffees, & faire entrer dans la lice deux
perfonnes toutes fraifches, afin de faire efquiuer fon amy qui n'en peut plus. Il me
permettra de luy dire qu'il n'a pas affez bien
agy en cecy, & qu'il deuoit ou s'attaquer
abfolument à vous, ou mefdire feulement
de Monfieur Corneille; fans par vn galimatias qui ne veut rien dire, & par vne confufion abfurde, vous adreffer le commencement d'vne lettre iniurieufe; & la pourfui-
ure par des railleries & des impoftures qui
s'adreffent directement à voftre Amy. Puifque ie luy en euffe voulu; i'euffe bouffonné
fur Melite, & euffe dit que ce ne fut iamais
qu'vne piece fort foible, puis qu'elle n'eut
la peine que d'effacer le peu de reputation
que s'eftoit acquis le bon homme Hardy, &
que les pieces qui furent de fon temps ne
valoient pas la peine d'eftre efcoutees. Car
la Syluie & la Chryfeide (par exemple)
eftoient les faillies d'vn ieune efcolier qui
craignoit encore le foüet; & le Ligdamon
partoit d'vne plume qui n'auoit iamais efté
trenchée qu'à coups d'efpée. l'euffe dit que
la Gallerie du Palais n'eftoit pas bonne,

parce que le nom en eſtoit trop commun.
Que la Place Royalle n'eſtoit pas meilleure, puis qu'il en auoit defrobé le tiltre à ce
tres-fameux & tres-celebre autheur, Mon-
seignevr Claverel : & que la Suiuante
eſtoit une piece qu'on ne pouuoit gouſter,
parce que l'on n'en auoit iamais veu vne qui
fuſt faite auec de ſi grãdes regularitez. Mais
auſſi n'euſſay-je pas oublié les Eloges de tous
les Poëmes qui furent repreſentez dedans
les meſmes temps. Et ſur tout i'euſſe fait
vne Apologie pour la pauure Syluanire,
dont les exemplaires ne periront iamais.
l'euſſe loüé le duc d'Auſſonne, & euſſe dit
que l'eſprit de l'Autheur y eſt miraculeux,
puis que toute la piece (qui eſt aſſez longue) n'a pourtant rien de plus acheué que
ce qu'on voit dans vn premier acte; & qu'il
a voulu par le meſme Poëme bannir les
honneſtes femmes de la Comedie, qui n'ont
pû iamais ſouffrir les paroles ny les actions
de ſes deux Heroïnes. Mais apres auſſi i'euſſe examiné ſa Virginie, & ayant laiſſé à Ra-
gueneau le ſoin de faire vne Satyre contre
le coup fourré qui a fait rire tout le monde;
l'euſſe admiré la force d'eſprit de ſon Heros, qui m'eſpriſe vne Princeſſe qui l'aime,
& fait meſme le ſemblant de ne la pas en-

tendre quand elle fe declare à luy ; & le tout
à caufe qu'il aime fa fœur. Mais ie n'aurois
garde d'enfoncer fur leur amour, de peur
d'y faire voir ou de l'incefte, ou de la bruta-
lité ; & de dire qu'vn Incognu, qu'il veut
faire paffer pour honnefte homme, ne vou-
luft pas auoir de l'amour pour vne belle fille ; à caufe qu'il a de l'amitié pour vne autre
qui eft bien moins fcrupuleufe que luy.
Apres ie pafferois à la Sophonifbe, que i'entends plaindre auec autant de iuftice, que
Didon fe plaint chez vn Ancien, de ce qu'on
la fait moins honnefte qu'elle ne fut. Ie taf-
cherois à recouurir l'honneur de Syphax,
qui fait moins pitié par le debris de fa fortune, & par le bouleuerfement de fon trofne, que parce qu'il furprend vn poullet
que fa femme a enuoyé à Maffiniffe. I'aurois blafmé toute l'importunité du fecond
acte, ou Sophonifbe paroift toufiours ; &
paffant plus auant pour imiter les Efcriuains
du temps, ie me ferois efcrié à la Scene ou
Maffiniffe apprend d'elle quand il commença d'en eftre aimé. O raifon de l'autheur
que faifiez vous alors ? qu'eftoit deuenu ce
iugement dont vous n'auez que l'apparence dans toutes vos pieces ? Maffiniffe auoit-
il pas raifon de craindre qu'on ne luy ren-

dift ce qu'il auoit prefté? & quand Sophonifbe en verroit quelqu'vn de meilleure
mine; qu'elle ne l'eftimaft plus que luy,
puis que c'eftoit le fujet pourquoy elle l'a-
voit eftimé plus que Syphax? En fin ie n'ef-
couterois point l'excufe qu'il allegue, puis
qu'elle ne vaut rien, & aimerois mieux
qu'il euft traicté l'hiftoire comme elle s'eft
paffee, que comme elle a deu fe paffer, au
moins à ce qu'il dit. Mais ie ne voy pas que
ie fais prefque la mefme chofe que celuy
que ie blafme, & qui vous adreffe fa lettre,
puis que ie fais reuiure des fautes que i'a-
uois pris tant de peine d'oublier. Vous co-
gnoiftrez pourtant que i'en vfe auec plus
de raifon que luy, qui va troubler le repos
d'vn Religieux iufques dans fa cellule.
Pour moy qui fuis au monde, & qui ay toujours loüé en luy ce qui n'y a pas efté blaf-
mable. Ie vous aduoüe que le voyant hors
du fens, i'ay commencé à perdre la bonne
opinion que i'en auois conceuë; & fçachant
de plus qu'il fait fon poffible pour fomenter
la difcorde, ie l'ay confideré comme ces
mefchans Politiques, qui n'eftans pas affez
puiffans pour fubfifter d'eux-mefmes, tafchent de broüiller les affaires, afin d'eftablir
des fondemens à leur fortune fur les ruines

de ceux qu'ils n'euffent ofé choquer ouuertement. Il fait battre deux ennemis forts
& redoutables (au moins par fes confeils il
tafche de vouloir releuer celuy qui eſt prefque abbatu) & ne confidere pas que celuy
qui a defia de l'auantage, parce qu'il s'eſt
teu ; en aura encor de plus grandes quand
il voudra parler : Et puis qu'il iuge vn
bon efprit indigne de fa colere, il verra
celui-cy auec vn fi graud mefpris, qu'il ne
voudra iamais penfer à luy, puis qu'il ne
fonge qu'aux chofes excellentes. Imitez-le,
Arifte, & laiffez aux honneftes gens le foin
de refpondre à la calomnie.

LETTRE
POVR MONSIEVR
DE CORNEILLE,
CONTRE LES MOTS DE

la Lettre fous le nom

d'ARISTE.

Ie fis donc refolution de guerir ces Idolatres.

FACHEZ-vous tant qu'il vous plaira, faites proteftation de changer à tous momens de party, on vous le pardonne, vous paffez pour homme qui reçoit aifément toutes fortes d'impreffions. On dit que vous auez eu au commencement du Cid les fentimens d'vn homme raifonnable, & que vous n'auez pû luy denier les loüanges qu'il tiroit fans violence de tous les honneftes gens ; pourquoy maintenant deferer au iugement de l'Obferuateur, à caufe qu'il vous a tefmoigné approuuer cinq ou fix mauuaifes Pieces rimées, que vous dites auoir faites : Ieune homme affeurez voftre iugement

A

deuant que de l'expofer à la cenfure publique , &
ne hasardez plus de libelles fans les auoir commu-
niquez à d'autres moins paffionnés que l'Obferuateur ; i'aduoüe qu'il vous doit beaucoup , mais il euft
pû choifir un plus iufte inftrument de fes loüanges
que vous , il eft peu curieux de fa reputation ; ie
commence à defefperer de fon party , puis qu'il l'a-
bandonne à des perfonnes qui le fçauent fi mal fouftenir ; c'eft vne preuue certaine de la fauffeté d'vne
affaire , quand elle tombe entre les mains d'vn ignorant. Auffi n'auons-nous point veu d'autres perfonnes embraffer fes interefts ; Claueret a efté le premier qui s'eft efueillé , qui dans fes plus grandes
ambitions n'a iamais pretendu au delà de Sommelier dans vne mediocre maifon , encore ie luy fais
beaucoup d'honneur : Celuy que i'attaque eft vn peu
plus fortuné de biens , mais il faut apporter de la foy
quand il s'agift de fon origine (i'ayme mieux pareftre obfcur que médifant) il euft pû reüffir du temps
des comparaifons , fa miferable eloquence me fait
pitié , ie ne peux confentir qu'vn tel perfonnage fe
veuille dire du nombre des Autheurs & qu'il fe mefle
auiourd'huy de iuger de la bonté ou de la fauffeté d'v-
ne Piece ; voyez le refonnement de ce visage , il fe
vante de vouloir guerir des Idolatres. Monfieur le
Medecin vous apportez de fort mauuais remedes ,
& fi vous eftiez auffi peu verfé dans le refte de voftre
doctrine , il eft perilleux de tomber entre vos mains ,
vous auez produit de fi mauuaifes raifons que vous
n'auez pas commencé à me perfuader , bien efloigné
de me conuaincre. Si vous me priez ie donneray
quelque chofe à l'obligation que vous auez à la

maiſon de Monſieur de Scudery , puis que vous
portez ſes intereſts au delà d'vn homme deſintereſſé , il paroiſt que vous en auez receu quelque ſen-
ſible plaiſir , il eſt vray que vous eſtes de ſa maiſon ,
& que vous aſſiſtez ſouuent aux Conferences qui s'y
traitent , vous n'en reuenez point qu'auec de nouuelles lumieres ; & ce grand amas de belles figures
que vous proſtituez dans votre petit papier , valent
bien que vous l'en remerciez , mais gardez bien
qu'en voulant fuir le vice de meſconnoiſſant vous ne
choquiez abſolument la plus ſaine partie du monde.
Monſieur de Corneille a ſatisfait tout le monde raiſonnable, vous auez affeſté auec trop de violence &
d'animoſité la diminution du credit qu'il auoit acquis ; & ſi vous euſſiez eu aſſez de pouuoir vous euf-
ſiez terny la gloire d'vn homme duquel vous auez
autrefois recherché l'amitié , & de laquelle il vous
auoit honoré , vous ne la meritiez pas, puiſque vous
prenez ſi peu de ſoin à la conſeruer.

Au reſte ie vous veux aduertir encore vne fois d'vn
poinſt qui ne vous ſera pas inutile. Monſieur l'Autheur, c'eſt de vous deſtaire de vos comparaiſons ,
leſquelles paroiſſent fort ſouuent dans voſtre lettre ,
& choquent beaucoup de perſonnes , vous eſtes
ieune , il y a eſperance que vous vous guerirez de
vos erreurs , & direz vn iour que ie n'ay pas peu
contribué à voſtre aduancement. Adieu beau corps
plein de playes , & ſi tu veux ſçauoir mon nom , ie
ne fus iamais renegat. Adieu, conſole toy.

MARTIALIS

Epig. L. 9. Epi. 83.

LEctor & Auditor noſtros probat , Aule libellos
Sed quidam exactos eſſe Poëta negat :
Non nimium curo , nam cæne fercula noſtræ
Malim conuiuis quam placuiſſe cocis.

TRADVCTION

à Monſieur Corneille.

LEs vers de ce grand CID , que tout le monde admire,
Charmant à les entendre , & charmant à les lire.
Vn Poële ſeulement les trouue irreguliers :
Corneille mocque toy de ſa ialouſe enuie ,
Quand le feſtin agrée à ceux que l'on conuie ,
Il importe fort peu qu'il plaiſe aux Cuiſiniers.

EPIGRAMME.

S I les vers du grand C I D, que tant de monde admire,
 Charment à les ouyr, mais non pas à les lire,
Pourquoy le traducteur des quatre vers Latins,
Les a-t'il comparez aux mets de nos festins ?

      J'aduoüe auec luy, s'il arriue
      Qu'vn mets soit au goust du conuiue,

Qu'il importe bien peu qu'il plaise au cuisinier ;
Mais les vers qu'il deffend d'autres raisons demandent,
C'est peu qu'ils soient au goust de ceux qui les entendent,
S'ils ne plaisent encore aux maistres du mestier.

LETTRE

DE
Mᴿ DE SCVDERY,

A

L'ILLVSTRE
Academie.

A PARIS,
Chez Aɴᴛᴏɪɴᴇ ᴅᴇ Sᴏᴍᴍᴀᴠɪʟʟᴇ,
au Palais, à l'Efcu de France.

M. DC. XXXVII.

A
L'ILLVSTRE
ACADEMIE.

ESSIEVRS,

   Puis que Monſieur Corneille
m'oſte le maſque, & qu'il veut que
l'on me connoiſſe, i'ay trop accou-
ſtumé de paroiſtre parmy les perſonnes de qualité, pour vouloir encor me cacher : Il m'oblige peut-
eſtre en penſant me nuire ; & ſi mes
Obſeruations ne ſont pas mauuai-

A ij

ſes, il me donne luy-meſme vne
gloire, dont ie voulois me priuer.
Enfin Meſſieurs, puis qu'il veut que
tout le monde ſçache que ie m'appelle Sᴄᴠᴅᴇʀʏ, ie l'aduouë. Mon
Nom, que d'aſſez hõneſtes gens ont
porté deuant moy, ne me fera iamais
rougir : veu que ie n'ay rien fait non
plus qu'eux, indigne d'vn homme
d'honneur. Mais comme il n'eſt pas
glorieux , de frapper vn ennemy ,
que nous auons ietté par terre, bien
qu'il nous diſe des iniures, & qu'il
eſt comme iuſte, de laiſſer la plainte
aux affligez, quoy qu'ils ſoient coupables, ie ne veux point repartir à
ſes outrages par d'autres, ny faire
comme luy, d'vne diſpute Academique , vne querelle de Crocheteurs, ny du Licée vn marché public.
Il ſuffit qu'on ſçache , que le ſubjet

qui m'a fait efcrire eft equitable, &
qu'il n'ignore pas luy-mefme, que
i'ay raifon d'auoir efcrit. Car de
vouloir faire croire que l'enuie a
conduit ma plume, c'eft ce qui n'a
non plus d'aparence que de verité :
puis qu'il eft impoffible que ie fois
atteint de ce vice, pour vne chofe
où ie remarque tant de deffaux, qui
n'auoit de beautez, que celles que
ces agreables trompeurs qui la re-
prefentoient luy auoient preftées, &
que Mondory, la Villiers, & leurs
compagnons, n'eftans pas dans le
liure, comme fur le Theatre, le Cid
Imprimé, n'eftoit plus le Cid que
l'on a creu voir. Mais puis que ie
fuis fa partie, i'aurois tort de vouloir
eftre fon iuge, comme il n'a pas raifon de vouloir eftre le mien. De
quelque nature que foient les difpu-

tes, il y faut toufiours garder les formes : Ie l'ataque, il doit fe defendre;
mais vous nous deuez iuger. Voftre
illuftre Corps, dont nous ne fommes
ny l'vn ny l'autre, eft compofé de
tant d'excellens hommes, que fa vanité feroit bien plus infupportable,
que celle dont il m'accufe, s'il ne s'y
vouloit pas fubmettre comme ie
fay. Que fi l'vn de nous deux deuoit
reculer quelques-vns de vous autres, ce feroit moy qui le deurois
faire, puis que ie n'ignore pas, malgré l'ingratitude qu'il a fait paroiftre pour vous, en difant,

Qu'il ne doit qu'à luy feul, toute fa re-
nommée,

Que trois ou quatre de cette celebre Compagnie, luy ont corrigé tant
de fautes, qui parurent aux premieres reprefentations de fon Poëme,

& qu'il ofta depuis par vos confeils.
Et fans doute vos diuins efprits, qui
virent toutes celles que i'ay remar-
quees en cette Tragicomedie, qu'il
appelle fon Chef-d'œuure, m'auroient ofté en le corrigeãt, le moyen
& la volonté de le reprendre, fi vous
n'euffiez efté forcez d'imiter adroit-
tement ces Medecins, qui voyant vn
corps dõt toute la maffe du fang eft
corrompuë, & toute la conftitution
mauuaife, fe contentent d'vfer de
remedes palliatifs, & de faire languir & viure, ce qu'ils ne fçauroient
guarir. Mais, Meffieurs, comme
vous auez fait voir voftre bonté pour
luy, i'ay droit d'efperer en voftre iuftice, puis que les vertus font comme
enchaînees, & qu'elles fe tiennent
toutes par les mains, ainfi qu'on def-
peint les Graces. Que Monfieur
Corneille paroiffe donc, deuant le

Tribunal où ie le cite, puis qu'il ne
luy peut eftre fufpeĉt, ny d'iniuftice,
ny d'ignorance ; qu'il s'y defende,
vne à vne de plus de mille chofes,
dont ie l'accufe en mes Obferuations ; & lors que vous nous aurez
entendus, fi vous me condamnez,
ie me condamneray moy-mefme :
Ie le croiray ce qu'il fe croit ; ie l'ap-
pelleray mon maiftre, & par vn liure
de retraĉtations, ie feray fçauoir à
toute la France, que ie fçay que ie
ne fçay rien. Mais à dire vray, i'ay
bien de la peine à croire, qu'il veuille
defcẽdre du premier rang où beaucoup (dit-il) l'ont placé , iufqu'au
pied du Throfne que ie vous efleue,
& recognoiftre pour Iuges , ceux
qu'il appelle fes inferieurs, par la
bouche de ces honneftes gens, qui
n'ont point de nom, & qui ne parlent
que par la fienne. Il fe contentera
peut-

peut-eſtre, d'auoir dit en general,
que i'ay cité faux, & que ie l'ay repris
ſans raiſon ; mais ie l'aduertis, que
ce n'eſt point par vn effort ſi foible,
qu'il peut ſe releuer eſtant abbatu ;
puis que dans peu de iours, la qua-
trieſme edition de mon ouurage, me
donnera lieu de le faire rougir, de la
fauceté qu'il m'impoſe, en mar-
quant en marge, tous les Autheurs,
& tous les paſſages que i'ay alleguez, & que vous, qui ſçauez ce qu'il
ignore, ſçauez bien eſtre veritables.
Ce n'eſt pas que ie ne ſouhaitaſſe
qu'il diſt vray, parce que mes cen-
ſures eſtans fortes & ſolides, i'aurois
en moy-meſme les lumieres, que ie
n'ay fait qu'emprunter de ces grãds
hommes de l'antiquité : & ſans la
metampſicoſe de Pitagore, Scudery
auroit eu l'eſprit d'Ariſtote, dont

il confeſſe qu'il eſt plus efloigné, que
le ciel ne l'eſt de la terre. Mais quelque foibleſſe qui ſoit en moy, qu'il
viẽne, qu'il voye, & qu'il vainque s'il
peut, ce TROIS FOIS GRAND AVTHEVR
DV CID : ſoit qu'il m'ataque en ſol-
dat, maintenant qu'il eſt obligé de
l'eſtre, ſoit qu'il m'ataque en eſcri-
uain, il verra que ie me ſçay defendre de bonne grace, & que ſi ce n'eſt
en iniures, dont ie ne me meſle
point, il aura beſoin de toutes ſes
forces. Mais s'il ne ſe defend que
par des paroles outrageuſes, au lieu
de payer de raiſons, prononcez, O
MES IVGES, vn arreſt digne de vous,
& qui face ſçauoir à toute l'Europe,
que le Cid n'eſt point le chef-d'œuure du plus grand homme de Frãce,
mais ouy bien la moins iudicieuſe
Piece de Monſieur Corncille meſme.

Vous le deuez, & pour voftre gloire
en particulier, & pour celle de noftre Nation en general, qui s'y trouue intereffée : veu que les eftrangers
qui pourront voir ce beau chef-
d'œuure, eux qui ont eu des Taffos
& des Guarinis, croyroient que nos
plus grands Maiftres , ne font que
des apprentifs. C'eft la plus impor-
tãte & la plus belle aĉtion publique,
par où voftre illuftre Academie ,
puiffe commencer les fiennes : tout
le monde l'attend de vous , & c'eft
pour l'obtenir que vous prefente
cette iufte requefte,

Messievrs,

Voftre tres-humble, & tres-
obeyffant, Scruiteur,
de Scvdery.

PARAPHRASE

DE LA DEVISE DE L'OBSERVATEVR

ET POETE ET GVERRIER

IL AVRA DV LAVRIER.

Ou commentaire de ces mots, *Soit qu'il m'attaque en
soldat maintenant qu'il est obligé de l'estre, soit qu'il
m'attaque en escriuain. (t)c.* page 10. de la
Lettre à l'Illustre Academie.

*Dans le milieu d'vn camp, l'asé de commander ;
Sur la peau d'vn tambour où je vay m'accouder,
Plus haut que les canons je fais sonner ma veine :
A Paris quant je laisse eschapper quelque escrit,
Mon liure des l'abord fait sçavoir, a qui lit,
            Combien je suis grand Capitaine.
Ainsi les nobles feux qu'allume la chaleur
            De la muse (t) de la valeur :
Et dont a tous moments je pousse les fumées :
Pour m'acquerir le nom de Poëte, (t) guerrier ;
M'erigent en rimeur jusques dans les armées,
Et me rendent vaillant jusques sur le papier.*

Dedidicit jam pace ducem. LUCANUS. 10, Phar.

LA
PREVVE
DES PASSAGES
ALLEGVEZ DANS
LES OBSERVATIONS
SVR LE CID.

A MESSIEVRS
de l'Academie.

PAR Mᴿ DE SCUDERY.

A PARIS,

Chez ANTOINE DE SOMMAVILLE,
au Palais, à l'Efcu de France.

M. DC. XXXVII.

LA
PREVVE
DES PASSAGES
ALLEGUEZ DANS LES
Obferuations fur le Cid.

*IO non mi dolgo, che habbiano cer-
cato d'impedirmi queſto honore, che
m'era fatto d'al vulgo, perche di niſſuna
coſa ragioneuole mi debbo dolere : piu
toſto dourei lamentarmi di coloro, che
inalʒandomi doue non merito di ſalire,
non hanno riguardo al precipitio.*

CE ſont les modeſtes paroles,
par où le Taſſe, le plus grand
homme de ſon ſiecle, a commencé l'Apologie du plus beau de

fes Ouurages, contre la plus aigre,
& la plus iniufte Cenfure, qu'on fera
peut-eftre iamais : Mr Corneille, tefmoigne bien en fes Refponses, qu'il
eft auffi loing de la moderation, que
du merite de cet excellent Autheur,
puis qu'au lieu de fe donner l'humilité d'vn Accufé, il occupe la place
des Iuges, & fe loge luy-mefme à ce
premier lieu, où perfonne n'oferoit
feulement dire qu'il pretend. C'eft
de cette haute region, que fa plume,
qu'il croit auffi foudroyante que
l'eloquence de Pericles, luy a fait
croire, que des iniures eftoient affez
fortes, pour deftruire tout mon Ouurage, & que fans combattre mes
raifons par d'autres, il luy fuffifoit
feulement, de dire que i'ay cité faux.
Mais fans repartir à fes inueƈtiues, ie
me veux toufiours conferuer cette
froideur , qui donne aifément les

victoires, & qui fait que le iugement conduifant la main, l'auantage du combat eft vne chofe indubitable. Ie me tairay donc pour le vaincre, & pour laiffer parler Ariftote,
qui luy veut refpondre pour moy.
I'ay dit en mes Obferuations (ô MES
Iv GE s) que le Poëme Dramatique,
ne doit auoir qu'vne action principale, ce Philofophe me l'enfeigne
en fa Poëtique, aux chapitres neuf,
vingt quatre, & vingt-fix, prefques
par tout. I'ay aduancé qu'il faut ne-
ceffairement, que le fujet foit vray-
femblable, ce mefme Ariftote me
l'enfeigne, en trois lieux differents,
du vingt-cinquiefme chapitre du
mefme liure, & ie penfe auoir monftré bien clairement, que le Cid
choque par tout cette regle. I'ay fouftenu que le Poëte & l'Hiftorien, ne
doiuent pas fuiure la mefme routte,

A iij

ce Philofophe me l'apprend au chapitre dix de fon Art Poëtique, & en
fuite i'ay monftré que le sujet du
Cid eftoit bon pour l'Hiftorien, &
qu'il ne valoit rien pour le Poëte. I'ay
donné la definition du mot de Fable,
apres l'auoir aprife d'Ariftote, au ch.
6. vers le commencement, & d'Heinfius, au liure de la Conftitution de la
Tragedie, chapitre trois. I'ay dit en
fuite, que les Anciens s'eftoient re-
tranchez dans vn petit nombre de
fujets, qu'ils auoient prefques tous
traittez, pour euiter les fautes qu'a
faites l'Autheur du Cid, ce Philofophe m'en affure au chapitre quatorziefme de fa Poëtique, & apres
luy Heinfius eft mon garant, au
chapitre neuf, du liure que i'ay defia
cité de luy. I'ay dit, qu'ils auoient
traitté ces fujets diuerfement, mais
ie ne l'ay dit qu'apres Ariftote &

Heinſius, l'vn au chapitre dix-ſept,
& l'autre au chap. 3. pour monſtrer la
diſproportion du Cid, en toutes ſes
parties, ie me ſuis ſeruy de la comparaiſon de tous les corps phiſiques,
mais ie n'ay fait que l'emprunter de
ce Philoſophe, qui s'en ſert au chapitre huiƈt de ſon Art Poëtique. I'ay
monſtré que le Poëme Dramatique
ne doit contenir, que ce qui peut
vray-ſemblablement arriuer dans
vingt-quatre heures, c'eſt l'opinion
de ce grand Stagirite, au chapitre
huiƈt vers le milieu : & en ſuitte, i'ay
fait voir que l'Autheur du Cid auoit
eu tort, d'enfermer dans vingt-quatre heures, des choſes qui dans l'Hiſtoire, n'arriuent que dans quatre
ans. Ie me ſuis ſeruy de l'exemple des
Tragedies, de Niobe & de Iephté,
pour monſtrer l'imperfeƈtion du
Cid, mais ie les ay priſes d'Heinſius,

au chapitre feize vers la fin. I'ay dit
que c'eftoit pour des ouurages de la
nature du Cid, que Platon n'admet-
toit point la Poëfie, il me l'aprend
au liure de fa Republique, & Heinfius le rapporte, au traitté de la Satyre d'Horace liure fecond. I'ay dit
que ce Philofophe, qui a merité le
nom de diuin, banniffoit toute la
Poëfie, pour celle, qui comme le Cid,
fait voir les mefchantes actions fans
les punir, & les bonnes fans les re-
compenfer : Ariftote me l'enfeigne,
au chapitre quatre de fa Poëtique,
& apres luy Heinfius, au liure de la
Cõftitution de la Tragedie, chapitre
deux & quatorze. I'ay dit que Platon banniffoit Homere, encore qu'il
l'euft couronné, on le peut voir au
liure dixiefme de fa Republique, ou
dans Heinfius, au traitté de la Satyre d'Horace, liure fecond. l'ay
dit

dit en paffant, qu'il y a trois efpeces
de Poëfies , c'eſt Heinſius qui me
l'apprend, au chapitre fecond, de la
conſtitution Tragique. I'ay dit que
ce qu'on voit, touche plus que ce
qu'on ne fait qu'entendre , c'eſt
Horace qui l'affeure en ſon Art Poëtique. I'ay foutenu qu'il faut que
les aϗions foyent la plus part bonnes, dans vn Poëme de Theatre ,
Ariſtote l'enfeigne ainſi, au chapitre
dix huiϗ de ſa Poëtique ; & apres
i'ay fait voir que toutes celles du Cid
ne valent rien. I'ay rapporté l'exemple d'Euripide, Heinſius l'a fait deuant moy, au chapitre quatorziefme,
de la conſtitution Tragique. I'ay
cité Marcelin au liure vingt ſeptief-
me, on le peut voir ; ou bien Heinſius au traitté de la Satyre d'Horace,
liure fecond : & c'eſt en cet endroit
que i'ay monſtré, que le Cid choque

B

directement les bonnes mœurs. I'ay
dit fur ce fubjet que la volonté fait le
mariage ; mais ie ne l'ay dit qu'apres
les Canoniftes & les Iurifconfultes ,
au titre des nopces. Tout ce que i'ay
aduancé touchant le fubjet fimple,
ou mixte, eft rapporté d'Ariftote,
au chapitre vnziefme de fon Art
Poëtique , dans lequel on voit la
condamnation du Cid. I'ay foutenu
qu'il ne faut rien de fuperflu dans la
Scene , ce Philofophe me l'enfeigne, au chapitre neufiefme du mefme liure ; & en fuite i'ay monftré les
fautes de cette nature, qu'on peut
remarquer au Cid. Ie me fuis feruy
de l'exemple de l'Aiax de Sophocle,
on peut voir ce que i'en ay dit, dans
la traduction qu'en a faite Iofeph
Scaliger, ou dans Heinfius chapitre
fixiefme, de la Conftitution Tragique. I'ay fait voir quels doiuent eftre

les Epifodes, mais ce n'eſt qu'apres
Ariſtote qui me l'enſeigne, aux chapitres dixieſme & feizieſme de ſa
Poëtique : & c'eſt par luy que i'ay
monſtré bien clairement, que ceux
du Cid ne valent rien du tout. Ie me
ſuis fortifié de l'exemple de Teucer,
& de Menelaus, apres Heinſius au
chapitre ſix de la Conſtitution de la
Tragedie, & Scaliger le fils dans ſes
Poëſies. Il n'eſt pas iuſqu'aux chœurs
& à la muſique, dont i'ay parlé, que
ie ne prouue par Heinſius, aux chapitres dixſeptieſme & vingt-ſixieſ-
me ; enfin on peut lire tout ce que i'ay
cité, dans ces Autheurs, & dans ces
paſſages que ie marque, & l'on verra que l'accuſation de Monſieur
Corneille, eſt auſſi foible que ſes
iniures, & que s'il ne ſe defend mieux
que cela, ie n'auray pas beſoin de
toutes mes forces, pour l'empeſcher

de ſe releuer. Mais comme i'ay
commencé par de l'Italien, ie veux
finir par de l'Eſpagnol, tiré d'vn diſcours de Lopes de vega , intitulé
Arte nueuo de haʒer Comedias , dans
lequel ce grãd homme fait bien voir
luy-meſme , en parlant contre luy-
meſme, combien il eſt dangereux, de
ſuiure ceux de ſa Nation, en ce genre
de Poëſie.

Lo que a mi me daña en eſla parte
Es auerlas eſcritas ſin el Arte.
No porque yo ygnoraſſe los preceptos
Mas porque enfin hallé que las Come-
dias
Eſlauan en Eſpaña en aquel tiempo,
No come ſus primeros inuentores
Penſaron q̃en el mundo ſe eſcriuieran,
Mas come las trataron muchos barba-
ros ,
Que enſeñaron el vulgo a ſus rudeʒas,

Y afsi fe introduxeron de tal modo
Que quien con arte agora las efcriue
Muere fin fama y galardon, que puede
Entre los que carecen de fu lumbre
Mas que razon y fuerça la coftumbre.
Verdad es que yo he efcrito algunas ve-
    zes
Siguiendo el arte que conocen pocos,
Mas luogo que falir por otra parte
V E O L O S M O N S T R V O S *de ap-*
    rencias llenos,
A donde acude el vulgo y las M V -
    G E R E S
Que efte trifte exercicio canonizan,
A aquel habito barbaro me bueluo,
Y quando he de efcriuir vna Comedia,
encierro los preceptos con feis llaues,
Saco a Terencio, y Plauto de mi efludio
Para que no me den vozes, que fuele
Dar gritos la verdad en libros muchos,
Y efcriuo por el arte que inuentaron,
Los que el vulgar aplaufo pretendieron,

14

Porque come las paga el vulgo, es iuſto
Hablarle en Necio para darle guſto.

F I N.

D E   S C V D E R Y.

EPISTRE
AVX
POETES
DV TEMPS,
SVR LEVR QVERELLE
DV CID.

A PARIS,
M. DC. XXXVII.

3

EPISTRE

AVX POETES
DV TEMPS, SVR
leur Querelle
du Cid.

 Ovs auez fait trop de bruit par toutes les Prouinces de France (Meffieurs les Rimeurs)pour croire que vos differents puiffent à préfent eftre terminez par vne Académie que l'vn de Vous honore d'vn tiltre qui eft feulement l'appennage des Princes & des facrées Affemblées, & que vous deuiés confier vos affaires fi importantes au

public, au rapport d'hommes, qui
iugeants de tout au gré de leur caprice, paſſent auiourd'huy pour autant vains que fantaſques, qui ſont
(Meſſieurs) des accidens inſepara-
bles de voſtre meſtier : Il n'y a, comme i' eſtime , que les Parlements
dont la ſciēce & l'authorité eſt ſeule
capable de vous faire Droiƈt, qui
puiſſent reſpõdre voſtre Requeſte
les quels de crainte que le ſubtil diſcours d'vn ſçauant Aduocat par lequel vos difficultez leur ſeroient dé-
clarées auec plus de grauité & de
fleurs de Rhethorique que voſtre
Poëſie ne vous permet de les expoſer
par vos Lettres à pied, ne leur fuſt
vn hameçon qui les attireroit inſen-
ſiblement à ſon Party, au prejudice
du bon Droiƈt, qu'ils ne pouroient
rendre, n'ayãt cogneu que la ſuper-
ficie de ſi difficiles intrigues : ou plu-

ftoft que la Iuftice, que dans peu
de temps ils defirent rendre à vos
Compatriottes, qui continuelle-
ment, plus que tous les autres
Cliants les follicitent pour cet effect, ne fuft retardée, nommeront
deux Commiffaires pour mettre
fin à vos Querelles, en condam-
nant le coulpable, s'il s'en trouue
vn plus que l'autre, ou tous, f'ils
font également : car il me femble
qu'à moins de l'eftre tous il n'y en
a point, puis que celuy qui fcin-
dique ne f'efforce point de faire
tomber l'affront par fa cenfure
fur celuy qui f'apprefte de le parer,
s'il fouftient que la foibleffe de
fon efprit luy ofte l'honneur qu'il
voudroit acquérir par le nom
du feul autheur du Cid & que l'autre l'affeurant du contraire, finon

en tout, au moins en partie, luy
faſſe, non ſeulement cognoiſtre
à quel poinct monte ſa vanité de
cenſurer iuſtement la partie que
refuſant à la bonté de ſon eſprit
il donne à celuy qu'il appelle le
vray Autheur, duquel il ſe confeſſe moindre, mais auſſy luy faſſe
entendre qu'il y a beaucoup de
choſes dans ces obſervations qui
ne vallent rien, & pour lors ils ſe
trouueront de meſme opinion qui
les accordera, puiſque c'eſt iuſte-
mēt ce que par icelles l'autre deſire
reprendre. Ainſi cette première
& principale difficulté, d'où ſemble naiſtre toutes les autres, ac-
commodée auec tant de douceur
qu'elle n'en rend les vns plus coulpables que les autres, me donne
eſpérance que la ſeconde n'aura

pas un fuccès moins fauorable.

Si les Comediens, obligés d'époufer les interefts de celuy qui eft
attaqué, ne veulent feruir de ga-
rend, & s'ils font du Serment af-
firmer combien c'eft à tort que
l'vn de vous appelle fon compa-
gnon Corneille déplumée, n'eftoit
que par leur legereté qu'il auroit
recogneüe par fes Lettres, il vou-
luft iuger de leur neant : mais en
ce cas il ne s'en trouuera pas mieux
garny, & le tout mis enfemble
ne fera pas, ie vous affeure, vn bon
aureiller : ce qui pourtant ne peut
empefcher que les Plumes ne mettent la Corneille au hault, & que
celuy qui la vouloit déplumer
afin qu'eftant de pefanteur égale
elle ne puft voler plus haut que
luy, ne tienne toufiours le def-

fous, puis que felon l'ordre que la
nature a mis parmy les chofes
que perfonne ne peut rompre à
moins que paffer pour temeraire,
les oyfeaux peuuent voler sur la
tefte des hommes. Quand neantmoins sõ ambition le feroit croire
autant chargé de plumes pour voler, & de pefanteur pour demeurer, qu'il cognoiffe par experience
que la Nature preuoyant à tout
l'a fauorifé iufques a ce poinct
qu'elle a adjoufté à ces Plumes autant de vent qu'il en falloit pour
l'éleuer par deffus luy, fans ahen-
ner des aifles, la faifant ainfi voler en dépit de tous les obftacles.
Si vous en exceptez vn, que fa
veine rompt au defaut mefme de
la nature, luy fourniffant pour s'en
deliurer ce que pour les mefmes
raifons

raiſons que vous luy couppiés les
aiſles, vous ne voulez permettre
à ſon honneur de receuoir afin
qu'il pûſt auec autant de verité
dire, ce qu'vn Poëte Latin

Poteram ſuperas volitare per axes,
Ni me deprimeret pondere pauperies.

Il eſt bien veritable qu'en euitant
vn mal il eſt tombé dans vn autre,
que vous ſçauez mieux gauchir
que luy, lors que vous auez en
bon Poëte voulu ſuiure le droiɛt
chemin des Muſes, auſquelles les
Vers n'ont iamais donné de plus
ſuperbe Palais que les Bois, de
plus riche couuerture que celle
de la Nature, auſquelles la pauureté a apporté vne continuelle
virginité : En vn mot, qu'il n'a
pas ſi bien imité Apollon, à qui
les Chanſons n'ont iamais fourny

B

de quoy faire coupper feulement
les cheueux, ny ce que dit voftre
Maiftre Ronfard,

Hé qui voudroit, Bon Dieu, dire tant feule-
    ment,
Que vingt ou trente efcus logeaffent longuement
Dans les mains d'un Poëte !

  Mais auffi mieux que vous ce qu'il
a fait, qui eft exprimé par ces
Vers

Toutefois i`ayme mieux fuiure fon éloquence,
Qu'imiter tant foit peu l'outrageufe indigence,

C'eft pourquoy en ce poinct de
vos difficultez vous femblez tous
coulpables de ne l'auoir point
imité, & ne l'eftes pas, puifque
l'vn a obferué ce qu'il a dit, l'autre ce qu'il a fait : & partant auez
tous fuiuy fon chemin. Si toutesfois cette diuerfité de preceptes
vous apportoit deformais de la

peine, ceux d'Homere vous en ti-
reront, que vous obferuerez extremement bien lors que comme
luy dans certaines occafions vous
tirerez quantité d'argent de vos
Vers, & dans d'autres, vous les
donnerez pour du pain. Le fecond poinct de vos difficultez
eftant accommodé auec autant
de facilité que le dernier, vous
doit affeurer que déformais perfonne de vous ne mettant d'autres bornes aux chofes que celles que la nature leur a prefcri-
ptes, la Corneille ne vous bec-
quettera plus, puifque toufiours
fon naturel ne luy permet pas de
goûter des mets fi odoriférants,
auffi vous tirera-t-elle de crainte
que vous auriez que les Huif-
fiers par le commandement des
Iuges ne miffent leurs mains fur

les caſſaques, où vous dites que
vous auez voulu imprimer vn
Quatrain, qui comme ie croy ne
ſera pas en rouge, puiſque telles
couleurs ne paraiſſent pas aſſez
ſur l'écarlatte ; ſi néantmoins il
eſtoit deſia moulé en telle couleur ſur des noires, vous deuez
les mettre bas & prendre vn manteau : car c'eſt à mon aduis le
plus expédient pour coupper les
pieds à vos Lettres, de crainte
que voſtre Poéſie ne leur ayant
deſia donné des pieds exprés pour
vous aller quereller dans vos cabinets, ne leur donne des aiſles
pour aller plus viſte, & que l'effect ne tienne de ſa cauſe, puis
qu'elles n'c̄ ont point d'autres que
le vent, ne contiennent que du
vent, & ne tendent à autre fin que
d'acquerir du vent, dont apres ils

doiuent eftre le ioüet. En vn mot,
iamais ie n'ay veu tant de vent,
dont la violence pourroift eftre à
la fin fi grande, que fecoüant les
maifons de Paris, elle pourroit ren-
uerfer, côme les plus foibles, ceux
de l'Hoftel de Bourgongne & du
Marais. Mais l'intereft que vous
y auez y apportera bón ordre, &
ne permettra pas que par vos Lettres continuelles, qui ne vous ren-
dront point pour trop augmenter la langue, autant orateurs que
vos Vers Poëtes, voftre verue ne
f'affoibliffe, & foit deformais incapable de donner le diuertiffement au Roy & à fon Peuple.
Toutefois, iufques icy, l'ayant
augmenté d'vne Comedie, qui fe
reprefentera apres le Cid, comme
la plus digne d'vne telle piece,
pour faire goûter à l'Auditeur vn

parfait plaiſir, & l'enuoyer content, ſi Ariſtote n'eſt point de la
partie; car demander ſon ſecours
en des choſes ſi profanes : c'eſt
faire tort à ſon eſtime, qui vous
fait vſer ſi librement de ſon authorité contre vn, qui faiſant du
Cid ce qu'il a fait des Idées diuines, nous fait croire qu'il l'a
mieux imité que ſon Cenſeur. Demeurez en là, & ne permettez
pas que les pourſuittes de vos Lettres, eſtant trop longues, ne changent noſtre contentement en vn
ennuy autant deſ-agreable que
l'autre eſtoit plaiſant. Si neantmoins vous ne voulez ceſſer, qui
l'vn de clabauder & l'autre croaſ-
ſer, que ce ſoit pour le moins perché ſur vn noyer, ſiege ordinaire
de tels oyſeaux.

FIN

POVR LE SIEVR

CORNEILLE

CONTRE
LES ENNEMIS
DV CID.

A PARIS
M. DC. XXXVII.

POVR LE SIEVR
CORNEILLE
CONTRE
LES ENNEMIS
DV CID.

SONNET.

Qvi vous a meus, Esprits
de haine envenimez,

A

A vômir voftre fiel fur vn
  ‑ œuure angelique :

Ce que chacun approuue,
  eft ce que vous blafmez,

Et la gloire d'vn Poëte, eft
  ce qui plus vous picque.

Vos Efcrits outrageux,
  & vos difcords femez,

Seruent à vous confondre
  alors qu'il vous replique :

L'attaquer en public pour
  en eftre eftimez,

C'eſt rendre à vos dépens
   voſtre honte publique.

Ces ſaillies d'eſprit vous
   font paſſer pour fous,

Les traits que vous lancez
   rejalliſſent ſur vous.

Aussi, foibles oyſeaux, vous
   n'eſtes pas à craindre :

Corneille ſçait porter, son
   vol ſi prés des Cieux,

Que s'il ne s'abaiſſoit, pour
   vous combattre mieux,

Vos coups injurieux, ne
  pourroiēt pas l'atteindre.

Av Seignevr

Scvdery, svr

fa Victoire.

Qvatrain.

Toy, dont la folle jalou-
fie,
Du Cid te veut rēdre vainqueur :

7

Sois ſatisſait, ta freneſie
Te fait paſſer pour vn vain
  Cœur.

LE IVGEMENT

DV CID,

*Composé par vn Bourgeois de
Paris, Marguillier de sa
Paroisse.*

 E n'ay pû assez m'é-
tonner de l'insolence
de ceux qui ont osé fai-
re vendre publiquemẽt
des libelles au desaduantage du Cid,
& qui n'ont point eu apprehension
d'estre deschirez par le peuple qui l'a-
uoit si tendrement aymé : Toutefois,
comme il n'y a point d'erreur qui
n'ait des sectateurs, ceste hardiesse a
esté heureuse, & n'a pas manqué de
partisans ; encore qu'il n'y eust rien

A

de plus injuſte , que de vouloir condamner , comme la plus meſchante
piece qui fuſt iamais, celle qui a eu le
plus d'admirateurs. l'auois pourtant
ſouffert , comme les autres , ceſte te-
merité, encore qu'auec beaucoup de
peine ; & auois leu, tantoſt auec patience , tantoſt auec colere , tout ce
qui s'eſt eſcrit contre l'Autheur , lequel i'accuſois de ce qu'il ſe defen-
doit trop mollement, & quelquefois
i'auois enuie de prendre la plume, &
de reſpondre pour luy aux objeɕtiõs
de ſes enuieux : puis ie penſois auſſi
toſt qu'il faiſoit mieux de les meſpriſer, comme i'ay oüy dire d'vn Ro-
main , qui au lieu de reſpondre à certaines accuſations , dit qu'en ce meſme iour il ſe ſouuenoit d'auoir gagné
vne bataille , & qu'il falloit en aller remercier les Dieux au Capitole. Auſſi
Corneille, au lieu de reſpondre aux
objeɕtions, pouuoit dire, On ioüe

encore auiourd'huy le Cid ; peuple ,
allons l'ouïr reprefenter. Mais quand
i'ay veu que l'on ne ceffoit d'efcrire
pour & contre : qu'il ne paroiffoit
que de la paffion & de l'excés, foit à
le blafmer ou à le defendre ; & que le
Pedant qui a pris fa caufe, fembloit
auoir eu plus de foin de defendre fon
affiche de la morale de la Cour, & de
pareftre grand Logicien, que de rien
faire à l'aduantage de Corneille ; Ie
me fuis en fin refolu, attendant le iugement de l'Academie, de faire voir
le mien, qui eft, ce me femble, le
fentiment des honneftes gens d'entre le peuple ; & fans auoir efgard ny
à la colere des Poëtes qui l'ont voulu
mettre auffi bas qu'il s'eftoit mis
haut, ny aux loüanges exceffiues que
luy donnent fes adorateurs, i'ay voulu le defendre contre ce qu'il y auoit
d'injufte dans les obferuations de
Scudery, & monftrer auffi que l'on

fçait la portée de fon merite ; & que le fens commun n'eſt pas entieremēt banny de la teſte de ceux qui ne font ny fçauans , ny Autheurs.

Ie n'ay iamais leu Ariſtote , & ne fçay point les regles du theatre , mais ie regle le merite des pieces felon le plaiſir que i'y reçoy. Celle-cy a ie ne fçay quoy de charmant dans fon accident extraordinaire ; & il n'y a perfonne qui apres auoir veu le mariage refolu des deux Amans , n'entre en de grandes craintes pour eux auſſi toſt que les peres commencent à fe quereller : Qui ne foit efmeu voyant l'affront que reçoit Dom Diegue : Qui ne foit troublé voyant le commandement qu'il fait à fon fils de le venger ; & qui ne s'attendriſſe de pitié voyant le combat en Rodrigue entre fon honneur & fon amour. Mais iamais rien n'a plus tranfporté les fpeɛtateurs qu'alors que Rodri-

gue ayant tué le Comte, vient chez
Chimene luy demander la mort, &
met le mefme combat en fon efprit
entre fon amour & fon honneur.
Ces deux combats efgalement grãds
dans les deux principaux perfonnages, & qui entretiennent toute la
piece, donnent tant de pitié & de
plaifir enfemble, que iufques icy rien
ne s'eftoit veu qui euft tant attaché
l'attention. Ie ne m'enquiers point
de ce qui eft pris de l'Autheur Efpagnol, ou de ce qui n'en eft pas, c'eft
le Cid entier que ie defends, & non
point Corneille ; & il m'importe fort
peu fi c'eft traduction ou inuention ;
en fin ie declare que c'eft en gros vne
piece fort agreable, dont les penfées
font extraordinaires & picquantes, &
les incidents fenfibles & diuertiffans :
Et fi ceux qui y trouuent tant à redire, veulent dire la vérité, ils con-
fefferont qu'ils en ont efté charmez

A iij

la premiere fois, & qu'il n'y a eu
que l'enuie qui leur ait fait regarder
plus à loifir cet ouurage pour y trouuer des defauts : qu'on examine les
ouurages des autres auec cefte rigueur, on y trouuera encore plus à
redire. Ces fortes de pieces qui fe reci-
tent dans les lieux publics, ne veulent
pas eftre confiderées de fi pres : elles
n'ont befoin que d'vn certain efclat,
& il ne nous importe qu'il foit trompeur pourueu qu'il plaife : comme ce
feroit folie dans les habits des ballets
d'employer de l'or fin, puifque le
faux y paroift tout autãt. C'eft la raifon pour laquelle Corneille ne deuoit point faire imprimer le Cid : il
deuoit fe contenter d'auoir efté fi ap-
plaudy, fans fouffrir que l'on l'exami-
naft ; & nous n'auons point encore
veu de pieces de theatre qui puiffent
fouffrir l'efpreuue d'vne cenfure ri-
goureufe, telle qu'il la deuoit atten-

dre de l'Enuie. Ie ne fuis point ennemy des Autheurs, au contraire ie les
honore tous, mais qu'ils fe contentent d'eftre oüys s'ils veulent vn general applaudiffement, ou qu'ils penfent mieux à leurs affaires s'ils veulent
eftre leus.

Mais venons à obferuer les obferuations de Scudery. Tout fon plus
grand effort eft à nous faire voir
qu'au lieu de faire Chimene vne perfonne vertueufe, l'Autheur en fait
vne impudique & vne parricide; &
pour exemple de pieces parfaites, il
nous prefente les Sophonifbes, les
Cefars, les Cleopatres, les Hercules,
les Marianes, & les Cleomedons,
qu'il appelle d'illuftres Heros, dont
le nom ne conuient pas au moins
aux femmes. Confiderez la vertu de
ces principaux perfonnages, Sophonifbe du viuant de fon mary traite
d'amour auec Maffiniffe, l'efpoufe, &

couche auec luy deux heures apres la
mort de Syphax, ce qui eſt bien pis
que Chimene. Pour Ceſar c'eſt vn
tyran, & Brutus vn ingrat & aſſaſſin
de ſon bienfaicteur. Quant à Cleopatre & Antoine, voila de vertueuſes perſonnes, dont l'vne eſtoit vne
diſſoluë, l'autre vn homme noyé
dans vn amour infame, & dans les
delices, & qui pour ne perdre pas cette femme de veuë, perdit l'Empire :
Hercule file auec Iöle, & Dejanire ſa
femme le fait mourir. Mariane eſt
vertueuſe, bien que trop fiere, mais
Herode qui agit le plus eſt ſoüillé de
trop de meurtres. Pour Cleomedon
il eſt irreuerend à parler à ſon Roy
iuſques à l'inſolence. Voila les vertueux Heros qui doiuent ſeruir de
Patrons. Et dans ces pieces combien
void-on plus de ces fautes qu'il reprend en celle-cy ? qu'il me pardonne donc ſi ie ne prens pas ces model-
.   les

les, comme parfaits s'il faut que les
principaux perfonnages foient vertueux.

En fuite il dit qu'il prouuera que le
fujet du Cid ne vaut rien, qu'il choque les regles du Poëme Dramatique, qu'il manque de conduite, qu'il
a beaucoup de mefchans vers, & autres chofes; & ie trouue au contraire
qu'il eft fort bon par cefte feule raifon, qu'il a efté fort approuué. Ie ne
fçay que c'eft que Poëme Dramatique, ie n'entens point toutes ces regles d'Ariftote, ie fçay bien à la verité que cette piece ne fufpend pas l'efprit iufques à la fin, & qu'on void in-
continent tout le fujet, mais on s'en
contête. Ie fçay qu'il n'y a point d'apparence qu'vne fille ait voulu efpoufer le meurtrier de fon pere, mais cela
a donné fubiet de dire de belles pointes. Ie fçay bien que Dom Gormas eft
vn fanfaron, mais ce qu'il dit n'eft pas

B

défagreable au peuple. Ie fçay bien
que le Roy a tort de ne l'enuoyer pas
arrefter, au lieu de l'enuoyer prier de
s'accommoder, mais cela eftant il ne
fut pas mort. Ie fçay bien que le Cid
fait trop d'actions en vn iour : mais
fe faut-il plaindre qu'il foit trop vaillant ou trop diligent ? Ie fçay que le
Roy deuoit auoir donné ordre au
port, ayant efté aduerty du deffein
des Mores ; mais s'il l'euft fait, le Cid
ne luy euft pas rendu ce grand feruice qui l'oblige à luy pardonner. Ie
fçay bien que l'Infante eft vn perfonnage inutile, mais il falloit remplir la piece. Ie fçay bien que Dom
Sanche eft vn pauure badin, mais il
falloit qu'il apportaft fon efpée, afin
de faire peur à Chimene. Ie fçay bien
qu'il n'eftoit pas befoin que Dom
Gormas parlaft à fa feruante de ce
qu'on alloit deliberer au Confeil ;
mais l'Autheur ne l'auoit fceu faire

dire autremēt. Ie ſçay bien que tãtoſt la Scene eſt le Palais, tantoſt la place publique, tantoſt la chambre de Chimene, tantoſt l'appartement de l'Infante, tantoſt du Roy, & tout cela ſi confus que l'on ſe trouue quelquefois de l'vn dans l'autre par miracle, ſans auoir paſſé aucune porte : mais l'Autheur auoit beſoin de. tout cela. En fin ie ſçay qu'il y a des fautes d'eſprit & de iugement : mais ceſte piece n'a pas laiſſé de valoir aux Comediens plus que les dix meilleures des autres Autheurs.

Au reſte Scudery fait vn examen des vers, & s'arreſte en des choſes qui ne valent pas la cenſure, ou qui ne la meritent pas. Il fait vn grand crime d'auoir dit, *a paſſé pour merueille*, il s'amuſe à condamner, *à preſent*, *deux mots dont tous vos ſens doiuent eſtre charmez*, que ce mot, *au ſurplus*, eſt de chicane. *Des yeux fondus en eau ,*

*faire l'impoſſible, pour ne pas s'accorder,
du premier coup, ce guerrier s'abbat,*
trouuant de la rencontre auec ſa-
bat, & cependant tout cela ſe peut
bien dire, mais ie le trouue bien injuſte à reprendre.

 *Ie rendray mon ſang pur comme ie l'ay
  receu.*

Qui eſt à mon gré vn des plus beaux
vers du Cid, car il fait alluſion à la nobleſſe du ſang, laquelle il dit qu'il ne
tachera point par vne laſcheté. Puis
à condamner, *le ſang qui m'anime,*
comme ſi cela n'eſtoit pas bien dit,
encore que l'on ſçache bien que l'a-
me n'eſt pas au ſang; par conſequent
il ne faudroit pas dire, animé de colere, à cauſe que l'ame n'eſt pas dans
la colere. Pour, *La brigade eſtoit preſte,*
Scudery qui ſe fait ſi grand guerrier,
& ſe mocque des autres, de n'entĕdre
pas les termes de la guerre, a ſort mal
a propos repris ce terme, alleguant

que cinq cens hommes font vn trop
grand nombre pour vne brigade,
puifque quelquefois vne bône partie
d'vne armée s'appelle brigade. Il deuoit feulement dire que brigade eft
toufiours vne partie d'vn plus grand
corps, & que 500. hommes affemblez
en vn lieu n'eftât point pris d'vn plus
grand nombre, ne pouuoient s'appeller brigade. En fin il femble qu'en
cet endroit il foit des grands amis de
Corneille, s'amufant à reprendre des
chofes de neant, & en laiffant beaucoup d'autres de plus grande confideration, dont ie veux bien remarquer vne partie, pour luy faire voir
que tout le peuple n'eft pas compofé
de fots, & que nous fçauôs auffi bien
que luy que le Cid n'eft pas vn ouurage parfait, mais que nous en ex-
cufons les defauts. Voicy ce que ie
penfe de la piece.

Il eft certain que le fujet n'en eft

E iij

agreable qu'en fa bizarrerie, & fon extrauagance (comme les fpectacles des Gladiateurs, qui, bien que cruels, ne laiffoient pas de donner grand plaifir au peuple) & que c'eft tout ce qui donne cefte grande attention.

Que les perfonnages, à bien dire, femblent tous eftre des fous, fi on examine leurs actions & leurs paroles. Il les faut confiderer les vns apres les autres, le Roy dit qu'il a preueu la vengeance dés qu'il a fceu l'affront, & qu'il a voulu dés lors preuenir ce malheur, toutefois il n'en a rien fait, fe contentant d'enuoyer vers le Comte fans l'arrefter : puis fur fa refponfe, il dit, qu'il faut s'affeurer de luy quand il n'en eft plus temps. Vn peu apres il dit, qu'il a eu aduis d'vn deffein des Mores, & qu'il ne faut rien negliger : toutefois il ne donne aucun ordre, & dit que pour cette nuit cela troubleroit la ville : ce-

pendant fans Rodrigue tout eftoit
perdu. Dom Arias fon Confeiller
auffi fou que luy, au lieu de dire, fur
l'aduis receu, qu'il y faut prendre garde, le flatte, & dit qu'il n'a rien à
craindre. Dom Diegue s'emporte
en des vanitez en parlant au Roy, au
lieu de parler humblement pour l'ef-
mouuoir. Dom Gormas eft vn vray
Capitan de Comedie, ridicule en
parlant de foy, & infolent en parlant
du Roy. Rodrigue eft vn fou d'aller
par deux fois apres le combat chez le
Comte : Il deuoit eftre affommé dés
la porte du logis par tous les vallets,
l'Autheur toutefois l'a garenty heureufement toutes les deux fois de ce
malheur. Chimene eft fi tranfportée
de fa folle paffion, qu'elle dit bien
qu'elle fera ce qu'elle doit, mais elle
n'en fait rien : au lieu de tafcher d'ef-
mouuoir le Roy, elle lui dit des
pointes, & le Roy luy deuoit dire,

Allez, ma mignonne, vous auez l'efprit bien ioly, mais vous n'eftes
guere affligée. L'Infante a de grands
deffeins, & fi n'en a point : elle efpere
beaucoup, & n'efpere rien : elle ayme
fort Rodrigue, & le donne à Chimene : en fin elle parle fort, & ne
conclud rien ; ce qu'elle confirme elle mefme fur la fin de fon roole, où
elle dit à Eluire, Vien me voir acheuer comme i'ay commencé. Dom
Sanche eft vn pauure idiot, qui au
lieu de venger fa maiftreffe, & se battre contre Rodrigue, attend fur ce
fujet l'honneur de fes commande-
mens : puis à la fin dit, qu'il fera ce temeraire, ou pluftoft ce vaillant, &
n'a pas feulement la force, ce femble, de fouftenir fon efpée, laquelle
ne luy eft renduë qu'à condition
qu'il ira la porter à Chimene, à laquelle il n'ofe pas feulement prononcer ce qu'il luy veut dire, tant il
fe

fe laiffe aifément interrompre , & attend à le dire deuant le Roy, de peur
qu'il a d'eftre encore battu par elle ,
pour s'eftre fi mal battu. Voila de fort
raifonnables perfonnages.

Mais ce que ie trouuerois encore plus
à reprendre en cette piece, eft qu'vne
bonne partie eft pleine de pointes fi
eftranges, que ce deuoit eftre là le principal fujet des obferuations, auec les
mauuaifes façons de parler que Scudery a peut eftre oubliées pour faire plaifir à fon amy, comme en paffant i'alle-
gueray ce vers,

Elle n'ofte à pas vn, ny donne d'efperance.
Cela n'eft point bien parler. Mais voicy de belles penfées.

Dom Rodrigue fur tout n'a trait en sõ vifage
Qui d'vn homme de cœur ne foit la haute
  image.
Il dit qu'autant de traits de fon vifage,
font autant d'images d'vn homme de
cœur. Voyez combien d'images, ou

pluſtoſt combien de viſages dans ce viſage. Et vn peu apres, ces rides qui ont
graué les exploits de Dom Diegue ſur
ſon front, me font imaginer que l'on
y void les batailles gagnées, & les places priſes tracées par les lignes que font
les rides : comme ſi celles d'vn homme
de guerre & celles d'vn Laboureur
eſtoient fort differentes. L'Infante dit à
Leonor , *Mets la main ſur mon cœur ,*
& voy comme il ſe trouble au nom de
ſon vainqueur : et toutefois ce nom n'a
point eſté prononcé. Mais laiſſons
beaucoup de choſes moins conſidera-
bles pour en venir aux pointes de Chimene dans ſa plus grande affliction en
demandant iuſtice au Roy. Elle s'a-
muſe à pointiller ſur les penſées que
peut auoir le ſang de ſon pere, & à dire,

> *qui tout ſorty fume encore de courroux*
> *De ſe voir reſpandu pour d'autres que pour*
> *vous.*

Mais ce ſang qui ſçait cognoiſtre pour

quel fujet il eft verfé, & qui eft fort fafché de ce que ce n'eft pas pour le Roy,
fçait bien encore plus ; car il fçait efcrire, & mefme fur la pouffiere, & efcrit
le deuoir de Chimene. Ie n'ay point
fceu à la verité en quels termes ny en
quels caracteres, dont i'ay grand regret,
car cette curiofité eftoit belle à fçauoir.
Voila vn fang qui fçait faire merueilles : mais voicy vne valeur qui fait bien
autre chofe, mefmes apres la mort de
celuy qui la poffedoit. Voyez où elle
s'eft mife, & en quel eftat. Voicy les
vers :

Ou pluftoft fa valeur en cet eftat reduite,
Me parloit par fa playe, & haftoit ma
  pourfuite ;
Et pour fe faire entendre au plus iufte des
  Rois ,
Par cefte trifte bouche elle empruntoit ma
  voix.

Cefte valeur premierement prend vn
corps fantaftic : puis elle fe met à l'ou-

uerture de cefte playe, parle par ce trou,
& appelle Chimene ; puis l'Autheur fe
reprend , & dit que toutefois cefte valeur ne parle pas, mais fe fert de la bouche de cette playe pour parler , & en fin
par cefte bouche elle emprunte la voix
de Chimene. Voyez que de deftours,
cet homme mort ne pouuant plus parler emprunte la voix de fa valeur , fa valeur emprunte la bouche de fa playe, &
la playe emprunte la voix de Chimene.
Il faut auoir bien de l'efprit pour faire
ces fiction, & auoir ces belles penfées,
mefmes en vne telle occafion où Chimene deuoit auoir l'efprit bien eftour-
dy. Elle dit en vn autre endroit :

Quoy? i'auray veu mourir mon pere entre
mes bras?

Et ne fe fouuient pas qu'elle a dit qu'il
eftoit mort quand elle y arriua, & par
vne pointe ,

I'arriuay fur le lieu sãs force & fans couleur,
Ie le trouuay fans vie.

Elle ayme tant cefte pointe, qu'vn peu apres elle repete,

I'arriuay donc fans force, & le trouuay fans vie.

Puis adjoufte. *Il ne me parla point.*

Elle trouue fort eftrange qu'eftant mort il ne luy parlaft point.

Mais c'eft affez de remárques fur le Cid, mon deffein n'eftant pas de l'attaquer, mais pluftoft de le defendre; ce peu que i'en ay fait, apres tant de loüanges que ie luy ay données, n'a efté que pour faire voir à Scudery, que nous autres qui fommes du peuple, fçauons vn peu les fautes des pieces mefmes que nous approuuons, encore que nous n'ayons point leu Ariftote. I'ay voulu auffi vn peu rabatre cefte grande vanité de Corneille, & faire comme ces foldats qui mefloient quelques traits de mocquerie à leurs Empereurs parmy les chants de leurs triomphes, pour reprimer vn peu leur joye.

Il faut auſſi que nous confeſſions
que cet Autheur qui ne s'attendoit pas
à vn ſi grand applaudiſſement , n'a peu
ſupporter ceſte haute fortune ; & ſe
ſentant eſleué de terre , & emporté ſans
aiſles par ce vent populaire , n'a plus
ſceu ce qu'il deuenoit ; & eſt tombé
lourdement quand il s'eſt voulu fier ſur
ſes forces , en ſe loüant luy meſme par
vne miſerable lettre à Ariſte , où il s'eſt
eſtendu en des vanitez inſupportables.
Scudery a bien eu quelque raiſon de
s'oppoſer à ceſte deïfication qu'il faiſoit de luy meſme, & de le deſnicher du
ciel où il s'eſtoit mis, ſans en demander
permiſſion à Iupiter. Il faut qu'il ſonge
à ſe purifier auparauant de ce qui ſe
trouue encore en luy de terreſtre & de
mortel. Cet orgueil ne s'accorde pas
auec la baſſeſſe & l'humilité de la pluſpart de ſes vers ; & il manque bien de
charité de s'enuoler dans le ciel , & de
laiſſer tant de ſes enfans ramper ſur ter-

re. Il faut prier fes amis de l'aduertir
qu'il ne fe laiſſe pas aller à la vanité. Le
public a intereſt qu'il ne perde pas l'eſprit, afin qu'il faſſe encore des pieces
de pareille force, en defpit de tous ceux
qui s'en meſlent, qui auront peine à
trouuer vn fujet qui foit plus fuiuy &
plus aymé que celuy-cy ; toutefois ils
ne doiuent pas perdre courage, ains au
contraire cela les doit animer dauantage à mieux faire s'ils peuuent, pour
auoir vn pareil applaudiſſement. Celuy
qu'a eu ceſte piece n'a pas eſté fans raifon, car ie maintiens que iufqu'icy rien
ne s'eſtoit veu de fi touchant que cet
ouurage, & ie le defendray contre tous
comme vn chef-d'œuure, eſloigné de
la perfeſtion feulement de quelques
cinquante degrez. S'il auoit deſſein de
faire vne piece vtile aux Comediens,
ic luy donne encore plus volontiers la
palme, comme eſtant arriué à ce qu'il
pretendoit ; & luy confeille de les faire

toufiours de la forte, pour ce qu'elles feront infailliblement couruës principalement de nous autres qui fommes du peuple, & qui aymons tout ce qui eft bizarre & extraordinaire, fans nous foucier des regles d'Ariftote.

EPISTRE
FAMILIERE
DV Sʳ· MAYRET·
A V
Sʳ· CORNEILLE·

Sur la Tragi-comedie du Cid.

A PARIS,

Chez Anthoine de Sommaville,
au Palais, dans la petite Sale,
à l'Escu de France.

M. DC. XXXVII.

EPISTRE FAMILIERE
du Sieur Mayret, au Sieur Corneille,
ſur la Tragi-comedie du Cid.

MONSIEVR,

Si ie croyois le bruit commun,
qui vous declare deſia l'Autheur de ces
mauuais papiers volants qu'on void
tous les iours pareſtre à la deffence de
voſtre Ouurage ; Ie me plaindrois de
vous à vous-meſme , de l'iniuſtice que
l'on me fait en vn libelle de voſtre ſtyle,
& peut-eſtre de voſtre façon : Mais
comme l'action est trop indigne d'vn
honneſte homme, ie ſuſpendray pour
quelque temps ma creance en voſtre

· A ij

faueur ; & me contenteray , (puifque la querelle de voftre Cid vous a rendu Chef de party) de vous demander feulemēt raifon de l'impertinence d'vn de vos lanciers qui m'eft venu rompre dans la vifiere mal à propos : mais d'autant que ie n'ai pas l'honneur de connoiftre le galant homme , & qu'il ne feroit pas raifonnable que ie me commiffe auec vn masque, ie vous addrefferay, s'il vous plaift, ce petit difcours, comme fi vous eftiez luy-mefme.

Premierement il en veut à mes Ouurages, qu'il attaque tous depuis la Crifeide , iufqu'à la Cléopatre , à la maniere accouftumée de vos partifans , qui n'ont point encore eu de plus belle methode en cette difpute , *Que d'impofer , aduancer beaucoup , & ne prouuer rien,* & puis par vne rufe de guerre, qui n'eft pas difficile à defcouurir , il me veut attribuer la lettre , qui commence par les railleries paffiues d'Ariste, continuë par

le mefpris en particulier de voftre Chef-
d'œuvre , & finit par celuy de toutes vos
autres pieces en general. Pour la lettre
qu'il me veut donner , il me pardonnera fi ie la refuse, ce n'eft pas qu'elle ne
me femble fort bien escrite , mais en
matiere d'Ouurages de pareille nature,
comme c'eft lafcheté de defauoüer ce
que nous auons fait , c'eft malice d'a-
uoüer ce qui n'eft pas de noftre façon ;
Ie ne pretens donc rien du tout au trauail d'autruy , & ie n'ay mis principalement la main à la plume que pour faire
vne publique declaration de ce defa-
ueu. Ie protefte hautement que ie fuis
tres-humble feruiteur d'Ariste , pour
les bonnes qualitez dont ie le croy doüé
fur le rapport de Monfieur de Scudery,
qui le connoit, & voftre amy n'y proce-
de pas comme il faut, il deuoit fe contenter d'efgratigner mes Ouurages ,
fans effayer malicieusement de me
broüiller auec des perfonnes dõt la pro-

feffiõ m'a toufiours imprimé la reuerẽce
& le refpeẽt. Ie defcouure bien qu'il s'eſt
propofé deux fins en cette aẽtion. L'vne
aboutit à faire efquiuer s'il peut voſtre
pauure Cid qui n'en peut plus , en voulant dõner le change sur ma Sophonifbe , ou quelque autre de mes pieces ; &
l'autre tend à fe fauuer luy-mefme du
reffentiment de celuy qu'il offence en
fa première inueẽtiue. Cét endroit a befoin d'vne plus longue deduẽtion , &
pour l'expliquer plus clairement : il faut
fçauoir que cét Amy qui vous reffemble
fi fort , a fait imprimer deux refponces
fubfecutiues à la lettre que ie defauoüe
en cette-cy , dans la premiere qui porte
pour tiltre.
*LETTRE pour Monfieur de Corneille
contre les mots , &c.*
Ie fis donc refolution de guerir ces Idolatres;
Il tefmoigne en connoiſtre l'Autheur
par la mauuaife peinture qu'il en a fai-
ẽte, & par la feconde qu'il intitule.

Refponce de * * * *A* * * * *fous le nom*
d'Arifte.

Il femble qu'il ayt deffein de faire
accroire que c'eft de moy qu'il enten-
doit parler dans la premiere, fi c'eft
pour fe mettre à couuert de l'orage qu'il
apprehẽde, (car enfin celuy qu'il y defi-
gne , & qu'il offence , eft de telle qualité qu'il a des domeftiques d'aufli bonne
condition que vous , ie ne veux pas dire
meilleure, quoy qu'on m'en ayt affeu-
ré, & le rang qu'il tient dans la Prouince où vous demeurez eft fi haut que fi
vous eftiez bien aduifé vous iriez luy
demander pardon du zele indifcret de
voftre Amy , qui vous peut eftre iniurieux :) digreflions à part , fi c'eft comme i'ay dit qu'il fe veuille mettre à couuert de l'orage qu'il apprehende , Ie fuis
tout preft en voftre confideration de
luy rendre ce bon office , en receuant
chez moy le pacquet qu'il adreffe ailleurs , ce que ie feray d'autant plus vo-

lontiers que ma perſonne & ma vie,
eſtant publiques il eſt ayſé de voir qu'il
n'a pas vne circonſtance qui me regarde maintenant pour la reprehenſion
que ce perſonnage a voulu faire de mes
Poëmes : elle eſt ſi foible & ſi ridicule
que ſans faire le Capitan, ie vous aſſeure
qu'elle ne vaut pas la peine qu'on y reſ-
pŏde. Ce n'eſt pas que toutes mes pieces,
n'ayent beaucoup de deffauts, mais il eſt
vray que ce ne ſont point ceux qu'il y
remarque : I'eſſayeray neantmoins de
luy iuſtifier la S ɪ ʟ ᴠ ᴀ ɴ ɪ ʀ ᴇ, le D ᴠ ᴄ
ᴅ'O ꜱꜱ ᴏ ɴ ɴ ᴇ, la V ɪ ʀ ɢ ɪ ɴ ɪ ᴇ,& la Sᴏ-
ᴘ ʜ ᴏ ɴ ɪ ꜱ ʙ ᴇ , dans vn ouurage plus
conſiderable que ceſtui-cy ; Pour la
C ʀ ɪ ꜱ ᴇ ɪ ᴅ ᴇ il me ſuffira de luy dire
qu'elle n'a iamais veu le iour de mon
conſentement, qu'eſtant pleine des propres fautes de mon enfance , & de celles
que le peu de ſoin de l'Imprimeur y laiſ-
ſa gliſſer , ie fis ce que ie pûs pour en empeſcher la diſtributiŏ, iuſques-là meſme
qu'vn

qu'vn de vos compatriots nommé Iacques Befongne qui l'auoit mife fous la
preffe, fut obligé par les pourfuittes de
François Targa, voftre libraire, à qui
i'en auois laiffé procuration, de faire vn
voyage en cette ville, où le pauure homme mourut fubitement à mon tres-grãd
regret, ce font des circonftances affez
remarquables pour verifier ce que ie dis.
I'ay faiƈt cette piece-là que i'eftois encore par maniere de dire fous la ferule,
& en vn temps que ie n'auois point de
meilleur guide que le fens commun, qui
n'eft pas ordinairemẽt bien grand chez
vn Poëte de 15. à 16. ans. Pour ma S I L V I E
qu'il nomme les Saillies d'vn ieune Efcolier qui craint encore le foüet. Il ne
fçauroit nier, ny vous auffi qu'elle n'ayt
eu quatre ans durant toute la reputation que puiffe iamais pretendre aucune
piece de Theatre, ie n'en excepte pas
mefme les voftres. Elle parut toutefois
en vn tẽps que celles de Monfieur Har-

dy n'eſtoient pas encore hors de ſaiſon,
& que celles de ces fameux Eſcriuains,
Meſſieurs de Racan, & Theophile, con-
ſeruoient encore dans les meilleurs Eſprits cette puiſſante impreſſion qu'elles
auoient iuſtement donnée de leur beauté, & cependant ie ne l'ay point appellée
ny mon Chef-d'œuvre, ny mon Ouurage immortel : au contraire ſi vous prenez la peine de voir l'Epiſtre de mõ Duc
D'OSSONNE, vous trouuerez que i'en
parle comme vn Eſprit qui n'en fut iamais trop perſuadé , ny par le grand
bruit , qui ſouuentefois eſt mal fondé,
ny par cette Amour propre qui nous
aueugle, & qui nous jette ordinairemẽt
hors des termes de la modeſtie. I'eſtois
neantmoins dans vn âge aſſez capable
des ſurpriſes de l'vn & de l'autre : De ſorte que ſi ie ne craignois de vous ennuyer
ie dirois que la Siluie de Mairet , & le
Cid de Corneille , où de Guillen de
Caſtro , comme il vous plairra ſont les

deux pieces de Theatre , dont les
beautez apparentes, & phantaftiques,
ont le plus abufé d'honneftes gens. Il eſt
vray que le Cid a quelque chofe de plus
deceuant que la Siluie, puis qu'il a pû
tromper son Autheur meſme apres trẽ-
te années d'eſtude. Il eſt auſſi vray d'autre coſté que le charme de la Siluie a duré plus long-temps que celuy du Cid, veu
qu'apres douze ou treize impreſſions
elle eſt encore auiourd'huy *le Paſtor fi-*
do des Allemands , & des beaux Eſprits
de Prouince, où les obſeruations de M'.
de Scudery ont rompu trop-toſt pour
vous la brillante glace qui faiſoit l'enchantement de voſtre Cid ; Ie ne doute
point que la liberté de ce diſcours ne
vous ſoit iniurieuſe , & que ie ne faſſe
vne inciuilité tres-grande enuers vous
à qui tant d'honneſtes gens ont aſſigné
le premier lieu à ce que vous dites vous-
meſme, toutesfois ayãt entrepris de vous
detromper , en vous diſant vos veritez,

pluftoft que de gagner vos bonnes graces en vous flattant, ie ne vous feray
point excufe, d'auoir ofé mettre en paralelle mõ apprentiffage auec voftre Chef-
d'œuure : Mais toutes ces confiderations
& ces differences à part, s'il eft du Parnaffe, comme du Paradis où l'on ne peut
efperer d'entrée auec des biens mal acquis ; tombez d'accord auec moy que
nous en fommes exclus, fi nous ne refti-
tuons publiquement la reputation ille-
gitime que ces deux pieces nous ont
donnée, quant à moy ie penfe auoir desja fuffifamment fatisfaiƈ à ma confciẽ-
ce fur ce fujet, tant parce que i'en ay dit
maintenant que par ce que i'en dis il y a
long-temps. Et pour vous il me femble
que vous eftes obligé d'en faire de mefme, pour trois raifons qui n'ont rien de
commun auec celle que ie viens de mettre en auant.

La premiere, eft que vous deuez quitter auec peu de regret, ce que vous auez

acquis auec peu de peine , puifque l'Efpagnol vous a fourny le fujeſt tout entier de voſtre Poëme & la plus grande
partie des Antitheſes, des pointes, & des
penſées brillantes qui n'y font pas de
meilleure marque, ny de meilleur efprit
que celles du Dialogue de la Syluie.

La feconde eſt que cette fauſſe gloire , eſtant comme vn fond vfurpé fur
Guillen de Caſtro , vous n'en pouuez
honneſtement refufer la reſtitution au
proprietaire qui vous la demande, puis
qu'il vous a deſia dit fous le nom de
Dom Baltazar,

Ingrat rēd moy mō Cid iufques au dernier mot
Apres tu conneſtras, Corneille déplumée
Que l'eſprit le plus vain, eſt fouuent le plus fot,
Et qu'enfin tu me dois toute ta renommée.

La troifiefme, eſt que vous deuez faire
de neceſſité vertu, c'eſt à dire que vous
deuez feindre en honneſte homme de
fortir volontairement d'vn heritage
qu'on vous difpute à fi iuſtes tiltres , &

d'où vous courez fortune , pour peu que
vous attendiez d'eftre mis dehors par
les efpaules. Car enfin flattez vous tant,
ou faites fi·bonne mine qu'il vous plairra : Ie vous affeure que voftre Cid a bien
perdu de fon embonpoint depuis quelque temps, & qu'on peut dire iuftement
de luy,

Qu'il eft fur le Parnaffe vn Idole brifé,
Et que de iour en iour fa fecte diminuë
.Tant il eft malayfé
De ne pas embraffer la vérité connüe.

Vous fçauez que ie fuis de ceux qui peuuẽt auoir entrée en ces lieux d'honneur,
à qui vous donnez vn fi plaifant nom,
lors que vous dites en vous mocquant
de ceux qui y font receus,

Et mon ambition pour auoir plus de bruict
Ne le va point quefter de reduit en reduit.

Vous fçauez, dis-ie, que l'obligeante curiofité, que les perfonnes d'efprit & de
condition tefmoignent auoir pour les
chofes que nous faifons, m'appelle quel-

quesfois comme beaucoup d'autres, dãs
les plus dignes Cabinets de Paris, qui
font les veritables Efcholes où vous &
moy pourrions apprendre la politeffe
des mœurs & de la langue, auec la bien-
feance des chofes & des paroles que
nous oublions fi fouuent en nos Chefs-
d'œuures. C'eft là Monfieur mon Amy,
que vous eftes generalemẽt blafmé, non
d'auoir fait le Cid auec les irregularitez
qu'on y remarque regulierement par
tout, puis qu'on fuppofe que vous ne l'a-
uez pas fait par aucune malice qui fuft
en vous : mais feulement de voftre indif-
cretion à le liurer fi toft au Libraire apres
la connoiffance que vos meilleurs Amis
vous dõnerent de fes deffauts. En effect
n'en defplaife à ces honneftes gens qui
vous ont perché fur le Pinacle de noftre
Temple , & qui pour vous auoir guindé
trop haut, font caufe en partie que la tefte vous a tourné. Ie ne fçay pas à quoy
vous penfiez. Car il falloit pour vn ha-

bile homme ou corriger en cette piece,
vn nombre infiny de manquements ef-
fentiels dõt la plufpart ne peuuent eftre
corrigez que par vn abfolu changemẽt
de tout le corps de voftre ouurage, qui
n'eut iamais les parties nobles, ny bien
faines, ny bien difpofées, où vous deuiez
fuiuant le confeil de ceux qui vous ay-
moient fufpendre pour cent & vn an
feulement la magnifique impreffion de
ce beau monftre, où certes à toute ex-
tremité, fi voftre poëtique & ieune ferueur auoit tãt d'enuie de voir fes nobles
iournées fous la preffe, comme vous eftes
fort ingenieux il falloit treuuer inuentiõ
d'y faire mettre auffi tout du moins en
taille douce les geftes, le ton de voix, la
bonne mine, & les beaux habits de ceux
& celles qui les ont fi bien reprefentées ;
puifque vous pouuiés iuger qu'ils faifoiẽt
la meilleure partie de la beauté de voftre ouurage, & que c'eft proprement
du Cid & des pieces de telle nature que
Monfieur

Monſieur de Balzac a voulu parler en la
derniere de ſes dernieres lettres, quand il
a dit du Roſcius Auuergnac , que ſi les
vers ont quelque ſouuerain bien c'eſt
dans ſa bouche qu'ils en iouyſſent, qu'ils
ſont plus obligez à celuy qui les dit qu'à
celuy qui les a faits, & bref qu'il en eſt le
ſecõd & le meilleur pere, d'autãt que par
vne fauorable adoption il les purge par
maniere de dire des vices de leur naiſsãce,
vous me direz, peut-eſtre, ou quelqu'vn
pour vous , que ce ne fut pas tant la de-
mangeaiſon de vous voir relié en velin,
qui vous fit faire ce pas de Clerc , comme le deſſein de nuire à Meſſieurs les
Comediens, qui d'abord ne reconnurẽt
pas aſſez largement le bien-heureux ſuccez de voſtre piece, ie reçoy voſtre excuſe pour ce qu'elle vaut : mais vous me
permettrez de vous reſpondre que le deſir de vangeance contre ceux qui vous
auoient aſſez obligé , en faiſant valoir
voſtre Alchimie ne deuoit pas exciter en

C

vous cette genereuſe boutade , qui n'a
fait tort qu'à son Autheur. Vn petit
voyage en cette ville vous apprendra ſi
vous ne le ſçauez deſia que Rodrigue,
& Chymene , tiendroient poſſible encore aſſez bonne mine entre les flambeaux
du Theatre des Marets , s'il n'euſſent
point eu l'effrõterie de venir eſtaler leur
blanc d'Eſpagne , au grand ioùr de la
Gallerie du Palais , vos Carauenes de
Roüen à Paris , me font ſouuenir de ces
premiers Marchands, qui paſſerent dans
les Indes ; d'où par le bonheur du temps
autant que par la ſimplicité de quelques
peuples, ils apporterent de l'or, des pier-
reries , & d'autres ſolides richeſſes, pour
des ſonnettes, des miroirs, & de la quin-
caille qu'ils y laiſſerent. Vous nous auez
autrefois apporté la Melite, la Veuſue, la
Suiuãte, la Gallerie du Palais, & de frai-
che memoire le Cid, qui d'abord vous a
valu l'argent , & la Nobleſſe , qui vous
en reſtent auec ce grand tintamarre de

reputation qui vous bruiroit encore aux
oreilles, fans vos vanitez, & le malheur
de l'impreſlion :

Si l'honneur vous eſtoit cher
Vous deuiez vous empeſcher,
Suiuant l'aduis des plus ſages,
De le perdre à ce Rocher
Si fameux par les naufrages
De tous vos autres Ouurages.

On ne vous obligeoit pas à deſcouurir
vous-meſme les parties honteuſes de
vos Heros, tant parce que vous ne les
auez iamais bien connües, que parce
qu'en effait vous n'eſtiez pas tenu de
preſcher contre vos bulles, mais auſſi ne
vous a t'on pas ferré les doigts pour vous
haſter de rendre vos fautes publiques
auec priuilege du Roy. On ne vous a pas
ſolicité de faire imprimer à contre-tẽps
cette mauuaiſe excuſe à Ariſte, où voſtre
Calliope s'eſt emportée à dire des cho—
ſes qui ne ſe peuuent attribuer ſans vous
faire tort, qu'à cette excellente fureur

par laquelle ce digne deffenſeur de voſtre Cid pretend releuer auec hõneur les
caſcades de iugement que vous y faites
quaſi par tout, en ſoutenant par belles
raiſons de Medecine, que vous eſtes trop
furieux Poëte pour pouuoir aſpirer à la
qualité de Iudicieux. A dire vray l'on ne
vous a pas creu ny meilleur Dramatique, ny plus honneſte homme pour
auoir fait cette ſcandaleuſe lettre, qui
doit eſtre appellée voſtre pierre d'achopement ; puiſque ſans elle ny la Satyre
de l'Eſpagnol, ny la Cenſure de l'Obſeruateur, n'euſſent iamais eſté conceües ;
Dieu des vers!à quoy sõgiez-vo⁹? Vous
n'auiez pas employé tant de iugement
à la conduite de vos Ouurages qu'il ne
vous en dcuſt reſter vn peu pour conſiderer que ce plaiſant Panegeryque vous
rendroit ridicule à tout le monde, & que
de tant de Muſes que vous y deſobligez
quelqu'vne eſgayeroit ſon eſprit à la
confuſion du voſtre. On vous eut enco-

re pardonné fi comme ces vaillans fan-
farons , vous euffiez au moins fouftenu
voftre braueure : mais il fe treuue qu'a-
pres auoir faiɛt le Rodomont à tour de
bras , vous ne vous eftes deffendu qu'en
Capitan , vous refpondez à l'Efpagnol
auec vn pitoyable Rondeau, dans lequel vous ne pouuez vous empefcher , à
caufe de la longueur de l'Ouurage , de
faire vne contradiɛtion toute vifible,
lors que vous dites fi elegamment,

Rimer de rage vne lourde impoſture
Et ſe cacher ainſi qu'vn criminel.
Et quelques vers apres vous adioutez.
Chacun connoit ſon ialoux naturel,
Le montre au doigt comme vn fol ſolennel,
Et ne croit pas en ſa bonne eſcriture
 Qu'il faſſe mieux.

Comment voulez-vous qu'il fe cache
ainfi qu'vn criminel , & que chacun le
montre au doigt, comme vn fou folen-
nel ? L'Epithete eft folennellemēt mau-

uais. Enfin vous concluez en le deffiant
de faire mieux, vous le mettriez bien en
peine fi vous l'obligiez à faire pis : maintenant pour l'Obferuateur voyons fi
vous en auez vfé plus genereufement.
Premierement vous luy faites leuer le
mafque malgré qu'il en ayt, & l'obligez
à fe declarer. L'Autheur d'vn ouurage
qu'il n'auoit garde de defauoüer, puis
qu'il a fait dire à plufieurs qu'ils ayme-
roient mieux auoir efcrit les obferuations contre le Cid , que le Cid mefme ;
de forte qu'apres cette fiere & belli-
queufe defmarche on attendoit vne belle guerre Academique entre-deux ennemis declarez. Cependant il en eſt arriué
tout autrement par voſtre faute : car foit
que vous ayez reconnu la foibleffe de
voſtre party , ce qui feroit tres-iudicieux,
ou foit tout au contraire que la bonne
opinion que vous auez de vous , vous
ayt fait mefprifer la force de celuy qui
vous attaquoit , ce qui feroit tres ridicu-

le , il eſt conſtant que vous n'auez fait
aucune deffence ; I'ay tort , on void vne
lettre de vous pleine d'iniures , et de galimatias , dans laquelle il paroiſt verita-
blemcnt que vous-vous eſtes deffendu :
mais trop peu pour un hõme qui craint
ſon ennemy , & trop pour vn qui fait
ſemblant de le meſpriſer. Il falloit auoir
la diſcretion de ſe taire abſolument , ou
la ſuffiſance de combattre ſes raiſons
par d'autres , ſinõ vrayes, à tout le moins
vray-ſemblables , vous eſtiez encore en
poſſeſſion de cette fauſſe gloire que le
Cid vous a donnée ; vous auiez encore le
peuple & la pluſpart des femmes de voſtre coſté ; de façon que ſi vous euſſiez eu
ſeulement l'adreſſe de chicaner bien à
propos il vous eſtoit facile d'empeſcher
la conuerſion de ces Idolatres, qui ſe fuſ-
fent bien contenté de l'apparẽce de vos
raiſons, puis qu'ils auoient pû s'esbloüyr
au faux eſclat de vosſtre Chef-d'œuure.
Il eſt vray que dans la conſeruation ge-

nerale, où les auoit jettez ce clairuoyant
obferuateur , ce leur fut vn grand fujet
de confolation & d'efpoir que l'affeurance auec laquelle vous-vous prefentez au combat dans voftre lettre Apologetique en ce memorable endroit, où
vous luy dites pour toute refponce, qu'il
fait de fa tefte les regles , & les authori-
tez de Theatre, contre lefquelles, & par
lefquelles il preuue que vous auez failly,
qu'il cite faux, & qu'il fe fait tout blanc
d'Ariftote , qu'il ne leut & n'entendit
peut-eftre iamais, (il faut mentir plus af-
fûrement.) A la verité fi vous euffiez pris
la peine de verifier ces trois poinĉts. Il
eft indubitable que le champ de bataille vous demeuroit, mais apres que Monfieur de Scudery vous a conuaincu luy-
mefme de fauffeté par vne ample & autentique preuue des paffages alleguez
contre le Cid qu'il adreffe à Meffieurs
de l'Academie , les plus raifonnables de
voftre feĉte n'ont pas fait difficulté de
l'abjurer

l'abjurer ouuertement & les plus obfti-
nez fe font contentez de dire qu'ils ay-
moient mieux mourir Heretiques , que
d'eftre fujets à la honte de confeffer publiquement leur erreur. l'efpere neantmoins que l'exemple des meilleurs efprits obligera bien-toft ces honneftes
vergongneux à fe ranger infenfiblement du bon party , principalement
apres ce qu'en doit prononcer l'Illuftre
Academie , au iugemēt de laquelle vous
eufliez fait tres-fagement de vous foub-
mettre de bonne heure , & de bonne
grace. Il me femble que vous deuiez cette deference à tant d'excellentes perfonnes qui font les membres de ce beau
corps, & ce refpect à la dignité du Chef,
& de la puiffance tres-Eminente qui le
conduit & qui le maintient. Il falloit en
cela pour le moins tefmoigner la moderation de voftre efprit , & la bonne
opinion que vous auez de la iuftice de
voftre caufe , par vne action auffi publi-

D

que que celle de Mõſieur de Scudery , qui
porte luy-meſme ſon or à la coupe , de
ſorte qu'il ne tient plus qu'à vous qu'on
ne faſſe bien-toſt l'eſpreuue & la difference de ·vos deux metaux. Pour vous
ie treuue que vous auez raiſon de craindre la touche , tant parce que vous n'a-
uez defendu le voſtre qu'auec des inue-
ctiues, & des libelles, que parce que vous
auez à faire à vne Cour des monnoyes,
où le mieux qui vous puiſſe arriuer eſt
d'eſtre condamné par les Maiſtres de
l'Art à porter la voſtre au billon. C'eſt
pourquoy ſi vous craignez tant de com-
paroiſtre deuant des Iuges incorrupti-
bles, & qui procederont poſſible contre
voſtre Cid auec plus de rigueur que ie ne
dis. Ie vous conſeille de deſauoüer au
pluſtoſt par vne Lettre bien imprimée les galanteries que vous auez
miſes en celle que vous adreſſez à
Ariſte , où ſous couleur de vous ex-
cuſer du refus que vous luy faites de

quelques chanſons qu'il ne vous a iamais demandées ; vous prenez ſujet
de vous donner de l'encens vous-
meſme , & de vous mettre à cheual ſur
l'Arc en Ciel : ce ſont des licences Poëtique deſquelles vous pouuez-vous deſ-
dire facilement en vertu du priuilege de
voſtre pays , & dont la retraƈation ne
vous ſera pas extremement honteuſe,
puiſque ſainƈ Auguſtin qui n'auoit
guere moins d'eſprit que vous en
croyez auoir , en a bien ſait d'autres en
des matieres plus importantes que cette-cy. N'appellez plus le Cid vn ouurage immortel : pour voſtre Chef-d'œuure
tant qu'il vous plairra. Confeſſez pluſtoſt ingenûment apres *Lopes de Vega* ,
que c'eſt vn mõſtre plein d'apparences,
que courent le peuple , & les femmes, il
en ſaut excepter les habiles dont le
nombre eſt aſſez mediocre.

Veo los Monſtruos de aparencias llenos à
Donde

A cude el vulgo y las Mugeres
Que efte trifte Exercicio canonizan.

Ce font les propres termes de ce
grand Autheur , qui fe deuoit bien connoiftre en pieces Efpagnoles.

Ne dites plus que voftre Ouurage eft
vne merueille, parce que de tant d'excellents Poëmes qu'on a reprefentez fur
nos Theatres , il eft le feul de qui l'efclat
a pû obliger l'enuie à luy faire la guerre.
Difons pluftoft que vos vanitez en font
la feule & veritable caufe, & que la paix
dont tous les autres ont iouy n'eft pas
moins vne marque de leur bonté que
de la modeftie de leurs Autheurs.

Empefchez vous vne autrefois d'offencer les honneftes gens , & gardez pluftoft le filence que de vous deffendre
auec des plaintes, & des iniures mal fon-
dées, qui font les armes des Harangeres,
& des Enfans. Sur tout fouuenez-vous
que vous deuez faire amãde honorable
au Sieur Claueret pour l'auoir fait feruir

indignement de marche-pied à ce beau
Trofne imaginaire que vous-vous efle-
uez vous-mefme. Enfin pour dernier
Article n'oubliez pas fi vous me croyez
de vous r'accommoder de bonne grace
auec vne perfonne à qui vous auez plus
d'obligation que vous ne penfez, puifque fes iuftes reprehenfions vous doiuent rendre à l'aduenir, & plus habile, &
plus moderé, pour moy ie m'offrirois à
vous feruir moy-mefme en cette affaire, fi ce n'eftoit que vous ayant parlé
trop franchement, poffible ferez-vous
d'affez mauuaife humeur pour ne receuoir pas de bonne part, ny l'offre que ie
vous fay, ny les confeils que ie vous
donne en qualité de

> Voftre feruiteur & Con-
> frere en Apollon,
> MAIRET.

A Paris ce 4.
Iuillet 1637.

D iij

SI ie ne craignois d'abuser de voftre
bonté ie vous prierois de faire te—
nir la cy–jointe à voftre Amy, que vous
empefcherez s'il vous plaift de plus outrager le mien : autrement nous vferons
du droiƈt de reprefaille fur vn des voftres, qui n'a defia que trop fouffert pour
vos interefts, & ceux de voftre Chef-
d'œuure. I'ayme mieux pareftre obfcur,
que Satyrique.

---

*Responce à l'Amy du Cid fur fes inueƈliues
contre le Sieur Claueret.*

IL'me femble que vous eftes bien e-
ftrange, & bien defraifonnable vous-
mefme, quelque Amy du Cid que vous
foyez, de n'authorifer pas feulement, la
trois fois tres-mauuaife procedure du
Sieur Corneille enuers le Sieur Claueret :
mais encore de treuuer iniufte qu'il fe

deffende ſi viuement apres auoir eſté ſi
malicieuſement attaqué. Ie voudrois
bien ſçauoir de vous ou de luy, par quel
extraordinaire priuilege du Prince, où
de la nature, il luy peut eſtre permis
d'outrager impunément vn honneſte
homme qui ne l'auoit iamais offencé?
Vantez & ſouſtenez voſtre Amy tant
que vous voudrez, il eſt conſtant que les
meilleures compagnies de Paris ſont
toutes d'accord, que le mien a tres-bien
fait en luy diſant ſes veritez, & tres-bien
fait de les luy dire, il pouuoit eſtablir ſes
inſupportables vanitez, & ſe placer luy-
meſme au premier lieu, comme il a fait,
ſans aſſigner le dernier à mon Amy, qui
l'auoit aſſez obligé pour eſtre le ſien. Et
quoy que l'eſprit du Sieur Corneille ne
ſoit pas des plus fertiles du Parnaſſe, ſi
pouuoit-il treuuer aſſez d'autres ſujets à
ſon impertinente figure, pour peu qu'il
euſt eu de iugement ou de modeſtie,
mais il eſt facile de remarquer en tout ce

qu'il a mis au iour : que le galant homme
a touſiours manqué de l'vn & de l'autre. L'extrauagance & la preſomption
mal fondée, eſtant en luy deux deffaux
de Nature, que l'Art nẏ le temps ne
pourront iamais corriger, principalement s'il a beaucoup d'Amis qui le fla-
tent laſchement comme vous faites.
Celuy pour qui i'eſcris n'a point deſcouuert les imperfeƈtions du Cid, au contraire comme il eſt naturellement bien-
faiſant il s'eſt efforcé luy-meſme de les
couurir, & de contribuer à ſa fauſſe reputation au preiudice de la ſienne propre. Car enfin que le Traduƈteur du Cid
faſſe le vain, & tranche du grand tant
qu'il luy plairra, l'on ne trouuera point
qu'il ſoit d'vne profeſſion plus releuée
que celle du Sieur Claueret, puis que
tous deux peuuẽt entrer auec la robe, &
le bõnet dãs vn barreau, ny d'vn merite
ſi fort au deſſus du ſien, que luy-meſme
n'ayt eſté bien ayſe autrefois de parer ſa
veuſue

veufue des vers de mon Amy que l'on y
void encore auec quãtité d'autres qu'il a
mẽdiez de leurs Autheurs, pour appuyer
la foibleſſe de ſon Ouurage. Cependant
cette mendicité s'accordoit tres-mal
auec cét orgueil qui luy fait dire inſo-
lemment en ſa belle excuſe à Ariſte, *Ie ne
doy qu'à moy ſeul toute ma renommée.* On
m'a dit que pour la bien deffendre il aſſure qu'elle eſtoit faite il y a deſia plus de
trois ans, vraiment ie n'imputerois qu'à
vanité cette ridicule ſaillie, ſi elle eſtoit
poſterieure au Cid, puiſque le grand
bruit qu'il a fait d'abord, & par hazard
pouuoit eſtourdir vne ceruelle comme
la ſienne : mais d'auoir eu cés ſentimens,
& les auoir exprimez auant le ſuccez de
cette plus heureuſe que bonne piece. Il
me pardonnera s'il luy plaiſt, le treuue
que c'eſtoit proprement s'yurer auec de
l'eau froide, ou du vinaigre, & ſe faire
vn ſceptre de ſa marotte; mais afin de
reprendre le diſcours que cette digreſſiõ

E

m'a fait quitter , concluons auec tout ce
qu'il y a d'honneftes gens que voftre
Amy n'a rien fait qui vaille en offençant
mal à propos & de fi mauuaife grace vn
homme d'honneur qui n'a merité fa
hayne que par l'eftime qu'il a faite des
Obferuatiõs, & de leur Autheur ; Si c'eft
vne offence qui luy doiue rendre odieux
tous ceux , & celles qui la commettent,
elle eft deformais fi generale parmy les
bons efprits des-intereffez qu'il peut cõ-
mencer de bonne heure à les tenir tous
pour ennemis. Neantmoins à le confiderer comme vn Icare qui tombe, ou
qui fe noye , ie luy pardonne en quelque façon de s'acrocher fans choix à
tout ce qu'il rencontre. Les horribles
coups de maffuë qu'il auoit fraifchemẽt
receus de la main de ce puiffant Obferuateur qui l'a jetté par terre , quoy qu'il
reclame, & vous auffi, ne luy laiffoit pas
toute la liberté de iugemẽt qu'il deuoit
auoir pour s'empefcher de faire vne im-

prudence de telle nature ; mais pour vous le cher Amy du Cid, ie ne voy pas bien que l'on puiffe approuuer ny voftre procedure en cette action, ny voftre zele pour la deffence du Sieur Corneille, ny voftre lettre contre mes amis. Pour vo-ftre procedure elle eft pleine de fuper-cherie, vous paroiffez en cette querelle, & fur ce Theatre le mafque fur le nez comme vn *Zany*, où les trois autres y font leurs perfonnages à vifages defcou-uers : fi bien que vous auez cét aduanta-ge de dire des iniures à quelques-vns, & de vous faire mocquer de tous, *incognito*, peut-eftre ne feriez-vous pas fi prompt à mal-faire, fi vous eftiez fujet à la ver-gongne d'eftre connu ; Quant à voftre zele vous m'auoürez que pour le bien tefmoigner il deuoit eftre employé, nõ à l'attaque du Sieur Claueret, qui n'auoit pas declamé contre le Cid, mais à la de-fence de ce mefme Cid, à qui Monfieur de Scudery a donné vingt fois de l'efpée

dans le corps iufques aux gardes, fans vn
nombre infiny d'autres bleffures en
tous fes membres. C'eftoit dis-ie à la deffaite de ce beau monftre qu'il falloit
s'oppofer courageufement. Mais confeffez la verité, vous n'auiez pas vn
bouclier à preuue de grands coups qu'il
luy donnoit, & pour dire les chofes cõme elles font, vous paroiffez bien moins
l'Amy du Cid, que l'ennemy de Claueret fi vous auiez eu l'affeurance de mettre voftre nom au commencement ou à
la fin de voftre libelle, poffible trouue-
rions-nous le fujet de voftre animofité
contre luy, & que le Cid n'en eft pas tãt
la caufe que le pretexte; A tout hazard
quelque mouuement qui vous l'ayt di-
&té, ie vous affure qu'il ne vaut pas la peine qu'on y refponde, le fondement en
eft fi mauuais, les raifõs fi peu raifonnables, le ftyle fi bas, & les iniures fi grof-
fieres, qu'à moins de vouloir faire en
paffant vne derniere fortie fur le Cid, ie

me fuſſe bien gardé d'y reſpondre : mais
puiſque nous y ſommes engagez, venons, s'il vous plaiſt, à l'examen de voſtre lettre, & le tout auec moderation,
puiſque nos Amis d'accord, ou leurs intereſts à part il ce peut faire que nous
nous treuuerons nous-meſmes bons
Amis.

*Il me ſemble que vous chantez bien haut
Monſieur Claueret , hé ! quoy pour vne choſe
ſi iuste & ſi raiſonnable , alleguée par Monſieur Corneille , à Monſieur Scudery. Il n'a
pas tenu à vous que du premier lieu où beaucoup d'honneſtes gens me placent ie ne ſois deſcendu au deſſous de Claueret, faut-il que vous
preniez la mouſche.* Ce ſont les propres
termes de voſtre Lettre, auſquels ie penſe auoir aſſez raiſonnablement reſpon-
du dans le commencement de la mienne , en vous monſtrant la tyrannie dont
vous voulez vſer enuers vne perſonne
outragée, à qui la plainte meſme ſeroit
deffenduë ſi l'on vous eſcoutoit, cõme

fi naturellement il n'eftoit pas permis
de repouffer vne iniure par vne autre, hé!
quoy vous-mefme ne voudriez-vous
point qu'apres le foufflet qu'il a receu, il
fe foubmit encore à baifer la belle main,
qui l'a frappé. C'eft vne vertu Chreftien-
ne que tout le monde ne pratique pas
facilement, & dont voftre amy tout
lafche, & tout poltron qu'il fe declare,
ne feroit poffible pas capable luy-mefme, pour luy. Chacun eft d'accord que
fes paroles font de tres-mauuais fens, &
pour vous ie vous aduertis que ce mot
d'alleguer dont vous-vous feruez, ne
vaut rien du tout en cét endroit, & qu'il
fuppofe vne authorité ou vn paffage. Il
falloit mettre pour vne chofe dite, ou
efcrite à Monfieur de Scudery : mais vos
plus grandes fautes ne font pas contre
la langue. Venons à celle du Iugement,
vous treuuez mauuais que mon Amy fe
plaigne du voftre, & pour toute-raifon
vous luy prefentez fa condition, cõme

ſi elle eſtoit bien au deſſous de celle de
M. du Cid, ou qu'il falluſt eſtre du ſang
d'Hercule pour luy reſpondre. Ie vous
ay deſia dit que tous les deux ſont Ad-
uocats, & que la difference n'en eſt pas
ſi grande, qu'vn habile homme n'attẽ-
dit auſſi-toſt le gain de ſa cauſe du plaidoyer Sʳ Claueret que de celle du Sieur
Corneille, qui n'a ſceu deffendre la ſiẽ-
ne propre qu'auec des iniures & des libelles, apres ce beau debut vous luy repreſentez la memoire de ce qu'il eſt, ſi
vous le connoiſſez, vous n'ignorerez
pas qu'il eſt tres-honneſte homme, &
qu'il l'a touſiours eſté, malgré toutes vos
calomnies, & celles d'vn de vos partiſans qui luy fait vne condition à poſte.
Ce ſont des impoſtures ſi goffes, & ſi peu
vray-ſemblables, qu'au lieu de faire impreſſion en l'eſprit des honneſtes gens,
elles y cauſent vne iuſte indignation,
qui par vn effet contraire au deſſein de
leurs Autheurs, nous fait tres-mal pen-

fer de ceux qui les aduancent ; mais comme i'ay defia dit , ils ont ce bel aduantage de ne rougir que fous le mafque qui
les rend fi hardis à defchirer la reputation d'vn homme d'honneur, & qui n'a
pas moins d'illuftres Amis, que le mieux
qualifié de fes perfecuteurs. Il ne vous
fuffit pas de luy dire de ce que vous eftes,
il faut encore que vous adiouftiez, *Et de*
ce que vous ferez toute voftre vie. Pardon-
nez-moy fi ie vous dis, que les iniures
que vous penfez luy faire, fur le prefent
& le paffé, ne font purement qu'impoftures & calomnies , mais que les menaces que vous luy faites fur l'aduenir, fe
doiuent proprement appeller fottifes,
puifque en defpit de vos pronoftics,
eftant comme il tres-certainement hõme d'honneur, d'efprit & de merite, ie
ne iurerois pas qu'il ne deuint vn iour
voftre Maiftre, & le mien, à voftre aduis
Monfieur de l'Ariuc , feroit-ce le premier ou le plus rare exemple de la puiffance

fance de la fortune? Ne vous meſlez dõc
plus de tirer l'hoſcope des hõneſtes gẽs,
ſi vous n'auez de meilleurs principes
que ceux ſur leſquels vous vous fondez.

Vous dites en ſuitte que les obſeruations ne valẽt rien, & que les plus beaux
eſprits s'en ſont mocquez. Ie ne ſuis ny
bel eſprit ny approchant de cela : mais
i'en voy tous les iours de plus habiles
que voſtre Amy ne le croit d'eſtre, qui ne
ſont pas de voſtre opinion : & ſi ie ne me
trompe il n'en eſt defia que trop aſſeuré.
Vous reſpondez pour luy, que pour ob-
ſcurcir l'eſclat de ſon ouurage, il falloit
pour toutes obſeruatiõs faire vne meilleure piece, & moy ie vous reſpons pour
M. de Scudery qu'il n'en a point fait depuis quatre ans, que ie n'eſtime plus que
le Cid, laiſſant à part ce grand bruit, qui
ſouuẽtesfois eſt pluſtoſt vn teſmoignage du bõ-heur des pieces publiques que
de leur valeur, *habent ſua fata libelli*, ſou-
uenez-vous que la conionᶜture du tẽps,

F

l'adreſſe & la bonté des Aſteurs, tãt à la
bien repreſenter qu'à la faire valoir par
d'autres inuentions eſtrangeres que le
S. de Mõdory n'entēd guere moins biẽ
que ſon meſtier, ont eſté les plus riches
ornements du Cid, & les premieres cau-
ſes de ſa fauſſe reputation. Il ne faut pas
eſtre fort entẽdu dãs le meſtier pour ob-
ſeruer, que c'eſt vn ſujet bizarre iuſques à
l'extrauagãce que par la ſurprenãte nouueauté de ſes incidents extraordinaires,
de qui les principaux ne deuroiẽt point
arriuer à treuué le ſecret de plaire à ceux
qui ne vont à la Comedie que pour ſe diuertir ſimplemẽt, ſans vouloir pretẽdre
garde de ſi prés à la vray-ſemblance des
effeſts, qui cauſent leur attention, non
plus qu'à la bien-ſeance des aſtions &
des diſcours, choſes neãtmoins qui ſans
le ſecours ny la lumiere de l'art d'Ariſtote doiuent ſeruir de regles naturelles à
l'eſprit du Poëte, & de l'Auditeur naturellement iudicieux : on n'a pas beſoin

de la Poëtique de ce Philofophe, pour
connoiftre que prefque tous les perfonnages de cette bien-heureufe piece font
faux, ie veux dire que pas-vn d'eux depuis le Roy iufques au Page, ne dit & ne
fait quafi iamais les chofes qui luy font
feantes & neceffaires. Ie prouuerois ayfément cette propofition, fi ie voulois
me feruir des raifons de l'obferuateur,
qui font à mon aduis autant de demon-
ftrations fur ce fujet, quoy que vous ad-
uanciez contre voftre côfcience qu'elles
ont efté condânées par ceux-là mefmes,
qu'il demande pour Iuges. Vrayment
c'eft vne chofe bien ridicule & bien effrontée, que l'affurance auec laquelle
vous vous expofez à la neceffité d'eftre
conuaincu de menfonge, & de fauffeté.
Ne fçauez vous pas bien fi voftre regne
eft tant foit de ce monde, pour me feruir de vos paroles, que M. de Scudery s'eft
foubmis il y a plus d'vn mois à l'Illuftre
Academié Françoife, par vne Requefte

publique , & qu'il en folicite tous les
iours le iugement auec autāt de franchife que voftre Amy recherche d'artifice à
l'empefcher, ou de chicane à le retarder.
S'il eſt vray que cét excellent Corps de
bons eſprits ayt prononcé comme vous
eſtes en ſa faueur, que ne vous ofte-il de
peine & d'erreur ; puis qu'apres vn arreſt
ſi iuſte & ſi celebre, il eſt certain que tous
les honneſtes gens ſe determinerõt à ce
qu'il en faut croire, & que la diſpute du
Cid fera finie. Prenez garde que la fin de
ce procez ne ſoit auſſi celle de la reputation de ce haut Chef-d'œuure, & de celuy qui l'a fait , qui ne fera poſſible pas
en peine d'en payer les eſpices : mais ſans
vous menacer d'vn mal-auenir , & qui
depend encore du iugement des hommes, ie reuiens à la diſſeftion de voftre libelle, apres auoir auancé cette iudicieuſe
impoſturc contre M. de Scudery, vous
n'auez pas honte de diffamer la perfonne, la naiſſance & la condition du Sieur

Claueret, par des iniures auffi mal efcrites qu'elles paroiffent malicieufemēt in-
uentées. Vous tombez apres fur fes ouurages, à la deffence defquels ie ñ'ay rien
à dire, puifque vous ne les attaquez pas
auec des raifons ; comme vous vous eftes
cóntenté de dire en gros qu'ils ne valent
rien , il me fuffira de vous refpondre en
general, qu'ils font tout autres que vous
ne dites, & que s'il faut iuger de la bonté des pieces de Theatre, par la quantité
du peuple qu'elles attirent. Ie fuis tef-
moin qu'elles ont toufiours autant cau-
fé de preffe, que toutes celles de voftre
Amy (fi l'on en excepte le Cid) & par
confequent qu'elles font auffi bonnes,
quoy que fa modeftie luy faffe dire le
cótraire, pour fa piece intitulée les Eaux
de Forges; vous auez bien raifon de dire
pour faire vne mauuaife pointe, que
Mondory & fes Compagnõs n'en voulurent iamais goufter dans la faifon du
monde la plus propre pour les boire,

mais nõ pas de vouloir conclurre par là
qu'elle ne vaut rien , puis qu'il eſt vray
qu'ils ne firent difficulté de la prendre
que par la diſcrette crainte qu'ils eurent
de faſcher quelques perſonnes de condition, qui pouuoient reconnoiſtre leurs
aduantures en la repreſentation de cette
piece, dont l'impreſſion vous fera bien-
toſt auoüer que le ſujet, la conduite, &
les vers en ſont auſſi raiſonnables que
vous l'eſtes peu de les condamner par
paſſion ſur le mauuais rapport qu'on
vous en a peut-eſtre fait, vous en iugerez
autrement quand il vous plaira. Cependant ie vous aſſeure de ſa part que voſtre
approbation ne le rendra iamais plus
vain, quoy que vous veuillez nous faire
accroire que vous ne laiſſez pas de vous
connoiſtre aux bonnes choſes ; encore
que voꝰ ne faſſiez pas profeſſiõ d'eſcrire, vous n'auiez que faire de nous le dire, à la fin de voſtre Lettre, nous nous en
eſtions bien aperceus dés le commencement, pour moy ie vous auoüc tout au

côtraire, que ie me meſle d'eſcrire, & que
mes eſcritures bonnes ou mauuaiſes ont
quelquesfois accommodé le Theatre &
la Gallerie du Palais, mais auec tout cela
Dieu me garde de me placer au premier
rang, ny de croire que pas-vn de mes ouurages puiſſe pretendre à l'immortalité,
ce n'eſt pas que ie ne mette tout mon eſprit, & mon eſtude à les rẽdre meilleurs
& plus heureux qu'ils ne ſont, tout au
contraire de voſtre Amy, qui ſans peine
à ce qu'il dit luy-meſme.

*Cent vers me couſtent moins que deux mots de
    Chanſon.*
Et ſans Art à ce que diſent les autres,
Arrache quelquesfois trop d'aplaudiſſements.
Ce ſont ſes paroles dãs ſa Lettre à Ariſte.
Le temps viendra qu'il n'en aura que
ſuffiſamment, cependant aduertiſſez-le
de ſe deffaire de ſes vanitez, & pour ſon
Cid, ſi vous & luy n'en voulez pas croire
Ariſtote ny les ſçauants du meſtier, rap-
portez-vous en pour le moins au iuge-
ment qu'en a fait vn hõneſte Bourgeois

de Paris, Marguillier de ſa Parroiſſe, qui
me permettra de luy dire en paſſant
qu'il n'a pas bien pris le ſens de l'obſeruateur en cét endroit, où il propoſe les
Sophonisbes, les Ceſars, les Cleopatres,
les Hercules, les Marianes, & les Cleomedons, non, comme il dit, pour des exemples de pieces parfaites, puis qu'il par-
leroit plus modeſtement des ſiennes, &
plus ſainement de celles des autres, qui
ne les ſont iamais creu telles, ny pour
des pieces dont les principaux perſonnages ſoient ſans deffaux, puiſque la
Tragi-comedie demande au contraire
en ſes Heros quelque erreur, ou quelque
faute; afin que le Ciel ayt ſujet de les punir auec Iuſtice : mais ſeulement pour des
ouurages incomparablemēt meilleurs,
& mieux ſaits que le Cid, ce qui n'eſt pas
à mō aduis trop eſloigné de la verité, ny
trop difficile à prouuer.   Adieu.

Si vous eſtes curieux de ſçauoir mon nom,
tout le monde vous l'apprendra.

F I N.

LETTRE

DV SIEVR CLAVERET

A MONSIEVR

DE CORNEILLE.

'Estois en terme de de·
meurer fans repartie, & de ne
me venger que par le mef-
pris, voyant que les iuftes ri-
fées que l'on fait de vos ouurages, font
pour vous des fujets de vanité, & que vous
vous perfuadez que l'Enuie, qui s'eft touf-
jours attaquée à la Vertu, a entrepris de
vous perfecuter comme vne chofe rare;
fans mentir cefte confideration m'a long
temps retenu, & ie n'euffe point efcrit
fi ie n'euffe penfé, que comme il eft fou-

A

uent arriué que l'enuie n'a peû souffrir l'esclat des belles actions, & que mesmes elle
a persecuté les grands Poëtes. Aussi les
fous, qui vous ressemblent, n'ont pas
tousiours esté à couuert contre la plume
des Sçauans, & qu'autant de fois qu'il s'est
rencontré quelque personnage ridicule,
les bons esprits n'ont point fait de difficulté d'en donner du plaisir à leur siecle.
Certes si Virgile, tout incomparable
qu'il est, ne s'est peû exempter de la langue & de la plume des enuieux; & si les
escrits d'Aulugelle ont appris iusqu'à la
posterité les censures que l'on a faites de
beaucoup d'endroits de ce diuin ouurage
de l'Eneïde; si le Tasse a esté attaqué de
son viuant, si Ronsard n'est pas encores
en seureté apres sa mort des injures que
vous & les autres Poëtes à la douzaine
essayez de luy faire, ce n'est pas à dire
que l'on ne se soit mocqué iustement
d'vn Accius, d'vn Labeo, d'vn Marsus,
d'vn Bauius, & autres mauuais Poëtes,

qui n'ont point d'autre nom que celuy
que leur impertinence leur a fait meriter
dans les liures des Satiriques : mais i'ay
esté encore d'autant plus porté à vous
faire ceste Lettre, que i'ay pensé, que tant
s'en faut qu'il fallust essayer de diminuer
vostre vanité, qu'au contraire il estoit
bon de l'augmenter, & que comme aux
Petites-Maisons, celuy qui est le mieux
persuadé d'estre ou Iupiter, ou le dieu
Mars, ou l'Empereur, ou quelque autre
Monarque, en faisant pitiè, ne laisse pas
de diuertir le mieux ceux qui l'entendent.
Aussi ce ne sera pas vn petit plaisir pour le
monde, si vous continuez à vous persua-
der d'estre si grand Poëte, il est vray que
dés le premier voyage que vous fistes en
cette ville, lors de la representation de
vostre Melite, les iudicieux recognurent
en vous ceste humeur, & penserent que
comme ceux de vostre païs, pour estre ac-
coustumez à ne boire que du Cidre, s'enyurent facilement lors qu'ils boiuent du

vin ; de mesme vostre esprit, qui bien
loin des applaudissemens, n'estoit accou-
stumé qu'aux risées que l'on faisoit de vos
vers dans vostre pays, où les petits enfants
vous couroient comme l'on fait icy le
Cousin, ne manqueroit iamais à se perdre
dans l'approbation que les ignorans fai-
soient de vostre piece, les honnestes gens
sçauoient bien que vostre Philosophie
n'alloit pas si auant que de penser que
cette approbation que l'on vous rendoit,
fust la mesme que l'on donne au plus
froid bouffon, ou chanteur de vaudeuille,
qui arreste les passans sur le Pont-neuf ;
car quant aux acclamations des Galleries
sur lesquelles vous faites tant de force, ils
iugeoient bien que la bassesse de vostre
esprit esbloüy de cest esclat, ne confide-
reroit iamais qu'elles sont le plus souuent
remplies de riches sots, & que depuis que
la faueur ou l'argēt ont ouuert le chemin
aux dignitez, pour en exclure le merite,
l'ignorance se couure de toutes sortes de

robbes, & de toutes fortes de manteaux :
ce font les raifons qui m'ont fait penfer, qu'il n'y auoit pas grand inconue-
nient d'efcrire cette Lettre, & faire cognoiftre, que comme dans voftre opinion vous eftes au deffus des Virgiles, des
Ronfards, & des Malherbes; auffi dans la
vérité, vous eftes infiniment au deffous de
Claueret, ie n'ay pas refolu d'attaquer
voftre Cid, ce feroit ou perdre des paroles, ou reffembler à ces oyfeaux qui fe
iettent fur les corps morts, que d'autres
ont portez par terre. L'aduantage eft demeuré franc à celuy qui l'a entrepris le
premier, & vous auez fort bien monftré
que vous n'eftes point homme d'efclairciffement, puifque vous n'auez refpondu
à pas vne des obiections, ni leué aucun
des doutes ou des fcrupules de voftre Cenfeur, ny rien propofé qui peût fatisfaire
le Lecteur; en fin apres la confeffion que
vous auez faite, que le Cid a defia efté mis
en Poëme dramatique, il ne vous peut re-

ſter autre gloire que celle d'eſtre Plagiaire, & de rimer puerilement apres
trente ans d'eſtude. Vous dites pourtant
que l'on ne vous reproche que ſoixante
vers de larcin en vne piece de deux mille :
ceux qui ont leu l'original entier, aſſeu-
rent qu'il n'y a pas vn mot en voſtre ouurage qui ne ſoit tiré de l'Eſpagnol, &
ceux qui n'en ont veu que ce que l'Autheur des Obſeruations en a remarqué,
diſent que ſi vous euſſiez eu l'eſprit de
changer quelque choſe, vous n'euſſiez iamais traduit mot à mot l'endroit ou Rodrigue recherche de combat le Comte de
Gormas, où il ſemble que l'Autheur Eſpagnol & vous, ayez à prix fait entrepris
de vous rendre ridicules. Ie vous excuſe
pourtant, car comme vous n'eſtes pas
Caualier, vous n'eſtes pas homme pour
preſter des paroles bien ſeantes à Rodrigue, en vne occaſion de cette importance ; d'ailleurs vos amis vous loüent, & font
ſonner hautement, que ne pouuant ſeruir

le Roy de voſtre eſpée, contre les ennemis de la Couronne, vous ne laiſſez pas
de faire des courſes ſur eux, & piller ce
qu'ils ont de plus beau ; ils deuroient ad-
iouſter que vous le faites ſeurement, &
qu'en eſchange vous ne leur laiſſez rien
de quoy ils puiſſent faire buttin ; en effet
il n'eſt pas à craindre, que par droiĉt de
repreſailles , ils viennent prendre ſur
vous la Vefue, ou la Gallerie du Palais,
voſtre pauureté vous defend de leurs pil-
lages, & vous reſſemblez à ces miſerables
peuples qui ſe font ſauuez de la domination de tous les Empires , & de qui les
Conquerans n'approcherent iamais. On
louë encore la moderation que vous auez
teſmoignée , car ſi d'autres que vous ,
n'euſſent deſcouuert ce larcin, vous ne
vous en fuſſiez iamais vanté, quelques vns
penſent pourtant que cet artifice doit
faire foubçonner que ce qu'il y a de bon
dans le reſte de vos œuures, a eſté puiſé
dans la meſme ſource. A la verité ceux

qui confidereront bien voftre Vefue,
voftre Gallerie du Pallais, le Clitandre,
& la fin de la Melite, c'eft à dire la frene-
fie d'Erafte, que tout le monde aduoüe
franchement eftre de voftre inuention,
et qui verront le peu de rapport que ces
badineries ont auec ce que vous auez dé-
robé, iugeront fans doute que le commencement de la Melite & la Fourbe des
fauffes lettres, qui eft affez paffable, n'eft
pas vne piece de voftre inuention. Auffi
l'on commence à voir clair en cefte affaire, & à defcouvrir l'endroit d'où vous l'a-
uez pris, & l'on en aduertira le monde en
temps & lieu : mais l'on ne fe peut affez
eftonner du deffein qui vous a fait mettre la main à la plume, pour efcrire vne fi
mauuaife lettre, & principalement n'ayãt
rien à repartir contre ce que l'on vous
auoit objecté : quelques-vns penfent que
vous ne l'auez fait que pour monftrer
que vous fçauez le mot d'Hemiftiche,
d'autres iugent que vous auez voulu faire
l'entendu,

l'entendu, & que par vne façon fatyrique
vous n'auez voulu refpondre que par
mefpris; mais ceux-là vous confeillent
en amis, de n'entreprendre pas ce genre;
voftre efprit eft froid & ftérile, & vous
n'eftes pas affez picquant pour vous mefler de la Satyre. Pour moy, ie croy qu'encore en cela vous auez voulu faire le
grand Poëte, & qu'à caufe peut-eftre que
vous auez leu chez Seneque, que la grace
de bien efcrire n'a iamais efté donnée toute entiere à vne feule perfonne; que les
plus grands Poëtes n'ont pas efté heureux en profe; vous auez penfé que voftre
impertinence en ce genre, pourroit encore feruir à voftre gloire. A la vérité, fi vous
reffembliez auffi bien aux bons Poëtes à
faire de bons vers, comme vous leur ref-
femblez à faire de mauuaife profe, l'on
vous pourroit placer au premier rang.
Bon Dieu! quelle façon d'efcrire eft la
voftre, & combien en ce point, eftes-vous
au deffous, ie ne dis pas de Claueret, mais

B

du moindre Secretaire de ſainct Innocent;
voſtre diſcours n'eſt non plus raiſonné
que les ſonges d'vn homme qui a beu; iamais galimatias faict à plaiſir ne fut moins
intelligible , la diction en eſt baſſe, ſans
eſtre naïfue; extrauagante , ſans eſtre maje-
ſtueuſe ; & ceux qui vous ont engagé en ce
genre d'eſcrire , ont veritablement trouué
l'endroit par où il vous falloit ruiner de reputation; ſi vous euſſiez eſté bien conſeillé, à moins que de trouuer vn exemplaire
Eſpagnol pour faire voſtre lettre , vous ne
l'euſſiez iamais entrepriſe. Quant à Claueret, vous l'auez vengé vous meſme; &
comme les mouſches auec leur aiguillon
laiſſent la vie dans les playes qu'elles font,
vous auez perdu ce que vous auiez de reputation dans celles que vous avez voulu
faire à ſon honneur ; apres cela neantmoins vous rempliſſez vos eſcrits des plus
belles vanitez du monde dans l'epiſtre liminaire du Cid, vous couchez plus hardiment de la poſtérité que n'ont iamais faict

Virgile, Horace ny Ouide; vous vfurpez
ce genereux orgueil que la confcience
d'vn rare merite faict naiftre d'ordinaire
dans les grands efprits. Vrayement fi vos
efcrits vont iufques à la pofterité, le fruict
qu'elle en tirera fera merueilleux, mais ce
fera de la mefme façon que les Lacedemo-
niens faifoient enyurer leurs efclaues, pour
donner horreur de l'yurongnerie à leurs
citoyens : elle f'imaginera que ces ouurages
auront efté faicts à deffein pour inftruire
par le contraire, & apprendre ce qu'il faut
euiter. Vous dites pourtant que l'amour eft
celuy qui vous a faict Poëte, qu'il vous a
tenu la main, & qu'il eft le pere de vos vers;
le pauure garçon! il ne fallait plus que cela
pour l'acheuer, & ce n'eftoit pas affez
qu'on l'euft accufé de tous les malheurs du
monde, qu'on l'eut faict la caufe des meurtres, des guerres, des defolations des Eftats,
fi vous ne le faifiez encor autheur de vos
fottifes. Mais fi cela eft, il a mal faict fon
profit dans l'efchole des Mufes, quand il

fut arresté prisonnier, qu'il beut en leur
fontaine, & apprit leur meftier, l'on iugera
fans doubte comme il change fouuent
d'habit, qu'apres auoir esté Berger chez
le Taffe, il eft encore deuenu Courtaut de
Boutique, & qu'en cet eftat il a appris ces
gallanteries plus que bourgeoifes qu'il
vous a dictées, pour mettre en la bouche
de vos Acteurs, c'eft de là qu'il a tiré ce
beau compliment que vous faictes dire à
Clarice,

> *Tu tranche du fafcheux, Belinde & Chry-*
> *folite*
> *Manquent donc à ton gré d'attraits & de*
> *merite.*

Et cet autre,

> *Apres ceste responfe, il eut don de filence.*

Et cet autre,

> *Touche, pauure abufé, touche la groffe corde.*

Et cet autre à vn Caualier qui a la main à
l'efpée,

> *Faire icy du fendant, alorsqu'on nous fepare,*
> *C'eft monftrer vn efprit lafche autant que*
> *barbare.*

Et mil autres que ie pourrois icy entaffer,
fi ie ne craignois qu'il falluft faire l'impreffion de toutes vos œuures. Apprenez donc
auiourd'huy que quand aux trente ans
d'eftude que vous auez fi mal employez,
vous en auriez encore adioufté trente autres, vous ne fçauriez faire que vous ne
foyez au deffous de CLAVERET.

LETTRE

DV

DES-INTESSE',

AV SIEVR MAIRET.

M ONSIEVR,

Il faut que le Cid de Monfieur Corneille foit
fait fous vne eftrange conftellation , puis qu'il a
mis tout le Parnaffe en rumeur , & que prefque
tous les Poëtes font reduits à la profe : Ie veux
quafi mal à fon trop de merite , puis qu'il eft caufe
d'vn fi grand defordre. Au commencement (il eft
vray) que ie vis ietter cefte pomme de difcorde , ie
ne fus pas fafché de voir naiftre vn peu de ialoufie
en voftre efprit , & i'efperois que le feu de la colere donneroit plus de force à vos vers , à vous vne
honnefte emulation , & que par de nouueaux efforts vous tafcheriez d'ataindre à la courfe celuy
qui auoit pris les deuands. Neantmoins foit que
vous reconnoiffiez vos forces trop petites pour

A

vn deſſein ſi haut , ou que l'enuie ne vous inſpire
que de laſches reſolutions , vous ſerez ſatisfait en
apparence ſi vous pouuez faire deſcendre Monſieur Corneille du lieu où beaucoup d'honneſtes
gens l'ont placé , parce que vous n'y pouuez pas
monter. Vous l'appellez Iſçare parce qu'il vole
au deſſus de vous : Il vous fera voir à la piece qu'il
prepare , que ſes aiſlés ſont aſſez fortes pour le
ſouſtenir , & que n'eſtans pas de cire , vous n'eſtes
pas auſſi le Soleil qui les luy fera fondre : Ce n'eſt
pas de vous qu'il doit attendre le coup mortel. Ie
croyois qu'apres les vains efforts de l'Obſeruateur
du Cid , perſonne n'auroit iamais la vanité d'attaquer la renommee de ce fameux ouurage , & qu'à
l'exemple de Monſieur de Scudery , qui pour tout
fruiſt de ſes veilles n'a remporté que le tiltre
denuieux ; tous ceux à qui ſon eſclat fait mal aux
yeux ſeroient ſages à l'auenir , et ne s'attireroient
plus l'auerſion des honneſtes gens par de nouuelles calomnies. Mais peut-eſtre vous eſtes-vous
creu plus conſiderable , & qu'apres auoir attiré
Monſieur Corneille au combat , vous ſeriez aſſez
puiſſant pour le ruiner , & faire voir à tous ceux
qui ont eſtimé le Cid , que leur ignorance eſt la
cauſe de leur approbation , & qu'à vous ſeul l'a-
uenture eſtoit deuë de rompre le charme qui
nous ſilloit les yeux , & nous faire voir la verité
cachee, Apres cela , beau Lirique , pouuez-vous accuſer vn autre de la preſomption d'Icare ? Si le
Cid n'euſt pas eſté aſſez fort de luy-meſme pour
ſouſtenir de ſi foibles aſſauts que ceux qu'on luy a
liurez , & qu'il peut attendre de vous , ſon Autheur l'euſt fortifié par vn ouurage digne de luy.

Mais le merite de fa caufe auoit trop intereffé
d'honneftes gens à son party , pour qu'il luy fuft
neceffaire d'entreprendre fa deffence. Ses heures
font trop precieufes au public , puis qu'il les em-
ploye fi dignemēt, pour fouhaiter de luy qu'il les
perde à vous refpondre. Vous eftes de ces ennemis qui employent la rufe , apres auoir eu du defaduantage par la force ouuerte. Vous feriez vn
grand coup d'eftat pour vous autres , fi par vos
adreffes vous obligiez Monfieur Corneille à refpondre à Monfieur Claueret , & fi par de petites
efcarmouches vous amufiez un fi puiffant ennemy ; vous diffiperiez vn nuage qui fe 'forme en
Normandie , & qui vous menaffe d'vne furieufe
tempefte pour cét hiuer : Cela vous doit eftre dautant plus fenfible , que voftre iugement eft affez
net pour preuoir voftre ruine , et voftre efprit trop
·foible pour l'empefcher. Ie trouue vn peu eftrange la comparaifon que vous faites auec luy , ie
veux bien m'en feruir côtre vous mefmes, n'ayant
pas deffein d'employer de meilleures armes que
les voftres pour vous battre. Vous le feignez reduit au deplorable eftat où vous eftes , & voulez
que pour fe fauuer il s'accroche à tout ce qu'il
rencontre. Ie ne puis iuger que le fuccez du Cid,
& de fes autres pieces, luy ait efté fi def-auanta-
geux, qu'il ait efté obligé de fe baftir vne reputation fur la ruine de la voftre, & ne pouuaut fe fauuer que par voftre perte, il ait tafché d'obfcurcir
voftre nom qui ne luy donna iamais d'ombrage.
Il euft efté à plaindre, fi pour auoir de l'eftime il
euft efté contraint d'employer de fi lafches
moyens. S'il a fait profit de fon eftude, & qu'il ait

habillé à la Françoise quelque belle pensee Espagnole, le deuez vous appeller voleur, & luy faire
son procez ? Si la charité vous oblige à l'auertir
publiquement de ses deffauts, que ne faites-vous
iustice à vous mesme? vous passeriez pour Corneilles deplumees, si vous auiez retranché de vos
ouurages, tout ce que vous auez emprunté des
estrangers. Ie ne blasme point Monsieur de Scudery de sçauoir si bien son Caualier Marin : C'est
vne source publique où il est permis à tout le
monde de boire ; sans luy il ne nous auroit pas fait
voir vn Prince deguisé, qui a passé pour la plus
agreable de ses pieces. Le Pastor Fido mesme n'a
pas eu moins d'estime dans l'Italie, pour auoir
emprunté des pages entieres de Virgile. Les liures sont des tresors ouuerts à tout le monde, où
il est permis de s'enrichir sans estre suiet à restitu-
tion, non plus que les abeilles qui picorent sur les
fleurs. Ce n'est pas qu'il se faille indifferemment
charger la memoire de toutes choses : au contraire, la plus grande partie ne merite pas d'estre leuë ;
C'est à la raison à faire le choix des bonnes, &
Monsieur Corneille les connoist trop pour les
aller chercher chez Monsieur Claueret. Ie m'é-
tonne de ce que vous le voulez faire passer pour
vn si celebre voleur, & que vous le faites arrester
à piller où il y a si peu de butin. Ce n'est pas que ie
veille mespriser Monsieur Claueret, au contraire,
i'estime ceux, qui comme luy s'efforcent à se tirer
de la bouë, & se veulent elleuer au dessus de leur
naissance. Mais aussi ne faut-il pas qu'il se donne
trop de vanité : Il a bonne grace à se donner l'estra-
pade, pour mettre Monsieur Corneille au dessous

de luy, & à reprocher aux Normands que pour
eftre accouftumez au cidre, ils s'enyurent facilement lors qu'ils boiuent du vin : Il fçait le contraire par experience, apres en auoir verfé plufieurs fois à Monfieur Corneille : Ce qu'il ne
peut pas nier, non plus que ç'a efté l'enuie qui luy
a mis la main à la plume, puis qu'il auouë que
l'Autheur du Cid en l'attaquant auoit perdu fa
reputation, comme les moufches qui perdent leur
efguillon en piquant. Confeffe-il pas que la feule
gloire de Monfieur Corneille a fait prendre l'ef-
for à fa plume; que ie le tiendrois heureux fi ce noble efguillon luy eftoit demeuré, et s'il s'eftoit enrichy d'vne fi belle defpoüille. Il doit remercier
celuy qui l'a mis au nombre des Poëtes, quoy qu'il
l'aye mis au dernier rang : c'eft plus qu'il ne deuoit
pretendre raifonnablement. Ie ne touche point
fon extraction ; & ie ne tiens pas qu'vn honnefte
homme doiue offencer toute vne famille pour la
querelle d'vn particulier. Il eft icy queftion feulement du merite d'vn Poëme, & vous auez fort
mauuaife grace à quitter voftre fuiet pour dire
des iniures, & des reproches que l'on vous peut
faire fans iniuftice. Puis que vous auez parlé de
vos pieces de Theatre, fouffrez que ie me ferue de
la mefme liberté dont vous auez vfé auec Monfieur Corneille : & quoy qu'elle vous foit autant
iniurieufe, trouuez bon que ie vous detrompe, &
que ie vous dife vos veritez. Vous ne deuez pas
faire d'excufes qu'à vous mefme, d'auoir ofé mettre en paralelle voftre apprentiffage auec le Cid :
La difference y eft fi grande, que qui n'y en mettroit pas s'accuferoit d'ignorance, & vous ne le

pouuez fans eftre prefomptueux. Mais s'il eft du
Parnaffe comme du Paradis, où l'on ne peut auoir
d'entree auec des biens mal acquis : Tombez d'accord auec tout le monde que vous en eftes exclus,
fi vous ne reftituez la plus grande partie de voftre
reputation, à vn maiftre qui par excez de bonté
ne s'eft pas contenté de vous receuoir chez luy genereufement au fort de vos miferes : Mais qui par
fon approbation, & par l'honneur qu'il vous a
fait en vous regardant d'affez bon œil, a obligé
tous fes amis à dire du bien de vos ouurages : C'eft
de luy feul que vous tenez le peu d'eftime que
vous poffedez ; non du merite de vos œuures, qui
ne font pas fi parfaits, que tout le monde n'y ait
remarqué de grands deffauts. Vous faites bien de
prendre du temps pour iuftifier la Siluanire, le
Duc d'Aufone, la Virginie, & la Sophonifbe, fi
vous le faites, i'auouë que l'ouurage fera bien cô-
fiderable, puis que par luy vous ferez l'impoffible. A tout hazard ie ne vous confeille pas de les
porter à la cenfure de l'Academie, de peur d'vne
trop grande confufion. Vne pareille crainte n'a
iamais empefché Monfieur Corneille de fe fouf-
mettre au iugement d'vne fi celebre compagnie :
C'eft une defference qu'il a toufiours renduë à fes
amis, & n'a iamais eu honte d'auoüer fes fautes
quand on les luy a fait connoiftre : Il fera beaucoup moins de difficulté, de fubir le iugement de
tant d'excellentes perfonnes, quand ils fe vou-
dront donner la peine d'examiner ce qu'il a donné au public ; & ne manquera iamais à rendre le
refpect qu'il doit à la dignité de leur chef. Mais
puis que vous auoüez que les iniures mal fondees

font les armes des harangeres , ie vous confeille de ne vous en plus feruir, & de vous taire auffi
bien que Monfieur Corneille , du depuis que
fes enuieux ont fait leurs efforts le à faire parler
Quoy qu'on luy vueille attribuer beaucoup de
petites pieces qui ont efté faites en fa faueur, ie
fçay de bonne part qu'il n'en cognoift pas les autheurs. Puis qu'il garde fi religieufement le filence, imitez-le en la moderation de fon esprit, fi
vous ne le pouuez en fes Poëmes : Fuyez la trop
grande ambition que vous condamnez aux autres, & qui a defia penfé cauſer voftre ruine entiere : Ne trouuez pas mauuais la franchife de mon
difcours , ie ne fuis pas moins voftre feruiteur fi ie
vous dis vos veritez, *Amicus Plato, amicus fœra-*
tes , fed magis amica veritas.

F I N.

ADVERTISSEMENT
AV BESANC.ONNOIS
MAIRET.

M. DC. XXXVII.

ADVERTISSEMENT
AV BESANC,ONNOIS MAIRET.

IL n'eſtoit nullement beſoin de vous donner la geſne deux mois durant à fagotter vne malheu-reuſe Lettre, pour nous apprendre que vous eſtes auſſi ſçauant en iniures que voſtre ami Claueret & tous les Crocheteurs de Paris. Cette belle Poëſie que vous nous auiez enuoyée du Mans, ne nous permettoit pas d'en douter ; & bien que vous y fiſ-ſiez parler vn Autheur Eſpagnol, dont vous ne ſça-uiez pas le nom, la foibleſſe de voſtre ſtyle vous découuroit aſſez. Ainſi vous auiez beau vous ca-cher ſous ce meſchant maſque, on ne laiſſoit pas de vous cognoiſtre, & le Rondeau qui vous reſpon-dit parloit de vous ſans ſe contredire : Que ſi l'epi-thete de Fou ſolennel vous y deſplaiſt, vous pouuez la changer, & mettre en ſa place INNOCENT LE BEL, qui eſt le nom de guerre que vous ont don-né les Comiques. Deffaites-vous cependant de la penſée que Mr Corneille vous ait fait l'honneur d'eſcrire contre vos ouurages, s'il daignoit les en-treprendre, il y monſtreroit bien d'autres defauts que n'a fait celuy qui s'en eſt raillé en paſſant ; & certes en ce cas il prendroit vne peine bien ſuper-flüe, puiſque pour les trouuer mauuais, il ne faut que ſe donner la patience de les lire. C'eſt vn em-ploy trop indigne de luy pour s'y arreſter ; & tous les vains efforts de vos calomnies ne le ſçauroient

reduire à cette honteufe neceffité d'abaiffer voftre
reputation pour fouftenir la fienne : Vn homme
qui efcrit doit eftre en bien mauuaife pofture quãd
il eft forcé d'en venir là : *Nemo* (dit Heinfius, dont
l'obferuateur fait fon Euangelifte) *de aliena reprehen-
fione laudem quærit, nifi qui de propria defperat.*

Mais vous ne vous contentez pas de luy attribuer les deux Refponfes au Libelle que vous de fad-
uoüez, vous tafchez de luy faire des ennemis dans
fa Prouince, en expliquant la premiere fur vne perfonne de haute condition que vous n'ofez nommer
de peur de fes reffentimens contre vne explication
fi impertinente. Ne recourez point à cette artifi-
cieufe impofture; ie puis affeurer que i'ay veu depuis deux iours efcrit de fa main, qu'il n'a fait aucune des deux, & que non feulement il ne fçait qui
c'eft que fon amy dépeint dans la premiere, ny de
qui vous parlez dans la voftre, mais qu'il tient mefme pour certain que cette Refponfe n'attaque perfonne de la Prouince.

Pour moy ie ne puis foupçonner qu'elle s'adreffe à vn autre qu'à vous, le galant homme dont elle
eft partie, tefmoigne eftre particulierement inftruit
de vos qualitez. Il vous taxe de ieuneffe, c'eft dequoy vous vous vantez dans voftre Epiftre du
Duc d'Offonne : Il vous accufe de manque de iugement, il ne vous fait pas grand tort, ce feroit vous
flatter s'il vous traictoit d'autre façon. Vous ne re-
fuferez pas la compagnie du feigneur Claueret
qu'il vous donne, c'eft un homme à cherir, il peut
faire fortune, & fon horofcope luy promet beaucoup, puifque vous afpirez defia à eftre vn iour de
fes domeftiques. Sous ombre de la foye dont la

Poefie vous a couuert, vous voulez paffer pour
honnefte homme d'origine, il faut de la foy pour le
croire, veu qu'on fçait le contraire. Il vous donne
aduis de vous deffaire de vos belles figures, vous
euffiez bien fait d'en vfer; on n'euft pas veu dans
voftre Lettre ces infolentes comparaifons de Monfieur Corneille auec des domeftiques dont vous ne
nommez point le maiftre, & auec voftre amy Claueret, qui me forcent à en faire maintenant de plus
veritables, & à vous dire que celuy que vous offencez s'eft affis fur les fleurs de lys auant que Claueret portaft de manteau, & que vous n'eftes pas de
meilleure maifon que fon valet de chambre. Il
vous auoit autrefois de fon amitié, dont
vous vous eftes montré fort indigne. On n'entend
rien de plus familier en vos difcours, finon que le
Cid eft vn beau corps plain de playes, vn bel enchantement, la dupe des fots, vne beauté fardée &c.
Vous pouuez iuger à toutes ces marques, fi le galant homme vous cognoiffoit parfaitement.
Il n'y a qu'vn point qui me pourroit laiffer quelque difficulté, c'eft qu'il vous fait plus riche que
Claueret. Quoy que vous foyez de loin, on fçait
fort bien que la fortune ne vous a pas auantagé plus
que luy, & que les prefents qu'elle vous a faits à
voftre naiffance, ne font pas fi grands qu'on ne les
puiffe cacher dans le creux d'vn violon : Auffi vous
n'eftes point en peine de faire des carauannes de
Befançon à Paris, & de Paris à Befançon, vos affaires ne vous rappellent point à voftre pays, & vous
gouuernez aifement par Procureur le bien que
vous y auez laiffé.

Pour confirmer ces veritez, ie n'aurois qu'à

nommer le maiftre que vous vouluftes feruir, lors
qu'apres auoir importuné quatre iours les Comediens pour voftre Cryfeide, ils vous jetterent vn
efcu d'or afin de fe deffaire de vous, mais ie m'en
veux taire pour l'honneur des vers. Paffons à voftre Lettre.

Vous eftes toufiours sur les comparaifons, &
apres auoir propofé ce ridicule parallele de la Siluie & du Cid, vous adjouftez que quelque efclat
qu'elle ait eu quatre ans durant, vous ne l'auez point
appellée voftre chef d'œuure ny voftre ouurage
immortel; vous auez bien fait pis. Son fuccez vous
enfla tellement, que vous euftes l'effronterie de
prendre la chaire & de mettre vn art poëtique au
deuant de voftre Siluanire. Ieune homme, il faut
apprendre auant que d'enfeigner, & à moins que
d'eftre vn Scaliger ou vn Heinfius, cela n'eft pas
fupportable. Il eft vray que vous en faites maintenant reparation au public, en aduoüant que toute
cette belle doctrine n'eft qu'ignorance, puifque
vous recoignoiffez des défauts aux Poëmes que
vous auez produits apres; vous promettez toutesfois de les iuftifier; accordez-vous auec vous mefme, beau Poëte, & fouftenez-les fans tache, ou n'en
entreprenez pas la iuftification. Mais donnons vn
coup d'œil à ce bel art poëtique.

Dès le commencement vous vous efchappez &
faites vne definition du Poëte à voftre mode. *Le
Poëte* (dites vous) *eft proprement celuy qui doué d'vne
fureur diuine, explique en beaux vers des penfées qui femblent ne pouuoir eftre produites du feul efprit humain.* O
l'excellent Philofophe, qui decouure bien la nature
des chofes! Ie ne m'eftonne plus s'il ne fait point

confcience de manquer de iugement en toutes fes
pièces, il croit la fureur de l'effence du Poëte, voilà
vn parfait raifonnement. Si ie voulois bien l'empefcher, ie luy demanderois ce que c'eft qu'vne fureur diuine, mais ie me contenteray de le prier,
puifqu'il pretend auoir droit à l'heritage du Parnaffe, qu'il nous cite quelques-vnes de fes penfées
auffi hautes comme il definit deuoir eftre celles du
veritable Poëte. Quand à moy i'en remarque beaucoup dans fes Liures qui ne peuuent eftre produites de l'Efprit humain, tant elles font extrauagantes,
mais ie n'y en ay point encor découuert qui paffent
la portée d'vn efprit mediocre, foible & rampant
comme le fien.

Cependant il nous eftalle pour Poëmes Dramatiques parfaitement beaux, le Paftor Fido, la Filis
de Scyre, & cette malheureufe Syluanire, que le
coup d'effay de Monfieur Corneille terraffa dés fa
premiere reprefentation. Il excufe encore fort adroi-
tement la longueur du cinquième Acte de cette ad-
mirable piece, fur ce qu'elle eftoit faite pour l'Hoftel de Montmorency pluftoft que pour celuy de
Bourgogne, comme fi les mauuaifes chofes y
eftoient mieux receuës. Sans doute il s'eft imaginé
qu'elle feroit immortelle, parce qu'il n'y pouuoit
trouuer de fin, & c'eft fur cette croyance que pour
conferuer la memoire d'vn homme illuftre, il a fait
planter fur le frontifpice de ce grand ouurage vn
marmoufet qui luy reffemble, & grauer autour de
cette venerable medaille Iean MAIRET DE
BESANÇON. C'eft ce qu'il a fait de plus à propos
en fa vie, que de nous aduertir par là qu'il n'eft pas
né François, afin qu'on luy pardonne les fautes qu'il

fait à tous moments contre la langue.

Reuenons à voſtre Lettre, Monſieur Mairet, n'eſt–ce pas vne belle choſe que l'hiſtoire que vous nous contez d'vn Libraire de Roüen qui mourut à voſtre tres grand regret, pour auoir imprimé voſtre Cryſeide? Nous eſperions qu'en ſuitte vous nous en donneriez l'epitaphe, pour temoignage de cette violente affliction ; vous auez fruſtré le Lecteur de ce contentement, mais pour ſuppleer à voſtre defaut, en voicy vn dont les vers ne valent gueres mieux que les voſtres.

Cy-deſſous giſt Iacques Beſogne
Que s'eſtant mis trop en beſogne
Pour le beau Poëte Iean Mairet
Mourut à ſon tres grand regret.

Apres cette belle hiſtoire vous perdez tellement le reſpect & le ſens commun, que vous auez l'inſolence de preferer voſtre Siluie aux œuures de Meſſieurs de Racan & Theophile, au dernier deſquels vous eſtes ſi eſtroitement obligé, que ſans luy vous ſuiuriez encor la deplorable condition des voſtres. Ce n'eſt pas faire en homme genereux que de payer d'ingratitude tant de bien-faits receus : On ſçait que le Dialogue qui a tant pleu à la Cour, & qui auoit couru plus de deux ans auant qu'on ſceuſt qu'il y euſt vne Siluie au monde, eſtoit de la façon de Theophile ; Ainſi vous vous pariez d'vn habillement emprunté, & ce bel enchantement que vous nommez le Paſtor Fido des Allemands, doibt à ce grand homme ſi peu qu'il eut de grace.

C'eſt à ces meſmes Allemands que vous penſez parler, quãd vous nous aſſeurez ſi magnifiquement
que

que le Cid a perdu à la lecture vne bonne partie de
l'eftime qu'il auoit acquife à la reprefentation.
Quelle impudence ! les extrauagances de Virginie,
les impudicitez du Duc d'Oſſonne, & les coquet-
teries de Sophoniſbe ont merité l'impreſſion, ſi l'on
vous en croit, & celle du Cid deuoit eſtre différée
pour cent & vn an. Ne donnez point à Mr Corneille les mauuais confeils de vos tailles douces, qui
n'ont feruy dans voftre Siluanire qu'à incommo-
der voftre Libraire, & ne faites plus fonner ſi haut
ces grands coups d'efpée que Mr de Scudery a donnez au Cid tout au trauers du corps : Apres en auoir
receu deux mille de pareils, on fe porte encore fort
bien, & ceux que fes raifons de paille ont conuer-
tis, (ſi toutefois elles ont conuerty quelques-vns)
auoient grande enuie de l'eftre.

Au refte nous voyons maintenant ce qui vous
picque, vous vous faschez de ce qu'on a découuert
vos brigues, & les artifices que vous mettez en vfage pour mandier vn peu de reputation, vous vous
plaignez de ce que dit Mr Corneille :

Que ſon ambition pour faire plus de bruit
Ne queſte point les voix de Reduit en Reduit.

On fçait le petit commerce que vous pratiquez,
& que vous n'auez point d'applaudiſſemens que
vous ne gaigniez à force de Sonnets & de reueren-
ces. Si vous enuoyiez vos pieces de Befançon, comme Mr Corneille enuoye les ſiennes de Roüen, ſans
intereſſer perfonne en leur fuccez, vous tomberiez
bien bas, & ie m'aſſeure que quelque adreſſe que
vous apportiez à faire valoir voftre traduction du
Solyman Italien, qui a defia couru les ruelles dix-
huit mois, & qu'on referue pour cet hyuer, le bruit

B

de cette importante piece de batterie ne fera point
faire retraite au Cid.

Criez tant qu'il vous plaira, & donnez aux
Acteurs ce qui n'eſt deu qu'au Poëte, feruez vous
du témoignage de Mr de Balzac, il ne vous fera
point aduantageux, ne traite-t'-il pas Mafiniſſe &
Brutus de meſme que Iafon qu'il nomme le premier, pour monſtrer, qu'il eſtime plus ſon Autheur
que vous? Et veritablament vous auez eſté touſiours
tellement au deſſous de luy, dès qu'il a pris la plume, qu'il n'auoit point befoin de faire vn Cid pour
paſſer deuant vous, tant de beaux Poëmes dont il a
enrichy le Theatre, vous laiſſoient defia loin der-
rière. Parlez en homme deſintereſſé, & on vous
eſcoutera. Si le malheur a voulu que la Mariane &
le Cid ayent eſtouffé le debit de toutes vos rimes, il
faut prendre patience, & ne murmurer point contre les nouvelles grâces qu'on a trouuées au Cid
depuis qu'il a eſté imprimé.

Vous vous plaignez de ce que Mr Corneille ne
ſ'eſt pas foumis au iugement de l'Academie. Pour
le mettre en tort il faudroit que vous & l'obferuateur y foumiſſiez vos ouurages, ce n'eſt pas la raifon qu'il foit cenfuré tout feul, iamais il ne refufera
de prendre ces Meſſieurs pour Iuges entre Medée
& Sophonifbe, & mefmes entre Clitandre & Virginie, mais non pas entre le Cid & vn Libelle.

Ie finirois fi vous ne m'auiez obligé à lire voſtre
Epiſtre du duc d'Oſſonne, vous nous y renuoyez
pour y voir voſtre modeſtie qui eſt ſi grande, que
dés le tiltre vous traitez le Procureur general de
voſtre Parlement, comme vous feriez vn Procureur Fifcal de quelqu'vne de vos hautes Iuſtices.

Cette arrogante familiarité avec vn des principaux
Magiftrats de voftre pays debutoit affez bien &
vous euft fait paffer pour homme de marque, fi
dans voftre Epiftre la baffeffe de voftre inclination
n'euft découuert celle de voftre naiffance. Ce fou-
hait famelique d'eftre receu au Louure auec des
Hecatombes de Poiffy, tient fort de voftre pauureté originelle, & puifques vous eftes fi affamé, vous
ferez aifé à accorder fur ce poinçt auec Mr Corneille, qui fe contentera toufiours de ces honorables
fumées du cabinet dont vous eftes fi degoufté, cependant qu'on vous enuoyera dans les offices
vous faouler de cette viande delicate pour qui
vous auez tant d'appetit.

Le refte de cette Epiftre n'eft que vanité, vous
vous perdez dans la refleçtion de grandes pro-
duçtions & vous vantez d'auoir efté l'Idée vniuer-
felle des grands Genies que vous nõmez, cõme s'il
eftoit à croire qu'ils vous euffent confidéré. Mais
n'auez-vous pas bonne grace vn peu apres de traitter d'inferieurs, & quafi de petits garçons les Autheurs de Cleopatre & Mitridate, pour qui vous
faites vne claffe à part? Vous ne fçauriez nier que
cette Cleopatre a enfeuely la voftre, que le Mitridate a paru fur le Theatre autant qu'aucune de vos
pièces & que l'vne & l'autre à la leçture l'emportent bien haut fur tout ce que vous auez fait. Voftre
ftyle n'eft qu'vne jolie profe rimée, foible & baffe
prefque par tout, & bien efloignée de la vigueur
des vers de ces Meffieurs, fur qui Mr Corneille feroit bien marry de pretendre aucune préeminence.

Cet Açte de la Paftoralle Heroïque qui vous fut
donné à faire il y a quelque temps, eft la preuue in-

dubitable de la foibleffe de ftyle que ie vous reproche, voftre or (pour vfer de vos termes) y fut trouué de. fi bas aloy & voftre poëfie fi chetiue, que
mefme on ne vous iugea pas capable de la corriger.
La commiffion en fut donnée à trois Meffieurs de
l'Académie, qui n'y laifferent que vingt-cinq de
vos vers. C'eft vn prejugé fort defaduantageux
pour vous, & qui vous doit empefcher (fi vous
eftes fage) d'expofer vos fureurs diuines au iugement de cette Illuftre Compagnie.

Ie ne parleray point de l'irreuerence auec laquelle vous declamez dans cette Epiftre contre les
grands du fiecle, qui ne recognoiffent pas affez voftre merite, ny du repentir que témoignez de leur
auoir dedié vos chef d'œuures; Le mal que ie vous
veux ne va pas iufqu'à vous faire criminel. Ie vous
donneray feulement un mot d'aduis auant que d'a-
cheuer, que eft de ne mefler plus d'impietez dans les
proftitutions de vos Heroïnes, les fignes de Croix
de voftre Flauie & les Anges de lumiere de voftre
Duc, font des profanations qui font horreur à tout
le monde.

Adieu, beau Lyrique, & fouuenez-vous que
Mr Corneille monftrera toufiours par veritables
effets fur le Theatre, qu'il en fçait mieux les regles
& la bien-feance que ceux qui luy en veulent faire
leçon, que malgré vos impoftures le Cid fera touf-
jours le Cid, & que tant qu'on fera des pieces de
cette force, vous ne ferez Prophete que parmy vos
Allemands.

APOLOGIE

POVR MONSIEVR

MAIRET, CONTRE

LES CALOMNIES DV SIEVR

Corneille de Roüen

M. DC. XXXVII.

APOLOGIE
POVR MONSIEVR
MAIRET, CONTRE LES
CALOMNIES DV SIEVR CORNEILLE
DE ROVEN.

MONSIEVR,
Comme i'ay peu de curiofité, pour les Gazettes & autres marchandifes de Colporteurs, il m'eft tombé par hazard entre les mains vn certain libelle anonyme de voftre façon que vous auez faict imprimer à Roüen, & diftribuer publiquement en cette ville foubs le tiltre *D'aduertiffement à Iean Mairet Befançonnois,* i'ay donc veu de bout en bout cette derniere production de voftre colere digne à la verité de la grandeur de voftre ame & de cette haute fuffifance qui vous a faict dire de vous mefme.

Par fa feule beauté ma plume eft eftimée,
Ie ne doy qu'à moy feul toute ma renommée.

A 2

& le reſte qui ſuit de meſme eſprit, & de meſme
force. En la premiere partie de voſtre inuectiue, au
lieu de defendre voſtre Cid dont il a toufiours
eſté queſtion vous aſſeurez que vous eſtes meilleur Poete que Monſieur Mairet, en la ſeconde,
que vous eſtes beaucoup plus riche, & finalement
en la troiſieſme, des mediſances de ſa perſonne,
vous paſſez outrageuſement a celles de ſa naiſſance ; & le tout a la maniere accouſtumée : C'eſt à
dire, ſans raiſons, ſans preuues, & ſans grace.

Quant au premier poinct ; connoiſſant comme
ie fay la modeſtie de celuy que ie defens, ie ſuis
content pour auoir paix auec vous de vous accorder liberalement & ſans diſpute de ſon coſté, que
vous eſtes meilleur Poete que luy ; C'eſt à vous
maintenant à le perſuader aux autres ; ce que vous
ne ferez pas ſans peine à mon aduis, principalement ſi l'on s'arreſte a la definition du Poete qu'il
a donnée au commencement de la Siluanire apres
Donatus in Terentium, de qui ie vous aprens qu'il l'a
tirée mot à mot, & cependant vous vous en mo-
quez comme d'vne choſe bien ridicule, Dieu vous
le pardonne Monſieur Corneille, vous eſtes le
plus grand Poete du monde ſi l'on vous en croit,

mais veritablement vous eſtes vn eſtrange Cenſeur & vn eſtrange Grammairien; retournez donc
à l'eſcole apres vos trente années d'eſtude ſi mal
employées; informez vous y du credit de cét Autheur & le voyez auec quelques autres de qui
vous aprēdrez les regles & les preceptes de voſtre
meſtier, ſur tout n'oubliez pas de voir l'hiſtoire
d'Eſpagne afin d'y remarquer vous meſme, vne
des plus hautes beueües pour ne pas dire ignoran-
ces dont vn Autheur puiſſe eſtre conuaincu : Vous
auez pris Seuille pour la ſcene de voſtre Cid. C'eſt
a cette grande ville que vous faites venir l'armée
nauale des Maures par vne riuiere & vn flux de
haute mer, qui faiɗ rire ceux qui ſçauent la carte
d'Andaluſie, enfin c'eſt ou vous placez le troſne &
la Court du Roy Fernand, Dieu vous le par-
ne encore vne fois Monſieur Corneille, ſi vous   ^{Voyez}
euſſiez puiſé voſtre ſujet dans ſa ſource vous au-   Mayerne.
riez veu que Seuille eſtoit du temps de voſtre Cid,
ſoubs la domination d'vn Roy Maure, nommé
Almuncamuz, & qu'elle ne fut ſoumiſe au Scep-
tre de Caſtile, que ſoubs le regne de Fernand ou
Ferdinand troiſieſme quelques cent cinquante,
ou ſoixante ans apres la mort de voſtre Roy Fer-

nand, cela ne vaut pas la peine d'eſtre conſideré,
mais au lieu de mettre deux Rois de differentes
religions dans vn meſme troſne & dans vne meſme Cité, vous euſſiez mieux faiĉt ce me ſemble
de dire ingenieuſement en voſtre preface, La Scene du Cid eſt par tout ou l'on voudra comme
celle de mon Clitandre; O! la gentille & rare inuention pour n'eſtre point ſujet aux loix de la religion, & de la couſtume des pays, & pour pecher
inpunement à vn beſoin contre la carte & la Cro-
nologie; ſi ie ne craingnois de vous mettre en
mauuaiſe humeur, & d'alterer voſtre ſanté, ſi che-
re au publicq ie vous cotterois encore vne demye
douzaine d'obſeruations de pareille force qui
vous feroient voir ſans lunettes que voſtre chef
d'œuure; eſt vn beau Ciel ou l'on deſcouure tous
les iours de nouuelles eſtoiles en plein midy, i'en
reſerue la demonſtration mathematique pour
exercer la viuacité de voſtre eſprit en quelque
bonne compagnie de Paris, s'il aduient que ie
vous y rencontre; Ie paſſe donc a la ſeconde partie
de voſtre Philipique harangere, ou vrayment il
paroit bien que vous n'auez pas enuie de donner
ny de receuoir Monſieur Mairet pour caution

tant vous prenez de peine à declárer. a tout le
monde qu'il ne joüit pas de dix mille liures de ren-
te en fond de terre; Ventre d'vn afne; Monfieur
Corneille qu'il eft dangereux d'eftre mal auec
vous, & que vous eftes rude aux pauures gens;
pour cinq ou fix petites railleries qui luy font ef-
chapées fans y penfer fur les imperfections de
voftre Cid, & les vanitez de voftre humeur toute
drole, & toute jolie vous n'en faictes point à deux
fois, vous joüez de l'efpadon fatyrique, fur fa perfonne, & fur fes biens de telle façon que c'eft
grand' pitié; en bonne foy pour vn Poete Comique, vous n'entendez que fort peu la raifon, &
point du tout la raillerie : Si quelque honnefte
homme fe veut donner l'honneur de viure fami-
lierement auec vous, vous le regardez de haut en
bas comme Iaquemart faict les paffants : fi l'on
penfe vous paffer la main fur le dos, vous efgratig-
nez comme vn chat fauuage, & fi doucement
qu'on effaye de vous fangler, vous ruez, & mordez tout à la fois comme le mulet de Meffire
Iean, Dieu me garde s'il luy plaift d'vne colere
comme la voftre, fçauez vous bien qu'en defcouurant la pauureté de mon amy vous luy faictes

auffi grand tort & peu s'en faut auffi grand mal
que fi vous luy coupiez la gorge auec vn rafoir de
pierre ponce empoifonnée? Confiderez s'il vous
plaift le mauuais effect de voftre vengeance immoderée le pauure jeune homme eftoit à la
veille d'efpoufer en face d'Eglife, vne heri-
tiere de cinquante mille efcus ou enuiron, il
eftoit fur le point de toucher a ce que l'on dit vne
pareille fomme qu'on luy preftoit a la banque, fur
fa bonne mine, il eftoit en terme d'achepter vne
charge qui l'eut faiɕt affeoir fur les fleurs de lis
presque auffi dignement que pourroit faire la
voftre de Monfieur l'Aduocat a la table de marbre a Roüen, en vn mot il alloit bien tromper du
monde quand mal heureufement pour luy vous
eftes venu d'efcrier, & fa poefie, & fes affaires, de
telle forte qu'apres ce mefchant aduertiffement
on ne luy preftera plus rien que fur bons gages
encore à deux fols pour efcu; Difcourons plus ferieufement de cette affaire; Qui vous prendroit
maintenant à ferment vous croyez auoir faiɕt vne
belle fcene de la fuitte de voftre Cid, quand vous
luy reprochez qu'il manque des biens de la fortune, comme fi vous l'accufiez d'vn vice, ou fort
　　　　　　　　　　　　　　　　　honteux

honteux ou fort extraordinaire aux gens d'honneur, & de merite, mais auec tout cela ie vous
aprens, fans hyperbole, & fans vanité pour Monfieur Mairet, que depuis dix ans qu'on l'a touf-
jours veu dans la Court, & dans le grand monde,
il a plus faict de defpenfe en honneftes desbau-
ches, & en habits que ne vaudra de noftre vie cette magnifique charge dont vous penfez nous ef-
bloüir auec des termes qui ne feroient bien feants
qu'en la bouche d'vn Chancelier; vous me direz
encore qu'il n'a paru fi fort au deffus de vous que
par les liberalités d'vn Maiftre dont il a reçu
quinze cens liures de penfion a l'age de dix-fept
ans, par les bien faits de fon Eminence, qui luy
font communs auec quantité d'autres, & par la
protection prefente d'vn genereux Amy que tout
le monde connoit affez : l'en tombe d'accord auec
vous, mais auffi faut-il que vous m'auoüiez que
cette façon de fubfifter honorablement fans pa-
trimoine, & fans friponneries, n'eft pas moins vne
preuue de fon merite, que le peu de bien que vous
auez en eft vne de voftre bonheur, & de l'obfcure
parcimonie de vos parens, qui vous auroient bien
mis en peine s'ils fe feuffent treuuez d'humeur ou

B

de naiſſance a viure noblement comme a veſcu
le Pere de mon Amy.

En la derniere partie de voſtre libelle vous·luy
repreſentez la deplorable condition de ſes parents
(ce ſont les propres termes dont vous vſez) auec
vne inſolence, & des diſcours à perte de veüe, qui
ne doiuent receuoir que des reſponſes a baſtons
rompus; C'eſt en cét endroit qu'il n'eſt plus queſtion du Cid, que le jeu paſſe la raillerie, & que
pour la ſatisfaction de ſes amis, ie ſuis reſolu de
vous confondre deuant les voſtres, dont quelques vns pourront ſe donner la peine en voſtre
abſence, de s'informer des·verités que ie vay produire contre vos menſonges.

Voicy donc la piece iuſtificatiue que i'ay reçeüe
de Monſieur Mairet, par laquelle vous aprendrez
a ne faire pas vne autre fais ſi temerairement, la
genealogie d'vne perſonne que vous ne connoiſſez que par les mauuais memoires que vous en
ont fournis voſtre hayne, ou ſes ennemis.

LETTRE
DE MONSIEVR
MAIRET, A M. D. S.

ONSIEVR,

Il ne faut pas fe conneftre fi bien en peinture que Monfieur de Lyancourt, pour defcouurir que ce joly tableau de mes perfections, que vous m'auez faict la faueur de m'enuoyer vn peu tard, eft purement de la maniere du Sieur Corneille; A vous dire la verité, connoiffant le naturel du galant homme comme ie le connois, ie n'en efperois pas autrement vn panegirique, mais il faut auffi que ie vous auoüe que ie n'en attendois pas vne fatyre, fi infolente, & fi groffiere qu'il eft du tout hors d'apparence que les harangeres de Roüen fes dignes compatriotes n'ayent abandonné leurs eftaux pour y trauailler commerialement auec luy, celles des halles de Pa-

B 2

ris, eſtant certainement trop honneſtes femmes
pour ſe diſpenſer à des injures de ſi mauuaiſe grace. C'eſt vne choſe prodigieuſe, que de la peine
que prend ce pauure eſprit à ſe rendre de iour en
iour plus ridicule & de l'indiſcretion auec laquelle, il s'expoſe au hazard d'eſtre mal traité de tant
de gens qu'il offence mal à propos dans ſes pitoy-
ables eſcrits; Ce n'eſt pas de moy que ie parle vous
aſſeurant que dans l'affliction domeſtique, ou
vous ſçauez que ie dois eſtre, ſes coleres, & ſes oû-
trages n'ont pas laiſſé de me faire rire; C'eſt la
quietitude, & la moderation d'eſprit ou ie me
treuue preſentement pour ce ſujet : Mais comme
la puiſſance eſt eſmeüe par l'objet, ie ne ſçay pas ſi
ie ſeray touſiours de ſi belle humeur à ſa rencontre, de mon coſté i'en euiteray les occaſions autant qu'il me ſera poſſible, & pour luy, s'il n'a reſolu de tenter Dieu, & les hommes, il n'en fera
pas moins du ſien; Au reſte il luy deuoit ſuffire ce
me ſemble de continuer à faire la guerre a mes
ouurages comme il auoit deſ ja commencé par
ce premier libelle qui me donna ſujet de luy adreſ-
ſer mon epiſtre familiere, ſans s'emporter à meſdire publiquement, de ma perſonne, & de ma naïf-

sance puis que ce sont des matieres sur lesquelles
ie ne l'ay iamais attaqué quoy qu'il me fust aysé de
verifier d'estranges choses de l'vne, & de l'autre ;
Ie ne me repens pas encore de mon silence, possible a til des parents qui sont honnestes gens &
qui n'estant point complices de ses impertinences
ne doiuent point aussi participer à la confusion
dont il faudroit necessairement que ie les cou-
urisse auec luy : Ie me côtenteray donc pour maintenant de faire voir a quelques vns de nos amis, &
des siens, que ie suis le moindre & le plus obscur
de tous mes parents, de qui la condition n'est pas
si desplorable (comme, vous allez voir), que ie
ne doiue aprehender de leur estre injurieux, dans
la necessité presente qui m'oblige à declarer que
i'ay la gloire de leur apartenir. L'insolence d'vn ennemy qui m'outrage publiquement, parce qu'il
est lasche, & qu'il me croit plus estranger, que ie
ne suis me doit tenir lieu d'excuse en leur endroit :
aussi n'imputeront ils pas ma procedure à vanité,
s'ils considerent que depuis dix ans que ie suis en
quelque sorte d'estime parmy les gens d'honneur
& de qualité, i'ay tousiours eu la discretion de me
cacher a la pluspart des plus aparents d'entre

eux qui ne doiuent pas faire difficulté de m'a-
uoüer, s'ils font honneftes gens, comme
ie le croy, que s'ils ne le font pas, ie me referue la liberté de les traiter de la mefme forte apres
auoir faict connoiftre a tout le monde par des tiltres bien authentiques, que ie ne fuis point im-
pofteur : Voicy donc vn petit memoire genealo-
gique de noftre maifon tel que mon fouuenir me
le peut fournir, en vn temps ou ie ne preuoyois
pas que i'en d'euffe auoir befoin; ie vous l'enuoye
à fin que vous ayez en main dequoy fouftenir ce
que voftre amitié vous pourroit faire aduancer
fur ce fujet en ma faveur.

Ie commenceray par le cofté maternel, comme
par le plus feur & le plus ayfé à iuftifier dans Paris,
ou font affez connües les familles de, Meffieurs les
Le Gras, Molés, Annequins, Moroys, Angenous,
& autres a qui i'ay l'honneur d'apartenir de par
Marie Clerget, ma mère.

Mon bifayeul nommé N. Clerget de Sainct
Difier efpoufa vne Damoifelle Le Gras, fœur de
Noble Homme Pierre Le Gras de Troyes en
Champagne, il en eut fept garçons et vne fille.

Deux de fes fils furent mariés à Troyes, l'vn ef-

*
Ce Pierre
le Gras eut
vne fille
mariée a
vn Seig-
neur de
Marfillé,
dont elle
en eut vne
fille qui ef-
poufa le Si-
eur de Vil-
lebertin.

pousa Demoiselle de Moroy sœur de Monsieur de Moroy Conseiller au grand Conseil il eut deux enfans vn fils et vne fille nommée Marie qui a laissé vn seul fils.

L'autre Clerget espousa vne Dem. Molé, dont sont venus trois enfans deux fils, & vne fille.

Les autres freres ont esté mariés dans Sainct-Disier ville frontiere de Champagne, ils ont eu plusieurs fils dont il y en a trois Cheualiers de Malte, & vn nommé Clerget de Ville au bois, Ambassadeur par deux fois en Ierusalem, pour le Duc de Lorraine il a laissé vn fils de mesme nom.

La Sœur desdits Clerget espousa le Baron de Narcy dont elle eut vn fils qui s'appelle, le Baron de Sainct Vincent, & demeure en la tour de Narcy proche Sainct Disier.

Le plus jeune desdits Clergets nommé Claude espousa Demoiselle Marie Angenou, qui auoit cinq sœurs, D. Anne Angenou espousa Louis de Ville-prouué President de Troyes, dont sont sortis plusieurs enfans.

D. Louise Angenou espousa Iean d'Opterre Sieur de Ville-chetif, elle est morte sans enfans.

*
Monsieur Molé, Procureur General à Paris est de la mesme famille.

*
Cettuy-ci fut mon Ayeul.

D. Catherine Angenou efpoufa le Sieur Bouïlleraut.

D. Aymée Angenou efpousa Noble Homme Vincent Neuelet grand pere de Mad. la Marquife de Sourches, & de Monfieur fon frere Confeiller au Parlement.

D. Colette Angenou fut religieufe aux Dames Des prés lez Troyes.

La mere defdits Angenou, s'apelloit Colette de Châteloup fille d'vn Seigneur de Chanteloup qui demeuroit proche de Troyes.

Lefdites Demoifelles auoient deux freres l'vn fut marié & a laiffé quatre enfans deux fils, & deux filles & l'autre eft mort garçon.

Le Pere defdits Angenous, eut auffi deux freres l'vn s'apelloit Chriftofle, & l'autre Tobie, ils eurent plufieurs enfans, & deux font venus Meffieurs Angenous dont l'vn eft Confeiller au grand Confeil & l'autre Lieutenant General a Sens, de qui la fille a efpoufé Monfieur Mera Sieur de Drouz Confeiller d'Eftat, vn autre Angenou, a efpoufé Demoifelle Anne de Buouille.

Meffieurs de Guife & de Cheureufe òt efté nourris, & efleué chez mò Ayeul à S. Difier.

De Demoifelle Marie Angenou, femme de Noble Claude Clerget de St. Difier, eft fortie Marie Clerget qui efpoufa Iean Mairet de Befançon, mon Pere.

Dans l'alliance des Clergets eft entrée la famille,

des

des Le Gras, par vne fille, & des Le Gras font fortis, Meffieurs Le Gras, Intendant auiourd'huy de
la maifon de la Reyne, & son frére, Euefque de
Soiffons.

Dans la mefme famille des Clergets eft entrée
celle des Molés & des Angenous, par vne fille.

Celle des Angenous, eft entrée plufieurs fois
dans celle des Hannequins.

Celle des Migregnis, Molés, Dorignés, De la
Grand'Fouchere, & de la Male maifon eft entrée
en celle des Angenous par plufieurs fois.

Les armes defdits Clergets, font deux croffes
d'Abbé en fautoir auec vne eftoile en chef.

Celle des Angenous font deux efpées d'argent
en croix ou en fautoir auec vne eftoile.

Celle des Molés vn croiffant & trois eftoiles fi
ie ne me trompe.

Celle des Dorignés trois chandeliers, & vne
eftoile toutes lefdites armes timbrées.

I'ay voulu mettre ces circonftances, comme ne
les jugeant pas inutiles à verifier ce que ie dy.

Pour le cofté Paternel, eftant plus efloigné de
nous, il me feroit plus facile d'impofer fi i'auois
befoin d'autre chofe que de la pure verité pour

*
Il ne me
fouuient
pas du
châp, ny
du metal,
& ie ne
fuis pas en
lieu ou
m'en pou-
uoir en-
querir.

C

conuaincre mon Calomniateur.

Mon grand Pere eſtoit venu de Strasbourg, à
Beſançon pour y prendre les premieres notions
de la langue françoiſe comme c'eſt encore auiour-
d'huy, la premiere ſtation des Allemands, qui
l'ont touſiours aymée, tant pour la raiſon du ter-
ritoire qui ne produit pas de mauuais vins que
pour la liberté de cette ville imperiale ou le ſort
de la guerre luy donna ſujet, de rendre vn teſmoignage publicq de ſa vertu en la perſonne du
Sieur de Beaujeu, Capitaine Lorrain, qu'il arreſta
d'vn coup de pertuiſane, deuant l'Eſgliſe des Car-
mes de Beſançon, qu'il auoit ſurpriſe a la faueur
de la nuit, & des Huguenots bannis de cette ville
là, cette action aſſez heroique, & qui ſauua cette
petite republique, en fut reconnüe par les armes,
les immunités, & la charge de Sergent Majour
qu'elle luy donna, & dans l'exercice de laquelle il
eſt mort âgé de quatre vingt tant d'années.

En premieres nopces, il eſpouſa D. Catherine
Fauche, de la famille des Fauches, de Pontarlier,
dont eſt ſortie M. la Comteſſe de Salnoue, ſon alliance eſtoit de Mantoche, & de Boitouſet, les
noms en ſont aſſez connus dans Beſançon.

*
l'An 1553
*

On luy
permit de
prendre
vne per-
tuiſane
d'or en
champ
de gueule
Cecy ce
peut veri-
fier par les
Annales
de la mai-
ſon de vil-
le de Be-
ſançon.

De ladite Catherine Fauche, & de luy fortirent trois fils, dont l'aifné mourut à Louuain, à la pourfuitte de fes eftudes, le puifné a la bataille de Nuiport, Lieutenant d'vne compagnie de gens de pié dans le regiment des Bourguignons ou Vallons foubs le fieur d'Andelot, & le cadet fut deftiné a la marchandife & a la banque fuiuant la couftume du pays, qui s'obferue aujourd'huy communément fans prejudice de la nobleffe des familles, parmy les plus honorables d'Angleterre, & d'Italie; ou pour l'intelligence du commerce, et la connaiffance des eftoffes d'or, & de foye, il demeura deux ans à Milan, chez Meffer Antonio Caruci, & depuis en France, pour la draperie chez Monfieur Tartier, Marchand de Troyes, mais deuenu feul heritier par la mort de fes freres qui ne furent point mariés il quita cette profeffion fans l'auoir exercée, pour fuiure fon inclination, & les impe-tuofités de fa jeuneffe qui l'obligerent a des defpences, qu'vn autre que fon fils pourroit juftement apeller folles puis qu'elles furent caufe en partie de la ruine de fa maifon; de forte que fon mauuais mefnage, & fa mort precipitée, nous laif-

C 2

ferent ce que nous eſtions d'enfans a la mercy
d'vne Maraſtre qui fut touſiours mon Euriſtée, &
dans vn âge non ſeulement incapable de donner
ordre a nos affaires domeſtiques, mais auſſi d'en
reſentir l'incomodité ; Il eſpouſa donc comme i'ay
dit en premieres nopces, Dem. Marie Clerget
fille de Claude Clerget, & de Marie Angenou, laquelle Marie Clergét il enmena chez ſon Pere,
auec vne deſpēce de nouueau marié de qui les bō-
nes gēs de noſtre païs n'ōt pas encore perdu le ſouuenir pource qu'elle fut ſecondée de la magnificence de ſes amis, & de la jeuneſſe de Beſançon
qui le fut receuoir en armes à demie lieüe de ſes
murailles; ie ne met pas ces particuliarités en auant
pour me glorifier aupres de vous de la fauſſe galanterie de mes parents, qui m'euſſent bien plus
obligé, d'en faire moins, mais ſeulement pour teſ-
moigner à mon Calomniateur, qu'ils eſtoient en
quelque ſorte d'eſtime, & de conſideration parmy leurs concytoyens.

Le reſte de noſtre fortune ſeroit d'vne trop
longue, & trop inutile deduction, S'il me faut
abuſer de voſtre patience, i'ayme bien mieux que
ce ſoit à vous dire mes ſentiments ſur cét honora-

ble libelle, ou fans parler des logogriphes, &
des enigmes dont il eft plein, & qui font purement de l'inuention de fon autheur; Ie remarque
prefque par tout par la peine qu'il prend à me declarer neceffiteux qu'il s'eft imaginé de pouuoir
nuire beaucoup non feulement a mes affaires,
mais encore a fi peu de reputation que ie me fuis
acquis, comme fi ie pretendois au party du Sel, &
que ceux qui me font la grace de m'eftimer ou de
m'aymer, l'auoient pluftoft faict jufques icy par la
confideration de mes richeffes, que par celle du
veritable honneur qu'il ignore, & dont ie fay depuis dix ans vne particuliere & publique profeffion, ie ne fçay pas a la verité de combien, le Sieur
Corneille, peut eftre plus riche que ie ne fuis,
(nous n'auons pas encore compté enfemble,)
mais en tout cas tant que ma pauureté n'aura
point de plus honteufes circonftances que celles
qu'elle a, ie vous affeure que ie ne porteray point
enuie a la magnificence de fon illuftre maifon, de
qui l'ābition la plus immoderée n'a pû s'eftendre
iufques à maintenant au delà d'vne charge de
trois mille efcus, & dont la premiere & prefente
profperité confifte en vn point de fortune; ou

i'ay toufiours mis le dernier malheur de la mienne : Il ne faict pas de moindres efforts pour fouftenir que ie fuis plus mauuais Poete que luy, nous
n'en viendrons iamais aux mains pour cét article,
de tous les fils d'Apollon ie ne connois que Meffieurs du Lot, & Coufin Gaillard qui foient capables de fe gourmer auec luy pour vn fujet de
pareille nature ; C'eft feulement auec ces dignes Riuaux , & ces docteurs en gaye fcience qu'il
peut entrer en conteftation pour la Couronne du
Parnaffe ; ie demeure d'accord auec que luy que fa
poefie, & la mienne n'ont quafi rien qui fe refem-
ble, & qu'on peut dire à fa loüange qu'il s'eft for-
mé luy mefme vne certaine idée de fon meftier
toute particuliére, dont les anciens, & les moder-
nes ne s'eftoient iamais aduifés ; ie luy quite donc
liberalement & fans regret la part que ie pretēds à

> *L'eternité que promet*
>
> *La montagne au double fommet.*

C'eft Guil
len de Caf
tro à qui il
a defrobé,
les princi-
pales poin
tes du Cid
Au tour de laquelle ie me contenteray de ramper comme vn limaçon tandis que cette Corneille d'Horace

> *Sur les plumes d'vn autre impudemment montée*
>
> *Y remplira les airs de ses croaffements*

Et les esgalera d'vne audace effrontée

Aux chants des Rossignols, & des Cignes charmants.

Vous pouuez croire que ce n'est pas de moy que i'entens parler; si i'estois assez vain pour auoir meilleure opinion de mes ouurages que ie ne la dois auoir ie conseruerois pour le moins assez de discretion pour m'empescher de le faire paroistre c'est pourquoy ie treuue mon imposteur bien desraisonnable en cét endroit de son aduertissement ou il dit que ie le menace de mon Solyman, comme d'vne importante piece de batterie (ce sont les termes de son libelle) ie vous asseure que si iauois à le menacer de quelque piece de batterie, ce ne seroit point de celle la; i'en ay d'autres en main qui ne font pas de si grand bruit, & qui feroient beaucoup plus d'effect, si i'estois en estat de les faire joüer; mais c'est trop s'arrester sur vne matiere indigne de nostre entretien, ie finis donc apres vous auoir supplié de faire voir cette lettre en son original, à cinq ou six de nos plus illustres amis & mesme si vous le jugez à propos d'en enuoyer vne copie au Sieur Cerneille de Roüen, Afin qu'apres vne facile & diligente perquisition des veritès qu'elle contient touchant mon origine, & la condition de mes parents, il fe rende iuſtice à luy meſme ſur les injures qu'il m'a dites et qui m'o-bligeroient à d'eſtranges reſſentiments ſi je n'eſ-tois plus genereux qu'il n'eſt laſche ou ſi ie conſi-derois pluſtoſt ſa mauuaiſe intention, que le con-traire effect qu'elle a produit, puiſque la publica-tion de ſon libelle, ne ſeruira poſſible, qu'a me fai-re connoiſtre de bonne grace à quantité de bon-nes familles, & d'honneſtes perſonnes de condi-tion a qui la bien ſceance des choſes, & la natu-relle diſpoſition de mon humeur ne m'auoient pas permis juſques icy de decliner mon nom par regles genealogiques, pour leur aprendre à contre temps que i'ay l'honneur de leur apartenir ie ſuis

M O N S I E V R

Voſtre tres-humble & tres

fidelle ſeruiteur, M A I R E T.

A Belin ce 30. Sept. 1637.

IVgez maintenant, Monſieur Corneille, du tort que vous vous faites à vous meſme, en offençant celuy que ie defends; ſi mal à propos qu'on n'a iamais ouy parler d'vne animoſité ſi brutale, & ſi brutalement teſmoignée : car enfin auancez tant qu'il vous plaira, pour colorer voſtre vilaine procedure, que mon amy vous a premierement injurié, c'eſt vne artificieuſe fauſſeté dont il n'eſt pas bien malayſé de vous conuaincre; l'E'pitre familiere qu'il vous adreſſe eſt en nature, & ſe vend encore publiquement dans le Palais chez Antoine de Sommaiuille; on trouuera qu'elle ne contient autre choſe que la defence de ſes propres ouurages, que vous auiez attaqués de gayeté de cœur, & celle du Sieur Claueret dont vous auez eſſayé de dechirer la reputation, par pluſieurs & diuerſes fois, auec autant d'inſolence, que d'injuſtice; il eſt bien vray que Monſieur Mairet, afin de raiſonner plus gracieuſement auec vous s'y reſiouït en quelques endroits, a vos deſpens, mais la force de ſes raiſons n'y combat rien que la foibleſſe des voſtres, voſtre mauuaiſe conduite en vos procedés, & voſtre ignorance craſſe pour le meſtier que vous profeſſez : la pointe & le ſel de

D

ſes railleries n'y picquent autre choſe que l'excez
de cette auarice qui vous fit imprimer le Cid contre la foy promiſe aux Comediens, à la male heure
pour voſtre honneur, & les vertebres d'vn de vos
meilleurs amis qui s'eſtant ingeré de demãder en
voſtre nom, la ſõme de cent bonnes liures pour le
regain de cette eſclatãte facetie, voulut s'acquiter
de ſa charge en termes imperatifs, cõminatoires,
et dignes de la majeſté d'vne ſi haute cõmiſſion;
de ſorte qu'il ſe vit luy meſme typographiquement imprimé dans la boüe, in folio; c'eſt à dire
tout de ſon long, en grand Saint Auguſtin, *
de lettres groſſes comme de deux poings,

*
C'eſt vn
terme
d'Impri-
merie qui
fait alluſi-
on au nõ
de l'Im-
primeur.

    D'vn fort Bourgeois de Paris
    Qui n'eſt pas des plus petits.

Chaſcun n'entendra pas cette hiſtoriette ſi bien
que vous, n'importe *Qui poteſt capere capiat.*
Vous trouuerez encor que la ſatyre de ſon Epiſtre
n'a voulu mordre principalement que la vanité
de cette humeur qui vous a faiЄ dire de voſtre
ndiuidu,

    La fauſſe humilité ne met plus en credit
    Ie ſçay ce que ie vaux, & croy ce qu'on m'en dit.

    Et de voſtre poeſie,

Ie charme efgalement & peuple, & courtifans,
Et mes vers en tous lieux font mes feuls partifans,
Trop content du fuccez que le merite donne,
Par d'illuftres aduis, ie n'esblouis perfonne
Et fans que mes amis prefchent leurs fentiments,
I'arrache quelques fois trop d'applaudiffements.

Et finalement toutes ces merueilles que vous
nous comptez de voftre perfonne, & de voftre efprit dans voftre imaginaire & fallote excufe a
Arifte, ou vous eftallez vne nouuelle morale auec
des vers qui demandent l'aumofne, & le chemin
des petites maifons. Voila fans contredit tout ce
que Monfieur Mairet vous a iamais dit de plus
offençant foit en vers foit en profe, luy qui deuoit
vous tailler en pieces apres les actes d'hoftilité
que vous auoüez vous mefme auoir exercez premierement envers luy, tant par vn mauuais Rondeau, que par deux lettres fubfecutiues dont l'vne
efgratigne tous fes ouurages, & l'autre fa fortune
& fon origine; pour la derniere, on vous le pardonne ayfément, nous fçauons bien que n'ayant
pas vne circonftance qui puiffe eftre apliquée à
mon amy, vous auez efté contraint de la luy donner pour fatisfaire à la perfonne de condition

qui dans voftre bonne ville de Roüen.

Vous menaça d'vn chaſtiment
Contre qui l'âme la plus laſche,
Fremiroit du reſſentiment

Ce fut au jeu de paume, en vn coin ce dit on
Ou Dame CORNEILLE enfermée
Tremblant ſoubz la main du FAVCON,
Pour la derniere fois creut eſtre deplumée.

Le bruit meſme court vn petit
Que la pauurette en eſmutit.

Contentez vous que i'ay ſçeu l'aduanture par
vne lettre d'vn Gentil-homme qui vray ſembla-
blement en doit bien eſtre informé, c'eſt Monſieur de Charles-val, que ie cite d'autant plus hardiment que ie ſuis aſſeuré qu'il n'y va rien du ſien,
et qu'il ne vous craint que mediocrement, il vous
eſtime encore moins ſi ie ne me trompe, au reſte
ie vous donne aduis que ſans la generoſité de
Monſieur de Scudery qui ſe contente de vous
auoir accablé de raiſons, le chatiment, & la menace dont ie vous parle, euſſent eſté la meſme choſe;
et certes vous l'auiez bien merité pour auoir eu
l'impudence de meſdire d'vne maiſon qui ſe peut
juſtement vanter d'vne nobleſſe de quatre ou

Le Sieur
Corneille
entendra
cette allu-
ſió s'il luy
plaiſt.

cinq fiecles; apres cette indifcrette audace ie ne
m'eftonne plus de celle que vous auez tefmoig-
née en outrageant Monfieur Mairet, luy qui bien
loin de vous injurier, vous exhorte, fi doucement
en deux ou trois endroits de fon Epiftre, à vous
abftenir de cette indigne façon d'efcrire : vous deuiez donc, combatre fes raifons par d'autres, & le
railler à la pareille, de bonne grace ; mais c'eft proprement vous obliger à plus que vous ne pouuez
puifque le raifonnement ne vous fut iamais bien
familier, & que vous n'auez aucune difpofition
naturelle, a la raillerie des honneftes gens ; foit
que vous ayez trop de bile, ce qui paroift a la
chaleur de vos choleres immoderées, ou foit que
vous abondiez en phlegme, & en pituite, ce qui
paroift a la froideur de vos efcrits, & plus vifiblement encore a cette indeficiente roupie qui dif-
tille en toutes faifons de l'alambic de voftre nez,
enfin Monfieur Corneille mon amy quand vous
me donneriez autant de petits Cids qu'vn afne
en pourroit porter, en bonne foy ie ne voudrois
pas eftre en voftre place apres les fotifes que vous
auez faites, il ne s'agit plus de voftre chef d'œuure
abeat in malam crucem, il eft queftion deformais des

particuliers, & des familles entieres que vous auez
offencées à caufe de luy, de telle forte que d'vne
action purement ciuile & poetique, il eft aduenu
que vous en auez faict vne inciuille & criminelle,
& le pis que i'y treuue pour vous c'eft que vous
auez à faire a tant de parties que s'il vous arriuoit
malencontre (ce que Dieu ne veuille) vous
feriez priué de la confolation de fçauoir au
moins à qui vous en prendre : pour Monfieur
Mairet, apres les grands coups de plume, & de bec
qu'il a reçeus de vous & de voftre part, fi l'on
peut juger de l'indolence de fon efprit, par la moderation de fa lettre, i'ofe quafi vous eftre garand
de la debonnaireté de fon humeur, mais à tout
hazard, ne vous y fiez que de bonne forte, & fur-
tout gardez vous bien de mettre fa patience à de
nouuelles efpreuues par de nouuelles calomnies,
car *Me hercle,* en telle verue le pourriez vous
prendre.

Qu'ayant beaucoup d'amis en la ville ou vous eftes
　　　　Et des plus àparents
Luy-mefme iroit vous voir, & vous chanter goguettes
　　　　A la barbe de vos parents.

Affeurez-vous que c'eft vn faux Bourguignon, ic

le connoy côme fi je l'auois nourry, fur ma parolle
il feroit homme à vous faire frafque fur frafque,
piece fur piece, & peripœtie, fur peripœtie ; nonob-
ftant clameur de hors, où chartre normãde, & fuf-
fiez vous armé de Cids jufques au dents fi vous en
auez, efpargnez luy dónc par vóftre filence, vne
maniere de vifite qui vous furprendroit d'autant
plus vilainement qu'il luy prendroit poffible enuie de verifier fur les lieux certains memoires
qu'il a reçeus d'vn Gentil-homme de fes amis
qui vous connoit jufques dans le foye, ie ne veux
pas dire jufques dans le cœur, de peur de mentir,
s'il dit vray (comme ie n'en doute point) il faut
auoüer que tout le corps de voftre race, à la confiderer depuis le front jufques a la plante des pieds,
eft d'vne bien eftrange, & bien extraordinaire difpofition ; car non feulement, il eft comme de
ces infectes, ou l'on ne voit aucune aparence de
parties nobles, mais encore comme de ces vilains
animaux de l'Ifle de Cuba, *vel* Cubas, en qui les
naturaliftes en defcouurent peu qui ne foyent
honteufes; fur cét aduis ie prens congé de voftre
nobleffe pretendüe, apres vous auoir fuplié tres
ironiquement, de me pardonner, fi dans ce petit

labeur que ie vous adreſſe, il m'eſt eſchapé de fa-
miliariſer auec vous, contre les reſpeẟs ordinaires
& extraordinaires que voſtre ſuffiſance me com-
mande, vous aſſeurant, que depuis la gaillarde excuſe a Ariſte, ie me ſuis fait vne ſi plaiſante idée
de voſtre microcoſme, qu'il me ſeroit du tout impoſſible de traiter plus ſerieuſement auec vous;
Adieu donc Monſieur Corneille mon amy, ſi
vous paſſez voſtre quartier d'hyuer à Paris, ie ne
manqueray pas de me donner la ſatisfaẟion de
vous y voir, autant pour m'acquiter de ce que ie
vous doy, comme pour vous aprendre qui ie ſuis,
Que cette curioſité toutefois, ne vous oblige pas
abſolument à prendre le coche ou la mazette, ſi
vous n'auez point de plus importantes affaires en
Cour, que celles du Poeme Dramatique, ie vous
conſeille de demeurer à Rouen, & vous tenir
clos, & couuert a la faueur des Lares paternels ou
maternels.

> *Là vous ferez de mauuais vers*
> *En attendant que les années,*
> *Eſtouffent les effeẟs peruers*
> *De vos malices eſtonnées.*

LA SVITTE

DV CID
EN ABREGE

O V

LE TRIOMPHE DE SON
AVTHEVR , EN DESPIT
des enuieux.

A VILLIERS-COTRETS,
Chez MARTIN BASTON, A l'enseigne du
Vert-galand vis a vis la rüe des
mauuaifes paroles.

AV LECTEVR

AMY LECTEVR,
Le bien heureux fuccez du Cid
qui ne fut jamais qu'vne hape-
lourde; foit en Efpagnol foit en François
accreut tellement la vanité naturelle de
fon traducteur, qu'il obligea Monfieur de
Scudery par fes infolences imprimées, à
defcouurir les defaux de cette farce ferieu-
fes, par des obferuations qui font genera-
lement approuuées de tous les bons efprits defintereffés; apres cela le Sieur Corneille au lieu d'acquiefcer aux arguments
qui le conuainquent, ou de refpondre en
habile homme, emprunta le genie, & le

ſtyle des harangeres de Roüen, pour s'en
feruir genereuſement comme il a faict,
contre quantité d'honneſtes gens, a cauſe
feulement qu'ils ſont amis de ſon Correc-
teur ou partiſans de ſes raiſons; ſa rage
s'eſt particulierement eſtendüe, ſur les
Sieurs Mairet, & Claueret dont il attaque
tous les iours, la reputation, & la naiſſance auec des impoſtures, & des calomnies, qui me font vous dire que cinquante coups de baſton bien apliquez, feront
iuſtement LA VERITABLE SVITTE
DV CID, Adieu.

ADVERTISSEMENT

EN FORME DE

PREDICTION A TRES
BREDOVILLANT POETE COMIQVE
Meſſire Mathurin Corneille, ſur-
nommé Le Noble à la Roſe.

RONDEAV

Ous le verrés cét hyver dans Paris
Bien eſttrillé comme vn cheual de pris
Ce noble Autheur que tout le mõde huë :
Il enflera deſſoubs la paume nuë
De deux ou trois qui l'ont bien entrepris.

Là comme vn chat qui guette la ſouris
Mayret luy meſme & certains Laquais gris
L'attraperont au coin de quelque ruë.
Vous le verrez.

Alors bon Dieu que de pleurs & de cris
Pour ces mauuais & medifants efcris
Ou l'impofture eft par tout reconnuë :
Apres cent coups fi l'afne mord, ou ruë
Ses Aloyaux auront encore pis,
    Vous le verrez.

AV MESME
RONDEAV

CErtainement il feroit bien changé
  Si d'encoulure il s'eftoit defchargé
Et retranché fix grands doits de l'oreille
Ce gros cheual dit Mathurin Corneille
Qui de machoire eft fi bien partagé.
    Ie ne fçay pas quel foin il a mangé ?
Mais on ma dit qu'il auoit outragé
Vn qui bien toft luy rendra la parcille
    Certainement.

    Le gros Pegaze ou diable a t'il fongé
De faire ainfi contre tous lenragé ?
S'il n'eft battu ce fera grand'merueille,
Defia par tout le bafton s'apparcille
Dont fon grand dos doit eftre endommagé.
    Certainement.

L'HOROSCOPE DV MESME.

Vous eftes *Aduocat a la table de marbre*
Dou vient que voftre charge eftant fu-
  jette aux bois
Vn Aftre affez malin qui luy en forme d'arbre
Menace voftre dos, en fignes bien expres
  D'vne influence de cotrets.

BALADE GENEALOGIQVE
A CORNEILLE

ESprit *de fange ame de Sauetier,*
   Dont les Parens ont mené la charrüe,
Sans faire plus crier ton nom parmy la rüe,
Reconnois ta baffeffe, & reprens leur meftier :
  Que fi pour les vers pleins d'amphafe,
  Tu merites quelque loyer,
  Apollon qui veut t'employer
  Te retient pour penfer Pegafe,
  Accepte cet illuftre employ,
  Digne d'vn faquin comme toy.

AV MESME

MADRIGAL

On verra quelque iour ton audace eſtouffée
  Perdre l'inſolence & la voix ;
Et ta lire en ce temps comme celle d'Orphée,
  Te fera ſuiure par du bois.

LETTRE
DE M. L'ABBE'
DE BOISROBERT,
A M. MAIRET.

A Charonne ce 5. Octobre 1637.

Monsieur,

Puifque vous étes extrémement raifonnable, & que vous favez bien que la fujettion illuftre à laquelle je fuis attaché, ne me laiffe pas affez de liberté pour rendre mes devoirs à tous mes amis, je ne vous ferai point d'excufes de m'être autrefois repofé fur les foins de M. Chapelain qui m'a promis de répondre pour moi aux Lettres que vous m'avez fait l'honneur de m'écrire. Il n'aura pas oublié, je m'affure, à vous témoigner la continuation de mon zéle, & je me promets bien que vous connoîtrez vous-même à votre retour que fi je vous ai paru muet, je ne me fuis pas tû devant ceux auprès defquels vous croyez que je puis vous fervir, & que je vous ai gardé une inviolable fidé-lité pendant votre abfence. Ces fix lignes que je vous écris de mon chef, fatisferont s'il vous plaît, Monfieur, à ce que je dois à notre amitié, & vous lirez le refte de ma Lettre comme un ordre que je vous envoïe par le com-mandement de Son Eminence. Je ne

vous celerai pas qu'elle s'eſt fait lire
avec un plaiſir extrême tout ce qui
s'eſt fait ſur le ſujet du Cid, & que
particuliérement une Lettre qu'elle a
vu de vous, lui a plû juſques à tel
point qu'elle lui a fait naître l'envie
de voir tout le reſte. Tant qu'elle n'a
connu dans les écrits des uns & des
autres, que des conteſtations d'eſprit
agréables, & des railleries innocentes,
je vous avoüe qu'elle a pris bonne
part au divertiſſement ; mais quand
elle a reconnu que de ces conteſtations naiſſoient enfin des injures, des
outrages, & des menaces, elle a pris
auſſi-tôt réſolution d'en arrêter le
cours. Pour cet effet, quoi qu'elle
n'ait point vû le libelle que vous at-
tribuez à M. Corneille, préſuppoſant
par votre réponſe que je lui lûs hier
au ſoir, qu'il devoit être l'aggreſſeur,
elle m'a commandé de lui remontrer

le tort qu'il fe faifoit, & de lui défendre de fa part de ne plus faire de
réponfe, s'il ne lui vouloit déplaire ;
mais d'ailleurs craignant que des
tacites menaces que vous lui faites,
vous ou quelqu'un de vos amis, n'en
viennent aux effets, qui tireroient
des fuites ruineufes à l'un & à
l'autre ; elle m'a commandé de vous
écrire que fi vous voulez avoir la
continuation de fes bonnes graces,
vous mettiez toutes vos injures fous
le pied, & ne vous fouveniez plus
que de votre ancienne amitié, que
j'ai charge de renouveller fur la
table de ma chambre à Paris, quand
vous ferez tous raffemblés. Jufqu'ici
j'ai parlé par la bouche de Son Eminence ; mais pour vous dire ingénu-
ment ce que je penfe de toutes vos
procédures, j'eftime que vous avez
fuffifamment puni le pauvre M. Cor-

neille de fes vanités, & que fes foibles
défenses ne demandoient pas des
armes fi fortes & fi pénétrantes que
les vôtres. Vous verrez un de ces
jours fon Cid affez mal mené par les
fentimens de l'Académie ; l'impreffion en eft déja bien avancée, & fi
vous ne venez à Paris dans ce mois,
je vous l'envoirai. Cependant con-
fervez-moi s'il vous plaît quelque
place dans le fouvenir de M. de Belin, faites moi de plus l'honneur de
lui témoigner que je prens grande
part à fon affliction, & que je suis
autant touché que pas un de fes fer-
viteurs, de la perte qu'il a fait. Si
j'avois l'efprit affez libre, je la lui
témoignerois à lui-même ; mais je
me confole quand je penfe que ma
douleur fera plus éloquente en votre
bouche qu'en la mienne, & que
vous n'oublirez rien pour témoigner

les véritables fentimens de celui qui
eft avec paffion.

MONSIEUR,

> Votre très-humble & très-fidéle
> Serviteur,
> BOISROBERT.

A Monfieur,
Monfieur MAIRET,
à Belin.

LETTRE DE

Mᴿ DE BALZAC,

A Mᴿ DE SCVDERY,

SVR SES OBSERVATIONS
DV CID.

ET LA RESPONSE

DE Mᴿ DE SCVDERY,

A Mᴿ DE BALZAC.

AVEC LA LETTRE DE

Mᴿ DE SCVDERY A MESSIEVRS
DE L'ACADÉMIE FRANÇOISE,

fur le iugement qu'ils ont fait du Cid,
& de fes Obferuations.

A PARIS,

Chez Avgvstin Covrbe', Libraire
& Imprimeur de Monfeigneur frere du Roy,
dans la petite Salle du Palais, à la Palme.

M. CD. XXXVIII.

LETTRE

DE Mᴿ DE BALZAC,

A Mᴿ DE SCUDERY,

SVR SES OBSERVATIONS

D V C I D.

MONSIEVR,

Vous ne vous eſtes
pas conſeillé aux Sa-
ges d'Italie, en la diſtribution
de vos bien-faits. Ils vous euſſent dit que vous les deuiez
verſer goutte à goutte, & qu'il
faut faire durer les graces. Mais

A ij

la grandeur de courage, dont
vous faites profeſſion, eſt au
deſſus de ces maximes peu ge-
nereuſes: Elle eſpand le bien à
pleines mains, & vous penſeriez
n'auoir pas donné ſi vous n'a-
uiez enrichy. I'ay trouvé dans
vn meſme pacquet voſtre Lettre, voſtre Requeſte, voſtre
Tragedie, & vos Obſeruations
ſur le Cid. Voila bien des faueurs tout à la fois : Si vous
euſſiez eſté bon meſnager, vous
auiez dequoy receuoir quatre
remerciemens ſeparez. Mais
c'eſt ſans doute que vous auez
voulu vous garantir de trois
mauuais complimens, en vous
contentant de celuy-cy. Ie ne
pretends pas, Monſieur, qu'il
m'acquite de ce que ie vous dois:

Il vous tefmoignera feulement
que ie cōfeſſe vous deuoir beaucoup, & que le defert ne m'a
pas rendu fi fauuage, que ie ne
fois touché des raretez qu'on
nous apporte du monde. Ie
mets en ce nombre là les prefens
que vous m'auez faits, & vous
fçauez bien que ce n'eſt pas d'auiourd'huy que i'eſtime les chofes que vous fçauez faire. I'ay
eſté vn des premiers, qui ay recueilly auec honneur vos Mufes naiſſantes, & qui battis des
mains , lors que vos premiers
eſſays furent recitez. Depuis,
mon eſtime à crû auecques vos
forces, & ayant donné des applaudiſſemens a vn commencement de belle efperance, ie ne
puis pas legitimement refuſer

ma voix à des productiōs ache-
uées. Mais le merite de vos vers
eſt ignoré de fort peu de gens,
voſtre Proſe en a ſurpris quelques-vns qui ne vous cognoiſ-
ſoient pas tout entier; & comme elle a quantité de graces, outre celles de la nouueauté elle a
eu auſſi quantité de partiſans,
dont ie ne ſuis pas le moins paſ-
ſionné. Ce n'eſt pas pourtant à
moy à cognoiſtre du different
qui eſt entre vous & Monſieur
Corneille, & à mon ordinaire ie
doute plus volontiers que ie ne
reſous. Bien vous diray-ie qu'il
me ſemble que vous l'attaquez
auecque force & adreſſe, &
qu'il y a du bon ſens, de la ſubtilité, & de la galanterie meſme
en la pluſpart des obiections

que vous luy faites. Confiderez
neantmoins, Monfieur, que toute la France entre en caufe auecque luy, & que peut-eftre il n'y
a pas vn des Iuges dont vous
eftes conuenus enfemble, qui
n'ait loüé ce que vous defirez
qu'il condamne. De forte que
quand vos argumens feroient
inuincibles, & que voftre ad-
uerfaire y acquiefceroit, il auroit toufiours de quoy fe confoler glorieufement de la perte de
fon procés, & vous pourroit
dire que c'eft quelque chofe de
plus d'auoir fatisfait tout vn
Royaume, que d'auoir fait vne
piece reguliere. Il n'y a point
d'Architecte d'Italie qui ne
trouue des défauts en la ftru-
cture de Fontaine-bleau, & qui

ne l'appelle vn Monſtre de pierre : Ce Monſtre neantmoins eſt
la belle demeure des Rois, & la
Cour y loge commodement. Il
y a des beautez parfaites qui
ſont effacées par d'autres beautez, qui ont plus dagrément &
moins de perfection : Et parce
que l'acquis n'eſt pas ſi noble
que le naturel, ny le trauail des
hommes que les dons du Ciel,
on vous pourroit encore dire
que ſçauoir l'art de plaire ne
vaut pas tant que ſçauoir plaire
ſans art. Ariſtote blaſme la fleur
d'Agathon, quoy qu'il die qu'elle fuſt agreable , & L'Oedipe
peut-eſtre nagreoit pas, quoy
qu'Ariſtote l'approuue. Or s'il
eſt vray que la ſatisfaction des
ſpectateurs ſoit la fin que ſe pro-
poſent

posent les spectacles, & que les
maiftres mefme du meftier ayēt
quelque fois appellé de Cefar au
peuple, le Cid du Poëte François, ayant plû, auffi bien que la
fleur du Poëte Grec, ne feroit-
il point vray qu'il a obtenu la fin
de la reprefentation, & qu'il eft
arriué à fon but, encore que ce
ne foit pas par le chemin d'Ariftote, ny par les adreffes de fa
Poetique? Mais vous dites, monfieur, qu'il a efblouy les yeux
du Monde, & vous l'accufez de
charme & d'enchantement. Ie
connois beaucoup de gens qui
fairoient vanité d'vne telle accufation, & vous me confeffe-
rez vous mefme que fi la Magie
eftoit vne chofe permife, ce feroit vne chofe excellente. Ce

feroit à dire vray vne belle chofe, de pouuoir faire des prodiges innocemment, de faire voir
le Soleil quand il eſt nuiƈt, d'ap-
preſter des feſtins ſans viande
ny Officiers, de changer en pi-
ſtolles les feuilles de cheſne, &
le verre en diamans. C'eſt ce que
vous reprochez à l'autheur du
Cid, qui vous aduoüant qu'il a
violé les regles de l'art, vous
oblige de luy auoüer qu'il a vn
fecret, qui a mieux reuſſi que
l'art meſme ; & ne vous niant
pas qu'il a trompé toute la Cour
& tout le peuple, ne vous laiſſe
conclurre de là, ſinon qu'il eſt
plus fin que toute la Cour &
tout le peuple, & que la trom-
perie qui ſ'eſtend à vn ſi grand
nombre de perſōnes, eſt moins

vne fraude qu'vne conquefte.
Cela eftant, Monfieur, ie ne
doute point que Meffieurs de
l'Academie ne fe trouuent bien
empefchés dans le iugement de
voftre procés, & que d'vn cofté vos raifons ne les efbranflent,
& de l'autre l'approbation publique ne les retienne. Ie ferois
en la mefme peine, fi i'eftois en
la mefme deliberation, & fi de
bonne fortune ie ne venois de
trouuer voftre Arreft dans les
regiftres de l'Antiquité. Il a efté
prononcé il y a plus de quinze
cents ans par vn Philofophe de
la famille Stoïque, mais vn Philofophe, dont la dureté n'eftoit
pas impenetrable à la ioye; de
qui il nous refte des Ieux & des
Tragedies; qui viuoit foubs le

regne d'vn Empereur Poëte &
Comedien, au fiecle des vers &
de la Mufique. Voicy les termes de cet autentique Arreſt,
& ie vous les laiſſe interpreter à
vos Dames , pour leſquelles
vous auez bien entrepris vne
plus longue & plus difficile traduction. *Illud multum eſt primo aſpe-
ctu oculos occupaſſe , etiamſi contempla-
tio diligens inuentura eſt quod arguat. Si
me interrogas, maior ille eſt qui iudicium
abſtulit, quàm qui meruit.* Voſtre ad-
uerſaire y trouue ſon conte par
ce fauorable mot de *maior eſt,* &
vous auez auſſi ce que vous
pouuez deſirer, ne deſirant rien
à mon aduis que de prouuer,
que *iudicium abſtulit.* Ainſi vous
l'emportez dans le Cabinet, &
il a gaigné au Theatre. Si le Cid

eſt coupable, c'eſt d'vn crime
qui a eu recompenſe: s'il eſt puni, ce ſera apres auoir triomphé:
s'il faut que Platon le banniſſe
de ſa Republique, il faut qu'il le
couronne de fleurs en le bannif-
ſant, & ne le traite pas plus mal
qu'il a traité autrefois Homere:
Si Ariſtote trouue quelque choſe à deſirer en ſa conduite, il doit
le laiſſer iouyr de ſa bonne fortune, & ne pas condamner vn
deſſein que le ſuccés à iuſtifié.
Vous eſtes trop bon, pour en
vouloir dauantage : vous ſçauez qu'on apporte ſouuent du
temperament aux Loix, & que
l'equité conſerue ce que la iuſtice pourroit ruïner. N'inſiſtez
point ſur cette exacte & rigou-
reuſe iuſtice. Ne vous attachez

point auecque tant de fcrupule
à la fouueraine raifon. Qui voudroit la contenter, & fatisfaire
à fa regularité, feroit obligé de
luy baftir vn plus beau Monde
que celuy-ci : Il faudroit luy
faire vne nouuelle Nature des
chofes, & luy aller chercher des
idées au deffus du Ciel. Ie parle,
Monfieur, pour mon intereft,
fi vous la croyés, vous ne trouuerez rien qui merite d'eftre
aymé, & par confequent ie fuis
en hazard de perdre vos bonnes
graces, bien qu'elles me foient
extremement cheres, & que ie
fois paffionnement

MONSIEVR,

Voftre tres-humble & tres-
affectionné feruiteur.
BALZAC.

RESPONSE
DE Mᴿ DE SCVDERY,
A MONSIEVR
DE BALZAC.

ONSIEVR,

Si ie vous euſſe creu
prodigue, ie n'aurois
pas eſté liberal : au contraire, ie me
fuſſe rendu bon meſnager de mes
mauuaiſes lettres, pour vous obliger à cette excellente proffuſion
de belles choſes. Et quoy que la
Moralle nous aſſure, qu'il eſt plus

C

glorieux de donner que de receuoir
& que mefme les prefens qu'on fait
pour en auoir d'autres, font vne efpece d'auarice, ie confeffe qu'en cette occasion, l'intereft l'euft emporté
fur la Philosophie, & que ie n'aurois
femé que pour recueillir. Mais, monfieur, comme vn mefme effet peut
auoir diuerfes caufes, celle de mon
vice euft efté plus noble, que ne l'eft
ordinairement celle des autres aua-
res, puis qu'elle euft eu pour obiet
voftre gloire, qui s'augmente à mefure que vous efcriuez. Ie ne veux
pas dire pourtant, que mon ame
foit tellement definfterelfée, qu'elle
n'euft regardé fes plaifirs, comme
voftre reputation, puis qu'il eft
vray, que c'eft a voftre façon d'efcrire, à qui ie peux dire apres Ouide,

Tu mihi fola places.

En effeĉt , Monſieur il eſt certain,
qu'elle a des charmes ſi puiſſans
pour moy, qu'elle imprime dans
mon eſprit, tout ce qu'elle repreſente : & ſi ces Theologiens ſont veritables, qui nous ont dit qu'apres la
reſurreĉtion des corps, les ſens auront leur part aux felicitez du Paradis, pour me faire trouuer le ſouuerain bien de l'ouye , il faudra que
l'on parle au Ciel, comme vous eſ-
criuez en terre, ce n'eſt qu'au bout
de voſtre ſeule plume, que ie trouue cette Deeſſe que les Grecs & les
Romains plaçoient ſur les levres ;
ce n'eſt que voſtre ſeul eſprit, que
i'appelle auec des termes emprun-
tés de Seneque, vn Dieu logé dans
vn corps humain ; Et ce n'eſt que
pour vous que me ſemblent propres ces belles paroles de Virgille,

Haud tibi vultus

Mortalis, nec vox hominem fonat.

Que fi l'ame de l'homme en general, felon Heraclite le Phificien, eft
vne eftincelle du feu des Eftoilles,
la voftre en particulier, eft vn rayon
de celuy du Soleil. Vous n'aués pas
vne parole qui ne brille ; vo⁹ n'auez
pas vne penfée qui n'eclatte ; & voftre éloquence eft vne fource inef-
puifable, & de flame & de lumiere.
Cette diuine plume dont vous efcri-
ués, eft celle d'vn Aigle, qui con-
fume toutes les autres : Et ce feu d'efprit qui paroift en vous, eft de la
nature de ce feu confummant, dont
nous parle l'Efcriture. Mais quoy
que vous n'ayés point de riuaux,
qui ne vous cedent fans refiftance,
vous ne laiffés pas de gagner des victoires plus glorieufes, en vous fur-

montant vous mefme. Quand on
penfe qu'on ne peut aller plus loing,
on vous perd encore de veuë; il n'eft
point de non-plus *vltra* pour voftre
efprit, & quoy qu'Ariftote affure
que les plus belles chofes & les
meilleures, ont efté crées les premieres, il n'en eft pas ainfi de fes
productions, qui s'oftent les vnes
aux autres, le fouuerain degré de
perfection. Ie m'eftendrois dauan-
ge, fur les fentimens que i'ay de voftre merite, fi Saluian ne m'apre-
noit, que celuy qui ayme le mieux,
eft celuy qui craint le plus de fâ-
cher. Voftre modeftie arrefte mon
zelle, & me fait fouuenir qu'autrefois les Theffaliens raferent vn
Bourg, feulement parce qu'il s'ap-
pelloit Flaterie. Mais quelque ref-
femblance qu'il y ait, entre-elle &

la iufte loüange, vous n'auriez pas
raifon de prendre l'vne pour l'autre, ny moins encor de reffufer ces
offrandes innocentes, puis que Por-
phire remarque , que les premiers
facrifices eftoient de fleurs & de
parfums, & que ie puis dire comme
Petrarque,

El cor ne gli occhi, e ne la fronte ho
fcritto.

Iugez donc Monfieur , par la haute
eftime que ie fais de vous, de la ioye
que m'a donné voftre lettre. Ie vous
affeure que comme l'exceffiue eft
mortelle , auffi bien que la trop
grande douleur, elle m'euft peut-
eftre ofté la vie, fi vous ne l'euffiez
moderée , par la mefme lettre qui
me la caufoit. Elle me fait fouuenir
(cette belle lettre) du couronnement des vainqueurs , aux Ieux

Olimpiques, qui les obligeoit à prendre vn bruuage amer, pour temperer la douceur de la gloire : & Petrone femble en auoir fait la peinture, quand il a dit,

Apes ideo pungunt, quia vbicum-
que dulce eſt, ibi, & acidum in-
uenies.

Ce que vous dittes à l'auantage du Cid, eſt cette voix qui faifoit fouuenir à Rome ceux qui triomphoient, qu'ils eſtoient hommes. Et ie vous confidere comme le Iupiter d'Homere, qui tient deux vafes en fes mains, & qui verfe & les biens & les maux fur la terre, fans enuoyer prefques iamais, de contentemens tous purs. Vous faites comme ceux qui dans nos guerres, pour ne defobliger ny la France, ny l'Efpagne, ny la Suede, ne prendroient

ny l'Efcharpe blanche, ny la rouge,
ny la bleue, mais qui par vn efprit
d'accommodement , s'en feroient
vne de taffetas de la Chine, où l'on
verroit toutes ces couleurs, fans
pouuoir la nommer pourtant, ny
blanche, ny rouge, ny bleue. Mais
Monfieur, comme vn Ancien à dit
autrefois, Amy de Socrate, Amy de
Platon, mais beaucoup plus encore, Amy de la verité ; il me femble
que Monfieur de Balzac peut bien
dire, Amy de Corneille, Amy de
Scudery, mais plus Amy de la raifon, qu'il ne l'eft de l'vn ny de l'autre. On ne doit pas craindre en cette occafion de s'engager dans fon
party ; il n'eft ny foible, ny honteux;
& fi i'ofois vous nommer celuy qui
le foutient, vous verriez bien que
tous mes Iuges, ny toute la France,
n'ont

n'ont garde d'eſtre entierement
pour l'Autheur du Cid, comme
vous ſemblez le croire : au reſte, ie
vous aduouë bien, que Fontaine-
bleau eſt vn riche & pompeux deſordre, mais auſſi faut-il que vous
me confeſſiez, que ſi la iuſteſſe de
la ſimetrie, y auoit placé le Marbre
& le Iaſpe, il ſeroit quelque choſe
de plus excellent qu'il n'eſt. La Nature (pour vous reſpondre) eſt ſans
doute merueilleuſe, mais il faut que
l'Art le ſoit encore dauantage, puis
qu'il la corrige ; & que vous dites
vous meſme que i'eſcris mieux que
ie ne faiſois, dans le temps où ie ne
ſçauois presque rien que ce qu'elle
enſeigne. Ainſi ie ne croy pas qu'vn
prodige, doiue paſſer pour vn miracle, ny que les feuilles de cheſne
& le verre changent de prix, quand
vn Magicien les fait prendre pour

D

de l'or & pour des diamans. Et fi
i'ofe vous dire tout ce que ie penfe,
il me femble que n'affignant autre
fin à la Comedie, que celle de donner du plaifir au peuple, c'eft mettre
les Poëtes en mefme rang, que les
Salt'inbanque & les Viollons : eux
de qui la fureur mefme eft appellée
diuine, par Platon au Phedre. Toute l'Antiquité que ie fçay que vous
reuerez, a eu des fentimens plus
auantageux de la Poëfie : Sa fureur
felon Platon, eft vne lumiere extraordinaire de l'ame, par laquelle
Dieu femble l'attirer à foy. Hefiode dit, que les Mufes en chantant,
refioüiffent Iupiter : Euripide en
fa Medée attefte, que le vray vfage
de la Poëfie, eft de confoler la mi-
fere des hommes. Les loix mefmes
eftoient appellées par les Grecs
νομοι, parce qu'on les chantoit en

vers. Empedocles nomme les Poetes des Dieux viuans entre les mortels, à caufe de la perpetuelle communication qu'ils ont auec les idées ;
c'eſt à dire auec les formes intelle-
ɛtuelles de Dieu. Et Maxime de Tyr
diſpute & ne reſoud point, qui plus
dignement a parlé des choſes diuines, ou des Poëtes, ou des Philoſophes. Que s'ils eſtoiẽt ſi peu de choſe, Alexandre auroit eu tort de placer tous les ſoirs ſous le cheueſt, l'Il-
liade auec vne eſpée, qui vainquit
tout l'Vniuers : & de ne prendre de
tous les meubles de Darius, qu'vn
coffre precieux, pour ſerrer ce precieux liure ; pour qui ſept villes de
la Grece, ont diſputé le Berceau de
ſon Autheur. Et veritablement, ſi
le Theatre n'auoit autre obiet que
celuy de plaire au peuple ſans l'in-
ſtruire, Ariſtophane l'emporteroit

ſur Euripide & Plaute ſeroit au deſſus de Seneque ; ou pluſtot, ny les
vns ny les autres n'auroient ſuiui
leur deſſein, puis qu'il eſt vray, que
quelque facetieuſe que ſoit la Comedie pure, elle ne laiſſe pas de ſeruir aux mœurs, & d'enſeigner en
diuertiſſant. En effet, Monſieur, ſi
les choſes alloient ainſi, les ſenten-
ces qui ſont la plus belle & la plus
vtile partie des Poemes de cette nature, & qui ſont les plus importans
des preceptes d'Ariſtote, ne ſerui-
roient de rien dans vn ouurage, puis
que le peuple n'eſt pas capable de
les gouſter. Il eſt de la Poeſie comme de ſes ſœurs (ie veux dire la Muſique & la Peinture) elle a des beautez que tous les yeux n'aperçoiuent
pas ; & quelque choſe ſi deſtaché de
la matiere, que le peuple n'a garde
de le deſcouurir ; luy qui n'a preſque

d'ame que celle des beftes & des
plantes, c'eft à dire la fenfitiue & la
vegetante. Les fpeƈtacles, qui proprement furent inuentez pour luy,
font les combats des Gladiateurs,
ceux des Animaux fauuages, & tout
ce que l'Hipodrome & le Cirque,
ont expofé aux yeux d'Athenes &
de Rome; & fi vous defirez que i'y
adioufte encore quelque chofe qui
ait paru fur l'Amphitheatre, ce fera
les bouffonneries des Mimes & des
Satires : mais du veritable Poeme,
quand il eft du genre fublime , le
peuple n'en peut auoir pour fa part,
que les Machines & les beaux ha-
billemens : le refte appartient aux
efprits de la plus haute Hierarchie,
tels que le voftre (fi toutefois il eft
permis d'en mettre quelqu'vn à fon
rang) ie fçay bien que la voix du
peuple, eft appellée la voix de Dieu,

& par confequent celle de la verité : mais outre que ces paroles, ont
befoin d'vne explicatiõ Theologi-
que qui les refferre, puis que les fuf-
frages du peuple ont auffi bien efleué le Veau d'or, que le Serpent d'airain, & fait l'idole de Dagon, que
l'Arche d'Alliance ; ie n'ignore pas
auffi, que par cette voix publique
& diuine, ne doit pas eftre enten-
duë, celle qui fe donne tumultuaire-
ment aux Theatres ; veu que ce feroit prophaner les chofes faintes ,
& commettre vn facrilege en faveur du Cid. Auffi pour ne pas loger
enfemble Chrift & Belial , ie me
contenteray de dire, que ce feroit
vne eftrange deftinée, fi le langage
des Oracles, des Sibilles, & des Pro-
phetes, que quelques-vns ont mefme appellé celuy des Dieux, n'eftoit
propre qu'à faire rire la populace ;

& que des ouurages, dont la principale partie confifte au iugement,
defpendiffent de l'opinion d'vn
Monftre qui n'en a point. Et certes, bien loing de fubir vn Arreft fi
peu raifonnable, Paufanias remarque en fes Arcadiques, que les bons
Poetes, comme Orphée, Homere,
& Hefiode, ont toufiours caché les
principes de leurs fciences au vul-
gaire, parce qu'il n'auroit fçeu les
conceuoir. Mais par le difcours que
ie tiẽs, ne croyez pas s'il vous plaift,
Monfieur, que ie veuille vfer info-
lemment de la victoire, fi ie l'emporte; tant s'en faut, ie veux plutoft
imiter les Macedoniens, qui n'efle-
uoient iamais de trophées : & me
fouuenir qu'anciennement au rapport de Pline, les Couronnes ne fe
donnoient qu'aux Dieux feulemẽt.
Que Monfieur Corneille triomphe

donc fur le Theatre, fes victoires ne
me refueilleront point, s'il eſt vray
que ie le furmonte en voſtre Cabinet : ie ne craindray point que ce
Philipe, ne laiſſe rien pour Alexandre, ſi vous m'eſtimez aſſez pour
m'aimer : & ie croiray meſme poſſeder plus que ne conqueſta ce grand
Prince, ſi vous me donnez voſtre
amitié. Ie vous la demande, Monſieur, & vous offre pour l'obtenir,
toute celle que peut auoir pour vn
excellent homme

MONSIEVR,

Voſtre tres-humble & tres-
affectionné feruiteur.

DE SCVDERY.

LETTRE

DE M^R DE SCVDERY,

A MESSIEURS

DE L'ACADEMIE

FRANÇOISE,

Sur le iugement qu'ils ont fait du
Cid, & de ſes Obſeruations.

 ESSIEVRS,

     Si i'auois creu que
l'entrée de voſtre
illuſtre ACADEMIE, euſt eſté
permiſe à ceux qui n'ont pas

E

l'honneur d'en eſtre, ma bouche
auroit entrepris ce que fait ma
plume, & mon affeﬁion & mon
deuoir ſuiùant l'vſage de ceux
qui plaidēt, m'auroient fait aller
remercier mes Iuges. Mais craignant d'entendre crier, Loin
Prophane, en ce lieu conſa-
cré aux Muſes, comme on faiſoit autrefois, à certain Temple
de la Grece, i'ay mieux aimé faire voir mon reſpeﬁ que ma re-
cognoiſſāce. Toutesfois, n'ignorant pas, que le Ciel reçoit les
vœux, des perſonnes qui ne ſont
pas encor en eſtat d'y entrer,
i'ay penſé que mes tres-hum-
bles remercimens, pourroient
obtenir vne gloire, dont ie me
priue moy meſme, parce que ie
m'en crois indigne. Ie vous les

offre donc (Messievrs) &
pour les chofes que vous ap-
prouuez en mes Observa-
tions, & pour celles que vous
m'enfeignez en me corrigeant.
Ie fçay qu'vn homme qui mar-
che feul, peut s'efgarer bien aifement: & que ce n'eft pas fans
fubiet, que les Efpagnols ont vn
prouerbe, par lequel ils prient
Dieu de les garder d'eux mefmes. Quand l'Efcriture veut
parler d'vne ame reprouuée, elle
dit que Dieu l'abandonne à fon
propre fens, tant il eft vray que
la conduite eft difficile , lors
qu'on ne confulte que foy. Ce
n'eft ny dans la foule du peuple,
ny dans la Grotte d'vn Solitaire,
qu'il faut chercher la fouueraine raifon : mais elle eft toufiours

où ie l'ay trouuée, ie veux dire, dans vne Societé de perſonnes excellentes. Voila (MESSIEVRS) les ſentimens que i'ay DES VOS-TRES; & les graces que ie vous rends, pour la iuſtice que vous m'auez renduë. Croyez donc s'il vous plaiſt, que la gloire & l'inſtruction, ſont des choſes trop pretieuſes, & trop vtiles, pour n'obliger pas celuy qui les reçoit de vous, à demeurer tou-te ſa vie

MESSIEVRS

Voſtre tres-humble & tres-affectionné ſeruiteur.
DE SCVDERY.

L'INNOCENCE

ET LE

VERITABLE AMOVR

DE

CHYMENE.

DEDIE' AVX DAMES.

Imprimée cette Année.

M. DC. XXXVIII.

✿✿✿✿✿✿✿✿✿✿✿✿

L'INNOCENCE
ET LE
VERITABLE AMOVR
DE
CHYMENE.

Povvez-vous bien fouf-
frir, Mes-dames, que
celle qui a paru comme
vn foleil au Ciel de vos Beautez,
& qui a eté adorée comme vne
Diuinité dans le Temple de vos
Vertus, où vous confeſſiez à ge-
noux, qu'au feul Autel de fes per-
fectiõs les mortels deuoient apporter toutes leurs offrandes de
refpect & de feruice, foit au-

jourd'huy obſcurcie & propha-
née par des blaſphemes inſupportables.

Les Hommes qui doiuent aux
Dames toute ſorte de ſeruices &
de deuoirs, ont mauuaiſe grace
d'offenſer l'innocence, & vouloir
ternir la perle des Beautez du
monde, Chymene, par vne tâche
noire de calomnie : mais comme
les foibles nuages ne ſeruent que
pour augmenter la lumiere du
Soleil & lui donner des nouueaux charmes ; ainſi ces vapeurs
de calomnie feront briller auec
plus d'éclat la ſplendeur de ſa
vertu.

De toutes les foibleſſes des
Hommes il n'y en a point de pire
que l'erreur de leurs entendemēs,

qui leur étans donnez pour dif-
cerner le vray d'auec le faux, s'ar-
rétent plutôt à l'apparence, qu'à
la verité, laquelle a mis vn certain prix aux chofes, qui ne peut
étre changé ny diminué par celuy que l'opiniõ y met, & c'eft fe
condamner foy-méme que d'en
faire jugement felon ce qu'elles
paroiffent, & non pas selon ce
qu'elles font.

C'eft neantmoins ce que faiɕ
aujourd'huy le Cenfeur du Cid
qui accufe fur la feule apparence, la Reyne des Beautez, Chymene, & la blâme d'auoir preferé l'amour à l'honneur & au
deuoir que l'humanité exige de
nous, difant que fon amour eft
vne infame paffion, & en con-

ſequēce ſe plaint que l'on pare aujourd'huy le vice des ornemens
de la vertu prenant pour appuy,
l'oracle des jugemens, l'Academie Françoiſe, qui charge Chymene d'auoir trahy ſes obligatiõs
naturelles en faueur de ſa paſſiõ.

Il falloit en accuſer le Poëte
qui a voulu fauoriſer ſon Poëme
aux dépens de Chymene, la
faiſant conſentir au mariage de
Rodrigue par la ſeule violence
de ſon Amour, croyãt bien faire
d'imiter Virgile qui d'vne honnéte Femme, en fiſt, pour embellir ſon Poëme, vne impudique; de quoy Virgile eſt blâmé
d'auoir diffamé vne perſonne qui
ayma mieux mourir que de viure
ſans honneur : Mais ce qui m'é-

tonne le plus, c'eſt qu'on ne ſe
contente pas de deſcrier l'Auteur du Cid, on condamne encore Chymene ſur la ſeule apparence, ſans étre oüys : Perſonne ne defendant la cauſe de
cette innocente, dont l'amour
eſt plus pure que crystal & les
clairs rayons de l'aſtre du jour;

Ie le veux faire voir, & ôter le
maſque aux calomnies par pluſieurs belles véritez : & pour dõner entrée à mes penſées, il faut
entendre que l'amour de Chymene, n'eſt pas vn amour que le
commun appelle paſſion, qui
rend eſclaue la raiſon, ſon amour
n'étant qu'vne diſpoſition à la
perfe´tion puis qu'il ne reſ-
pire qu'à s'vnir au bien qui luy

mãque. Les paſſiõs, dit le Prince
des Philoſophes, procedent d'vn
principe vicieux ; mais l'amour
tire ſon origine de la beauté &
conſequemment de la bonté,
puis que l'vne & l'autre ne ſe ſe-
parent jamais ſelon l'école, &
rarement ſelon l'experience : car
quand la nature a donné la beauté aux Dames en partage, & en
méme temps vne douceur qui
attire par vne douce violence
nos inclinations à les aymer, le
Ciel comme plus puiſſant, leur
a donné vne bonté pour ſe faire
adorer.

Ie ſçay qu'Euripide appelle en
ſa Medée l'amour vne fureur, Ciceron vne maladie, Hesiode vne
rage, Virgile vne folie, Iſidore vn

excez de fiévre, d'autres vne alte-
ration de l'efprit : mais ils enten-
dēt parler de cét amour naturel,
ou plutôt de cette paffiõ qui en-
chaîne nos cœurs, maîtrife nos
ames auec vn tel empire qu'elles
n'agiffent que par fon mouuement, & étans maîtrifez par elle,
nous changeõs en mefme tems &
de condition & de nature, nous
fommes fi differẽs de nous mémes
qu'on ne nous connoit plus.

Au cõtraire le veritable Amour
eft celuy, dont les effets font
des cõtinuelles complaifances &
aggreemens d'efprit qui procedent de l'admiration du fujet
aymé, fans violenter nullement
nôtre volonté, ny altcrer en aucune façon le refte des puiffances

de nos ames.

Il fe prefente quelquefois à
nos yeux des objets qui femblent
neceffiter la puiffance de nos affections par leurs beautez & perfections, capables de rendre idolatres les ames les plus religieufes,
& alors il faut craindre que nôtre Amour ne deuienne vne paffion, fi nous nous laiffons aller
au gré de nos fens, comme par
exemple, vne ame qui recoit les
touches & les atteintes d'vne rare
Beauté a les forces de fon courage fi tendres, qu'elle n'a plus
de cœur que pour la Beauté qui
l'a frappée de fes traits, & eft
tellement changée en feu, que
tout fon cœur fe treuue noyé
dans les flammes de fon Amour.

Et puis qu'on ſe noye auſſi biē
dans l'Amour comme dans la
Mer, pour éuiter ce naufrage il
faut ſonder le gué et auoir la
raiſon pour guide : Quoy qu'vn
Ancien ait dit autrefois qu'il s'é-
tonnoit, comment la raiſon qui
n'eſt dans le cerueau que comme
vn point, pouuoit commander
à nos ſens, & s'étendre au reſte
du corps : mais celuy-là ne ſçauoit pas que la raiſon eſt au cerueau, ou plutôt en nôtre ame,
ce que le Soleil eſt au Ciel, &
que nos paſſions n'ont qu'autant
de force, & nos ſens autant de
lumiere, qu'ils en empruntent
de ſon flambeau. Comme le
Soleil donnant vn jour à plomb
ſur la tête des petits Cupidons

qui fe baignoient dans les fon-
taines des plaifirs, les fit dans vn
inftant diffiper, ainfi la raifon
(l'œil & le foleil de nôtre ame)
s'éleuant & parroiffant au deffus
de nos paffions déreglées, les
diffipe & les met en fuite; auffi
ne faut-il pas que nôtre efprit
regle nôtre amour par le confeil
de nos appetits, mais il faut que
la feule raifon regle nos affections, & qu'elle ne les porte qu'à
des plaifirs innocents, dans des
complaifances & aggreemens
d'efprit, qui raffafiffent nos hon-
nêtes appetits; La fin d'vn vray
Amour n'étant pas vn plaifir
brutal, mais feulement l'vnion
des cœurs, des efprits & des volontez : puis que l'Ecole nous

enfeigne auec l'experience, que
toute fin doit perfectionner fon
fujet; or eft-il que le plaifir brutal ne peut perfectionner l'A-
mour, au contraire le rend languiffant & mourant : & partant
il ne peut être la fin d'iceluy,
mais bien de la paffion qui eft
entierement attachée à la bruta-
lité, qui n'eft autre que l'amour
& l'entretien des ames brutales &
aueuglées & non pas des belles
ames éclairées d'vne Diuinité :
C'eft pourquoy on dit qu'il n'appartient pas à tout le monde de
sçauoir aymer, c'eft vn art dont
la nature veritablement produit
la matiere & nous auance les dif-
pofitions premieres, mais vne
Diuinité nous en donne la forme,

& la perfection.

Or Chymene en ſes affections
n'a jamais paſſée les bornes poſées
par les loix de la Ciuilité, n'ayant
jamais entretenu ſon Amãt que
dans les termes les plus humbles
d'vn honnéte reſpect, il n'y a
point eu de vapeurs ny de fumées d'appetits déreglez, qui
ayent pû foüiller cette ame rem-
plie d'innocence & de pureté :
Chymene a bien adoré le flãbeau
de l'Amour, mais non pas ſa
fumée.

Si dãs ſon Amour, elle eſt ani-
mée & conduite par vn eſprit Diuin, comme nos Sages tiennent
qu'il y a vn eſprit d'en-haut qui
nous cõduit & nous emporte par
quelque forte & douce violence,

ne doit-elle pas préférer les mou-
uemēs diuins à ceux de la nature.

Il eſt bien vray qu'il ſemble
que les Loix morales & celles de
la nature nous engagent étroi-
tement à preferer le deuoir à l'A-
mour, mais qu'elle raiſon d'étre
tellement eſclaue de ces ordon-
nances mortelles, & de ces decrets
humains, au prejudice des diuins
qui autoriſent le priuilege de
nôtre franchiſe & de nôtre liberté ; Les enfants (dît Sénec) n'ap-
partiennent à leurs parens que
par deſpence, mais à eux-meſmes
par propriété : vne ame qui
ouure ſon cœur pour autruy à la
pieté & le ferme pour ſoy-méme,
n'eſt pas pitoyable, mais cruelle.

Voulez-voꝰqu'vnepauureFille

ſe donne entierement en proye
à la cruauté, & qu'elle ſoit la vi-
ctime innocente ſacrifiée pour
l'interét d'autruy : l'Amour n'eſt
pas tributaire de la cruauté, ny
de la violence, lequel, n'étant
pas vne paſſion attachée à nos
ſens, ains au dire d'Horace, vne
puiſſance de l'ame, ne peut étre
ſujette aux Loix de la nature, qui
n'étendent leur empire que ſur
les actions externes du corps, &
non pas ſur celles de l'eſprit : Les
Dieux ont conjoint à l'ame le
corps de l'Homme afin que l'ame
ſe ſeruît du corps : & vouloir preferer le deuoir naturel à l'Amour,
c'eſt rendre l'ame ſujette au corps
(puis que l'Amour eſt vne de ſes
puiſſances, c'eſt ſoumettre la partie plus

tie plus excellente à la pire, &
preferer la partie mortelle à l'immortelle.

Les maximes de l'Amour doiuent être preferables à celles du
fang, & vne grande lumiere fait
eclypfer la clarté d'vn petit flambeau; comme le Soleil en fon
plein midy a fes rayons fans ombre, auffi quiconque ayme parfaitement, ne peut plus treuuer
aucune chofe affez forte pour
détruire fa flamme : car lors que
l'Amour a fait choix d'vne ame
pour être le lit de fes delices,
cette ame fe treuue dans vn fi
grand contentement & dans vn
fi doux calme que toutes les ad-
uerfitez enfemble ne font point
capables de rompre les doux liens

B

de fon amour.

L'Amour eft vn feu gregeois
que les eaux des afflictions ne
peuuent éteindre, & comme le
feu dans la rigueur de l'hyuer
redouble fes forces, ainfi le feu
de nôtre Amour (qui fe dilatte
durant nos plus chers plaifirs) fe
retire au dedans au fentiment
de la glace de nos afflictions,
il reprend des nouuelles forces
pour combatre, ou plutôt ab-
batre tout ce qui luy eft contraire : C'eft pourquoy le plus
genereux des Poëtes dit que l'A-
mour fe rend vainqueur de toutes chofes, & que tous les mortels luy doiuent rendre homm-
mage & obeïr à fes loix; Boece
dit qui eft-ce des mortels qui

peut dõner des loix aux Amans?
L'Àmour eſt à soy-méme & ne
depend d'aucune loy.

Pourquoy donc reprenez-vous
Chymene d'auoir aymé Ro-
drigue? vous l'accuſez d'auoir
aymé vn criminel & le meurtrier de ſon Pere : Dites-moy,
je vous prie, appellez-vous vn
Homme criminel pour auoir
defendu l'honneur de ſa maiſon, & vn meurtrier celuy
qui a tué dans l'honneur? mais
quand méme Rodrigue ſeroit
criminel au regard de Chymene,
elle ne l'ayme pas comme criminel, elle l'ayme comme vertueux
& le plus genereux des Hommes;
Chymene ne peut étre blâmée
de ſon Amour puis que l'enga-

gement de fon Amour à Ro-
drigue, auoit precedé la mort de
fon Pere. Il n'eſt pas touiours, dit
Senec, en la puiſſance d'vne perſonne de ceſſer d'aymer quant il
luy plaît ; & Chymene étant mariée à Rodrigue de volonté (la
vraye nature du mariage conſi-
ſtant en cette vnion felon l'opinion même de l'obſeruateur du
Cid) n'étoit-elle pas obligée de
l'aymer?

Mais aprés tout, ne ſemble-il
pas que nous ayons plus d'obligation à l'amour qu'à la nature
qui n'eſt qu'vne puiſſance aueugle & ne ſçait ce qu'elle fait,
car le plus ſouuent la nature en-
gendre contre ſon intention, vn
homme deſirera d'engendrer vn

fils & il aura vne fille, qu'elle o-
bligation je vous prie luy a cette
fille qui eſt au monde contre ſes
intentions, & que ſi le Pere pouuoit la changeroit en vn fils.

Si Ariſtote a dit que la femme
étoit faite dauenture ·& ſans intention de la nature on s'eſt trõpé
de croire que ce fut pour quelque
imperfeƈtion , la femme étant
parfaite en ſon étre & rendant
la nature humaine accomplie en
ſa perfeƈtion : mais ç'a été pour
faire voir que la femme n'a point
tant d'obligation à la nature qu'à
l'amour, lequel donne la vie par
ſa diſpoſition auec l'Auteur de la
nature.

Certains Anciens ſe repre-
ſentant le monde comme vn

enfant languiffant, ont appellez
l'Amour la mammelle du mõde,
d'autant que l'Amour nous nour-
rit du lait de fes douceurs. L'A-
mour polit le corps, le rend agreable, & fait que nos yeux font
au corps ce que les Aftres font
au Ciel : on peut méme dire
auec les Poëtes que l'Amour eft
l'ame du monde, la lumiere des
efprits, & l'vnique fujet des delices qui fe treuuent dans la vie,
& qu'en toutes les diuerfes Mers
du monde il n'eft point vn port
fi fauorable que celuy où il
nous fait aborder.

Mais laiffant tous ces fentimens à part, ie veux faire voir
que Chymene a plus donné à
la mort de fon Pere qu'à fon

Amour : Si tôt qu'elle receut
cette funefte nouuelle de la
mort de fon Pere, elle verfa
vne fi grande abondance de
larmes, qu'elle penfa fe noyer &
s'abîmer dans fes pleurs, perdant la refpiration dans la foule
de fes fanglots, & fans aucun
delay, elle alla en ce trifte état
treuuer le Roy & prefque pâmée
fe jette à fes pieds, implore fa
Iuftice par fes pleurs & fes foûpirs, qui faifoient parétre dauantage les triftes penfées de
fon ame, que des fimples paroles : car fi nos paroles ne nous
font que les fignes des nos ames
& les images de nos penfées, les
foûpirs qui procedent immedia-
tement du cœur, font des fignes

B 4

plus certains de nos douleurs
que ne font nos paroles ; veu
méme que les plus grandes douleurs font muëttes & qu'vn trifte
filence eft le langage ordinaire
des affligez. Vous voyez donc
que Chymene n'a pas (comme
dit le Cenfeur) pourfuiuy lâ-
chement la vengeance de la mort
de fon Pere, ny preferé les fentimens de fon Amour à ceux de
la nature.

Mais aprés auoir fatisfait aux
loix de la nature & à tout ce que
l'humanité exige des enfans,
voulez-vous qu'ayant perdu fon
Pere, elle perde encore fon
Amant ?

Stilpon difoit que ceux-là n'é-
toient pas bien auifez qui enfer-

moient leurs efprits dans le tombeau des morts pour oublier les
viuans, & que c'étoit vne extreme folie, fi ayant perdu vn
œil, il falloit auffi arracher l'autre, & coupper vn pié fi tôt que
l'autre pié feroit bleffé, ou tirer
hors de la bouche toutes les
dents fi vne feule étoit tombée :
ainfi Chymene ayant perdu la
moitié de fa vie falloit-il qu'elle
mit l'autre au tombeau; Vn Iar-
dinier fait bien mieux, fi quelqu'vn de fes arbres eft mort, il
ne coupe pourtant les autres,
ains ayans l'œil deffus tâche de
reparer la perte qu'il a fait.

Blâmerez-vous Chymene de
l'auoir imité laquelle par l'a-
dreffe de fon efprit a fatisfait &

à ſon Pere & à ſon Amant, car
comme elle verſoit vn ruiſſeau
de larmes pour la perte de ſon
Pere, en méme tems elle conſi-
deroit ſon Amant au trauers du
crystal de ſes larmes & de l'œil,
qui eſt la langue du cœur, luy
témoignoit qu'elle l'aymoit ou
plutôt qu'elle l'adoroit comme
le Roy de ſon cœur & l'vnique
Soleil de ſon ame : & ſi elle pour-
ſuiuoit ſa mort ce n'ẹtoit que
d'vne haine forcée & comme
contrainte par les loix de la nature.

Mais le Roy touché de la com-
paſſion de ſes maux & de ſes
ſouffrances, luy demande ſi elle
n'ayme pas Rodrigue : à ſes paroles ſon ame ſe pâme & ſe fond

d'amour, mais bien plutôt de
douleur & de trifteffe ; dont fon
cœur étant preffé fon fang fe
glace tellement dans fes veines,
qu'elle demeure immobile, &
tombe en même tems en pâ-
moifon.

Le Cenfeur paffionné contre
cette pauure Chymene, dit qu'il
vaudroit mieux qu'elle fût morte
dans cette pâmoifon que de reuiure pour époufer le meurtrier
de fon Pere : Il feroit bien éton-
né fi je luy faifois voir qu'elle y
eft morte, non pas pour luy donner contentement, mais pour
montrer qu'elle n'a pas violée les
loix de la nature, ny trahy fes
obligations naturelles en faueur
de fon Amour, puis qu'en cette

mort elle a rendu la vie à celuy qui luy auoit donné.

L'on peut parler de la mort en deux façons, ou comme vne totale feparation de l'ame d'auec le corps, ou feulement pour l'extinction de tous nos fens, comme il aduient en vne longue & cruelle fyncope qui ne merite pas moins le nom de mort, que le refte, d'autant qu'elle en a les effets, & que d'ailleurs l'ame pourroit n'étre feparée du corps & toutefois ne le point animer, fuiuant l'opinion de nos Sages qui tiennent vnanimement que Dieu l'y peut conferuer, non plus pour animer, mais feulement pour y étre prefente, comme par exemple, vn homme

vient à mourir, vn inſtant aprés
ſa mort l'ame peut demeurer dans
ſon corps, non pas comme ani-
mante mais preſente ; ce n'eſt
donc pas toujours la ſeparation
du corps d'auec l'ame, qui fait la
mort, mais la perte des fon-
ctions de la vie.

Cela étant je ne fais aucun
doute que Chymene ne ſoit
morte dans ſa pâmoiſon, ou ſon
ame fut priuée de toutes les fon-
ctions de la vie ; & ſi ſon Amant y
eût été, il auroit recueilly en la
bouche de ſa Maîtreſſe la derniere éteincelle de ſon eſprit.
Mais le Ciel ayant deſtiné Chymene à Rodrigue pour étre ſon
Epouſe, luy rend la vie, & la
releue du tombeau de ſa ſyncope.

Ie fçay bien que des efprits
delicats & pointilleux me pourront dire qu'il n'y a point d'apparence de croire que Chymene
ayt été morte, ny de faire paffer
fa guerifon pour vn refufcite-
ment, les Dieux immortels ayans
bien d'autres foucis, qu'à fonger
à faire des miracles & à donner
des plaifirs à Rodrigue & à Chymene; qu'il eft vray qu'ils accor-
derent bien autrefois à Orphée
le retour d'Euridice, & à Almefte
celuy d'Alcefte par ce que l'vn &
l'autre étoient Marits de ces belles Dames : Mais que nous n'a-
uons point encore eu nouuelle,
qu'ils ayent fait ce miracle pour
des Amants.

Il faut icy, MES-DAMES, que

j'implore la beauté de vos Efprits
au defaut de mieux pour fatisfaire à ces belles & fubtiles obje-
ctions de nos aduerfaires.

Eft-ce vne chofe inoüye que
les Dieux immortels faffent des
miracles ? ont–ils les bras plus
courts qu'ils n'auoient du tems de
nos Peres quand ils couuroient
la Terre & la Mer de prodiges
& de transformations ? fi leur
fouueraine puiffance n'eft non
plus bornée maintenant qu'elle
étoit pour lors, qu'elle peine
treuuent-ils à croire, qu'elle s'ex-
erce en faueur de deux Amants ?
Chymene & Rodrigue, font-ils
des objets fi defagreables à leurs
bontez que toutes les faueurs du
Ciel y deuffent étre mal emplo-

yées ? Chymene & Rodrigue ont
ils assez receu de grace d'en-
haut, soit en eux-mémes, soit
en leur fortune pour presumer
qu'ils n'en receuront dauantage?
Chymene la plus aymable que
le Soleil vit jamais ne pouuoit
elle pas esperer du Ciel d'autre
faueur? Le Ciel ne deuoit-il pas
conseruer tant de perfections &
de graces, dont il auoit embel-
ly son corps & son ame.

Si vous trouuez étrange que le
Ciel l'a marié auec celuy qui a
tué son Pere, il faut donc le reprendre de tous les effets de la
nature, où les choses qui semblent étre plus en côtraste & plus
éloignées s'vnissent dauantage,
comme si la cause qui les met en
oppofition,

oppofition, leur feruoit d'vn lieu
& d'vne conjonction plus étroite,
ainfi les Elemens s'vniffent fe
faifant la guerre : & c'eft par des
refforts inconnus à nos efprits :
Les Cieux, dit Pytagore, quoy
qu'ils ayent diuers mouuemens
& des branles différents, s'ac-
cordent à leur difcorde, jusques
à faire vne douce harmonie :
ainfi eft-il des Planettes, qui par
leurs afpects contraires n'empéchent la conjonction de leurs
regards : mais Ouide, ne dit-il
pas que ceux qui fe font faits la
guerre, s'embraffent plus étroite-
ment ; & comme le Soleil à trauers vn broüillar eft plus ardent
auffi eft l'Amour à trauers les
nuages d'vn courroux ; ne fçait

C

on pas que les coleres des Amants
font rengregemens d'amour : &
comme dit Plaute, il fe rencontre quelquefois des grandes
inimitiez entre ceux qui ayment ;
mais le Ciel fauorable aux Amãts
les remet biē enfemble & s'aymēt
deux fois plus qu'auparauant.

Qu'auez-vous encore à m'oppofer ? si vous me dites que les
Dieux n'operent extraordinaire-
ment que pour les chofes juftes
& raifonnables. N'étoit-il pas
jufte & plus que raifonnable de
faire cueillir enfemble à Rodrigue & à Chymene autant de
rofes, de fruits & de contentemens en la parfaite joüiſſance de
leurs defirs, comme ils ont reſ-
fentis d'efpines, de difgraces &

de mal-heurs durant tout le
cours de leurs calamitez paſſées;
& puis qu'ils étoient vnis de cœur
& d'ame il ſemble que c'eſtoit
commettre vn homicide, que
d'en ſéparer les corps, veu méme
qu'vn des premiers de nos Sages
dit que l'Amour eſt vne certaine
vie qui lie enſemble l'Amant &
l'aymé. Il étoit trop juſte de les
marier en effet puis qu'ils l'é-
toient de volenté.

Mais ce n'eſt pas à faire aux
Hommes à étre Iuges des Dieux,
qui operent par des reſſorts inconnus à nos yeux. Il ſuffit de
connoitre que les Dieux ont ap-
prouuez le flux & reflux de leurs
Amours puis qu'ils les terminent
à vn nœud ſacré par le com-

mandement du Roy (qui eſt vn rayon de leur Diuinité) & que l'Amour de Chymene étoit legitime puis qu'ils l'ont autoriſez.

L'eſtime, MES-DAMES, que ie fais de vôtre merite m'a obligé à defendre vôtre honneur, defendant celuy de Chymene. Et ſi on me blâme d'auoir apporté des ſentimens contraires à ma condition, je me mettray à labry de vôtre protection; il n'y aura que les eſprits malades qui oſeront vous choquer puis que le Ciel & les Elements reuerent vos puiſſances.

Ie ne veux pas imiter ces Poëtes, ces Philoſophes, & Legiſlateurs, Heſiode, Platon, Solon & autres qui amenent

& conduifent l'Amour, de la
Ville de Helicon en l'Academie,
couronné de chapeaux de fleurs,
honoré & accompagné de plufieurs couples d'amitiez & de
focieté, car leur Amour n'étoit
qu'vne Idole qui reprefentoit vn
Amour profane, fenfuel & vicieux, je ne veux pas faire triom-
pher vn femblable Amour : auffi
ne fe rencontre-il pas parmy les
honnétes Dames : mais mon intention n'eft autre que d'éleuer
l'Amour vertueux & celuy qui
eft diuin & épuré, & par méme
moyen faire accorder au Cenfeur
du Cid qu'il s'eft arrété plutôt à
l'apparence qu'à la verité lors
qu'il a appellé l'Amour de Chymene (qui eft plus pure que l'or)

vne paſſion impudique , pour
auoir épouſé celuy que les Dieux
& les Roys luy ont donnez.

Il ne deuoit ce me ſemble profaner injuſtement ce que tout le
monde a reueré : & puis que le
Cid a été admiré de toute la
France, méme de ceux qui ſe
rendent aujourd'huy Cenſeurs
auec luy, il deuoit luy rendre
hommage & non pas porter enuie à ſa gloire.

L'Auteur du Cid a juſte ſujet
de dire auec l'Homere François
(que l'enuie n'a non plus autrefois épargné que luy)

L'vn lit mes œuures pour apprendre ,
L'autre les lit, comme enuieux,
Il eſt bien aiſé de reprendre,
Mais mal-aiſé de faire mieux.

Il falloit que le Cenſeur fît
vn ſecond Poëme ſur la méme
matiere, où les défauts du premier euſſent été doucement corrigez : & par ce moyen il s'eut fait
plus admirer que le premier ; au
lieu de cauſer vne querelle &
vne diuiſion parmy les eſprits.

Il paroit plus de bonté à loüer
ce qui eſt bon qu'à reprendre ce
qui eſt mauuais ; Ne ſe riroit-on
pas d'vne perſonne qui s'appro-
cheroit d'vn flambeau pour
prendre ſa fumée : l'œil qui eſt
l'image du Soleil ne ſe doit plaire
qu'aux doux regards.

Vn Philoſophe Grec ennuyé
des larmes d'Heraclite, blâmoit
la nature de luy auoir donné des
yeux, car il n'en vſoit que pour

la blâmer & pleurer fes défauts,
au lieu d'en admirer les raretez &
excellences : ainfi c'eft auoir
mauuaife grace de pleurer ou
cenfurer ce qui a été approuué
& admiré de tout le monde.

Laërtius rapporte qu'vn certain
fe plaignoit vn jour des écrits
d'Antiftenes, mais Zenon luy
demanda, y a-il quelque traits
en eux qui t'agreent, l'autre luy
dit je ne fçay. Zenon repliqua
auffi-tôt, je m'étonne de ton
impudence, tu fais vn memoire
de ce que tu eftime être dit mal
à propos par vn tel Philofophe,
& tu as oublié fes fages difcours;
ainfi au lieu de cenfurer le Cid
il falloit admirer tant de beaux
& riches fentimens, & tant de

belles paroles que l'Auteur du
Cid a fait éclater en beaucoup
d'endroits de fon Poëme, où il
a femé vn bon nombre de vers
excellents accompagnez d'vne
delicateffe de belles & riches
penfées qui ont veritablement
éblouïs & charmez nos efprits &
nous ont donnez plus de fatisfaction que tous les autres
Poëmes enfemble.

Le Cenfeur du Cid ne peut
ternir la gloire & l'honneur du
Poëte l'accufant de charme &
d'enchantement, il y en a beaucoup qui feroiët vanité d'vne telle
accufation, car n'eft-ce pas vne
belle chofe de pouuoir faire des
prodiges innocemment. On peut
dire auec verité que l'Auteur du

Cid a trouué luy feul la Pierre
philofophale, puis que d'vne
matiere baffe & defectueufe (au
dire de nôtre Cenfeur) il en a
fait de l'or, dont l'éclat nous a
furpris & éblouïs.

Sçauoir gagner les cœurs, c'eft
vne diuine fcience qui n'eft fu-
jette aux regles ny aux loix de
la Poëfie : c'eft pourquoy il ne fe
faut pas étonner fi nôtre Poëte
n'a point obferué vne regularité
dans fon Poëme.

Ciceron dit que le trauail des
Hommes n'eft pas fi noble, que
le don du Ciel, ny l'acquis que
le naturel, car fçauoir l'art de
plaire, ne vaut pas tant que fçauoir plaire fans art. Il y en a
beaucoup qui ont mieux fait

n'étant qu'éclairez de la lumiere
de la nature que de celles des
fciences. Aux premiers fiecles &
en l'aage d'or de la républiq̃ Romaine, l'étude des fciences n'étoit
pas connu, les Hommes de ce
tems n'étoient inftruits que par
la nature ; auffi l'efprit n'eft pas
le fruit de l'étude, mais vn auantage de naiffance, & pour toutes
chofes, il faut auoir la naiffance
heureufe & auoir été regardé
fauorablement des Aftres, &
que la nature foit pour nous ;
autrement s'est fe trauailler en
vain, fi elle nous eft contraire ;
c'eft bâtir fans fondement &
femer fur les rochers : tous les
Hommes font nez raifonnables
& ne doiuent leur raifonnement

qu'à la nature.

Les Philofophes & les autres celebres inuenteurs des Arts ont été eftimez de la lie du peuple, & n'étoient que des ignorans auant que d'auoir fait parétre leur efprit dans leurs ouurages. Vous voyez des hommes qui ne fe font jamais arrété à ces baffes Ecoles, ni étudiez aux regles des Sciences, qui ont le fens cõmun fort bon, le courage extreme-ment releué, & qui fe perfe-ctionnent dans l'vsage des af-faires : Si ces baffes fciences font profitables ce n'eft qu'entant qu'elles preparent l'efprit, mais plus fouuent le retiennent & l'empéchent de paruenir aux chofes grãdes : & je peu dire auec

verité qu'il y a des connoif-
fances fi fuperfluës & des occupations d'efprit fi friuoles que la
perte du tems eft le moindre mal
qu'on fait, quand on s'y adonne,
car ordinairement elles nous dé-
tournent des bonnes actions,
diffipent les forces de nos ames,
les rempliffent d'habitudes mol-
les, & rendent l'Homme impuiffant de profiter au public,
& d'étre vtile à foy-méme : c'eft
pourquoy Caton voulant diuertir la jeuneffe Romaine de ces
friuoles occupations bannit de
Rome les Orateurs Grecs, qui ne
s'occupoient qu'à arréter l'efprit
de la jeuneffe fur des baffes con-
noiffances, au lieu de l'éleuer, de
former l'entendement, fortifier

le courage, & allumer le deſir
de la gloire.

Vn certain Empereur Payen
jugea qu'il étoit expedient pour
ôter le cœur aux Chrétiens, de
leur laiſſer ce morne amuſement,
& cette occupation languiſſante,
Enfin il n'y a que l'étude de ſageſſe qui doit étre eſtimée, tous
les autres ſont peu de choſes, &
dignes ſeulement des petits enfans. Senec dit que la ſageſſe eſt
vne choſe grande & de large
étenduë, & que la vertu ne ſe
veut pas contraindre en vn lieu
étroit.

Il ne faut donc pas reprendre
nôtre ſage & vertueux Poëte d'a-
uoir trop étendu ſon Poëme &
de n'auoir point obſerué les

étroittes reguliaritez de la Poëſie,
veu méme qu'il n'importe de
quel bois ſoit faite la fléche pourueu qu'elle touche le but.

Nôtre diuin Poëte n'a eu
autre intention que de contenter les plus gentils eſprits,
il les a non ſeulement contenté, mais rauy ; que ſon
Poëme ſoit regulier, ou irregulier, cela luy doit étre
indifferent , il n'enuiera jamais à ſon Cenſeur la premiere Chaize dans les Ecoles,
pendant qu'il ſera regardé &
conſideré dans la Cour, comme l'vnique & le plus rauiſ-
ſant des Poëtes.

FIN.